U0688534

名／家／忆／往
系／列／丛／书

汪兆骞　主编

肖克凡　著

有时候想念自己

中国文史出版社

图书在版编目（CIP）数据

有时候想念自己 / 肖克凡著. —北京：中国文史出版社，
2019.12
（名家忆往系列丛书 / 汪兆骞主编）
ISBN 978-7-5205-1867-3

Ⅰ.①有… Ⅱ.①肖… Ⅲ.①回忆录－中国－当代
Ⅳ.①I251

中国版本图书馆 CIP 数据核字（2019）第 280951 号

责任编辑：李晓薇

出版发行：中国文史出版社

社　　址：北京市海淀区西八里庄 69 号院　　　邮编：100142
电　　话：010 - 81136606　81136602　81136603（发行部）
传　　真：010 - 81136655
印　　装：北京新华印刷有限公司
经　　销：全国新华书店
开　　本：880mm × 1232mm　1/32
印　　张：10.875
字　　数：233 千字
版　　次：2020 年 6 月北京第 1 版
印　　次：2020 年 6 月第 1 次印刷
定　　价：52.00 元

个人印记的精神图景

——关于散文的絮聒之三

汪兆骞

　　记得壬辰年之春，曾应中国文史出版社之邀，为该社主编过一套"当代著名作家美文书系"散文丛书。所选皆与我熟稔的著名作家之散文名篇，每人一卷。经年老友多过花甲之年，正是"老去诗篇浑漫与"，其为文已到随心所欲之化境，锦心绣口，文采昭昭，自出杼机，成一家风骨。文合为时而著，本人性，状风物，衔华而佩实。我在总序中说："这些大家的散文，是血肉之躯与多彩现实撞击出的火光；是人性与天理对晤出的大欢喜、哀凉与哲思；是直面人生，于世俗烟火中，发现芸芸众生灵魂绽放出人性光辉的花朵；是针砭世事，体察生活沉重，发出的诘问。高山安可仰，徒此揖清芬，篇篇似兰斯馨，如松之盛，赠君以言，重于金玉，乐于琴瑟，暖于棉帛。"

　　该丛书面世之后，反响不俗，其中莫言、陈忠实两卷尚获重要文学奖项，可惜仅出版六卷，便草草收场。问题不少，但其主要原因，是我已准备十多年的七卷本"关于民国大师们的集体传记"《民国清流》系列的撰写，到了不能再拖的地步，实在无力分心旁骛，只能抽身。

忽忽六年过去，早已在眉梢眼角爬上恁多暮气的我，已成白头老翁，所幸七卷本《民国清流》，在晨钟暮鼓、花开花落中，陆续顺利出版，且另一长卷《文学即人学：诺贝尔文学奖群星闪耀时》，也即付梓。此时中国文史出版社再次请我主编"名家忆往系列丛书"，鉴于壬辰年所主编丛书，虎头蛇尾，一直心怀愧歉，便欣然从命。于是再邀文坛名家老友，奉献散文佳作。幸哉，老友鼎力相助，纷纷响应。惜哉，一贯为散文发展热情捧薪添火，"纵横正有凌云笔"的贤亮、忠实二君，已不幸驾鹤西行。"西忆故人不可见"，只能"江风吹梦到长安"了。

本人一生以职业编辑之身羁旅文学，在敬畏、精诚、庄严、隐忍中，为人作嫁衣裳，便有了与诸多作家和他们的文字相知对晤的机缘。哲人云"缀文者情动而辞发，观文者披文以入情"。徜徉于作家们"笼天地于形内，挫万物于笔端"的文字里，读出他们灵魂中的人文关怀、文化担当和审美个性。如芙蓉出水，似错彩镂金，辨而不华，质而不俚，风调高雅，格力遒劲，文里寄托着他们太多的人生思考，太浓的文化乡愁。

在中国现当代文学创作体裁格局中，散文承载着民族文化和民族心理的丰厚蕴涵，但综观当下散文创作，呈现一种浮躁焦虑状态，缺乏耐心解构，"过于正确与急切的叙事"

抒情，其面目无论多么喧嚣与璀璨，都不过是"现实的赝品"，致使一端根植在现实大地、一端舒展于精神天空的散文艺术，弥漫着文化废墟和精神荒原的气息。

编这套名家"忆往"散文丛书，所选皆是作家记住或想起保留在脑子里过往事物印象的文学书写。人生天地间，若白驹过隙，忽然而已。往事俯仰百变，人生如梦，"人生到处知何似，应似飞鸿踏雪泥"。那雪泥上留下的爪痕，便是人生行旅的印迹。作家在回忆人生往事时，举凡小事大道，说的都是自己对过往的所思所悟，其间自有人生的哲学睿智、思想境界和灵魂风骨。他们在山河人群和过往的历史中寻找自己，确证自己的命运过程，从中可看出行于江湖的慷慨悲凉、缠绵悱恻的种种气象。他们是带着哲学思辨意味的作家学者的气质，赋予个人印记以精神脉络的，忆往便构成共和国历史生活图画的一部分。

文者，言乎志者也，散文之道，理性与感性、世俗与审美、形而上与形而下之间的穿梭徘徊，胡适先生云："有什么话，说什么话。"说真话，说新话，说惊世骇俗之话，说"人人心中有，个个笔下无"的禅机妙语。另又想起壬戌年岁尾，去津门拜望孙犁先生，寒暄之后，知先生刚为我就职的人民文学出版社要出版的《孙犁散文集》写完序，即向先生请教散文之道。先生笑而不语，遂将其序示我。其序简约，语言平实，只谈了三点"作文和做人的道理"。年代虽久远，先生关于好散文的标准，仍铭记于心，便是：要质胜于文，质就是内容和思想；要有真情，要写真相；文字要自然，若反之，则为虚伪矫饰。先生之于文，可谓闳其中而肆其外。灵丹一粒，合要隽永。如何写好散文，胡适、孙犁两位大师以三言两语警策之言，已说得明明白白。但让人不解的是，总是有些论者，把散文创作说得神乎其神，看似格韵高绝，然如雾里看花，终隔一层。诸如异想天开，鼓吹什么体裁层面上移形换位的跨界写作便可商榷。

编此丛书，无意匡正散文创作的现状，只想向读者推荐货真价实的好散文。于是从他们的作品中，揽片羽于吉光，拾童蒙之香草，挑出"天籁自鸣天趣足，好文不过近人情"的既有人间烟火气，又"有真情""写真相"的"尽美矣，又尽善也"（《论语·八佾》）的美文，编辑整合，以飨读者。

诗书不多，才疏学浅，序中难免有谬误之论，方家哂之可也。对中国文史出版社和诸作家为构建书香社会捧薪添柴的精神，深表敬意。

戊戌年初秋于北京抱独斋

目录

第六辑　我的桑梓故里

第一辑

我的成长年代

人生在世，回首往事，往往数不胜数。

少年野史

我首次报考小学不足 7 岁，人家说明年再来吧。我心里惦记了一年，转年又去考了。

我从小就是个规矩孩子，回答招考老师提问时，主动双手背后端坐桌前，俨然是个标准小学生了。

入学考试挺严格的。老师问罢"一个木块有几个面"之后，话题一转，问我国家主席是谁？

她话音落地，我脱口答道：毛泽东！小小年纪声音却很响亮。就这样我被录取了。我敢断定，这一切都与我准确无误流利响亮地回答了考场的重大提问有关。但毛泽东永远也不会知道，在华夏六亿五千万子民中，有个 7 岁半的小男孩能够进入那所全市著名的小学读书，与他老人家有关。

那时候粮食已经定量供应了。不过城市生活还是强于农村的，没听说出什么大事情。如果我没有记错的话，我报考小学后每月粮食定量涨到 18 斤。若干年后涨到 26 斤——我的体形已然显出豆芽菜趋势。

我住家的地方旧时属于天津日租界，我住家在宁夏路，曾经叫石山街。相邻的陕西路，曾经叫须磨街。天津日租界的民居，有日式的，进门就是榻榻米，也有西式改良的楼房。

我报考的天津市和平区鞍山道小学是全市著名小学。后来读了松本正雄的回忆文章，才知道它曾经是日本第一小学。鞍山道小学的对面是座大宅院，两扇大门常年紧闭，看着很神秘。长大之后我才知道它叫静园，乃是末代皇帝溥仪从天津逃往"满洲"之前的住所。后来我写小说，还写了这座大宅院以及日本华北驻屯军特务机关长土肥原贤二。

鞍山道曾经叫宫岛街。沿着鞍山道向东行走，路南还有"张园"，当年孙中山来津下榻处，逊帝溥仪也曾在那里居住。再向东走，路北那座大洋楼是段祺瑞公馆，继续向东则是日租界大和公园旧址，当年日本神社和战争纪念碑遗迹犹存，改朝换代成为中国人民解放军的驻地。日租界很多事情是我后来知道的，当时只知道"三面红旗"：总路线、"大跃进"、人民公社。当然还有"节粮度荒"，苏联人逼债，全国人民勒紧裤带给老大哥还贷。

节粮度荒年代，吃东西要用粮票。有一种玉米面饼子名字取得特别好听，叫"两面焦"。多年后我打听两面焦的下落，很多人都不记得。天津有俗语：记吃不记打。可惜我们连吃都不记得了。可见人类的健忘症挺严重的。

鞍山道小学是座名校，新中国成立初期叫"第一区中心小学"，简称"一区小"。中苏友好期间，鞍山道小学与苏联列宁格勒一所十年一贯制学校是友好学校。中苏学生之间经常书信往来。记得邻家姐姐用中文给苏联友好学校学生写信，我问她苏联学生看得懂中国的方块字吗，她怔了怔，思忖着说可能看得懂吧。

我被鞍山道小学录取了。学校给新生们发了标志，要求开学那天佩戴在胸前，这样就不会乱了套。我是一年五班，胸前标志是个纸剪的五角星，粉红色。这五角星标志，老师一看便知道我是一年五班新生。别的班的新生佩戴何种标志，我不知道。假若有一年十八班，我敢断定那纸剪的标志不会是章鱼。

开学第一天我即被宣布为"班主席"，提干了，班主席就是现在的班长。那时候的称谓与如今不尽相同，譬如教师办公室叫"预备室"，传达室人员叫"工友"，放学回家组成"路队"，寒暑假期间传递学校紧急通知的线路叫"联络网"……

至于为何开学当天我即被册封"班主席"，于今原因不明。总之，我8岁就进入"官本位"状态了。

于是，我成了个颇为自信的小学生，不懂得什么叫自卑。长大成人我变得自卑了，可能与身高有关。一个青春期便身材过高的人，往往因"羊群里出骆驼"而产生"我是异类"的自卑心理。

小学适逢经济极端匮乏时期，不光缺粮，就连小学新生的书包与铅笔盒也无处去买。我使用的铁皮铅笔盒是母亲同事儿子的。方老师的儿子进了"少年管教所"，他的铅笔盒自然留在家里。我继承了这只颇有来历的铅笔盒，看到背面铁皮被那个"少年犯"刻了句脏话，我只得用刀子刮掉，以此净化心灵。

有的同学以医用注射剂的包装盒充当铅笔盒，边角用橡皮膏粘牢。相比之下，我的铁皮铅笔盒还是符合班主席身份的。

这只少年犯的铁皮铅笔盒陪伴了我两年，直到国家经济好转我买了新的，它才退役。此间，我不时产生惶恐心理：少年犯若提前获释就要将他刻有脏话的铁皮铅笔盒追讨回去。

国家经济实在困难。城市文具店出售的木杆铅笔表面没有喷漆——半成品就卖到学生们手里。我记得有次算术课考试，油印卷子是浅褐色草纸的，其中可见草梗儿与苇皮儿。我同座的女生方红用橡皮去擦错字，那张草纸卷子竟然煎饼似的开裂，吓得她哭了起来。

尽管营养不良，我们一年五班期末依然被评为优秀班集体，我是班主席，代表全班登台领奖。发奖后全校联欢演出文艺节目，我才知道我们班的两个男生是天津人民广播电台童声合唱团的成员。

升入小学二年级，我们变成二年五班，却被集体迁往附近的西藏路小学，改称二年四班。我则成为二年四班少先队的中队主席，属于中层干部吧。升到三年级我佩了"三道杠"，成为西藏路小学的大队副主席。多年后我在一篇文章里这样写道："我的官运似乎都在小学三年里享尽了，可谓少年得志。"

西藏路小学距离墙子河不远。墙子河是清朝守将僧格林沁防备捻军下令开挖的护城河。那座黄墙绿瓦的起脊式建筑是日租界武德馆，看着特别结实。

如今这座日本武德馆仍然完好无损地站立在原地，含蓄地流露着武士道精神。那条墙子河道则成了天津地铁1号线。天津城建总体规划利用旧有河道改造成为城市地铁，我将这种现象写进中篇小说《赵浦的桥》，发表在《收获》杂志，被"北大评刊"评价为"一部陈旧的小说"。由此看来，我的怀旧情绪将我的小说本文浸染成故纸了。

西藏路小学前身是一座工人夜校，我记得桌椅上印着此类字样。这座小学附近有天津轮胎厂和天津钟表厂（它是恒大卷烟厂旧址），平时可见上班下班的工人们，一个个精神饱满的样子。那时工人阶级很受尊重，尤其背带裤和套袖，都是劳动光荣的象征。

小学三年级全校少先队员"六一"集会，借用天津轮胎厂大礼堂。我和杨永宪同学登台演唱刊登在《中国少年报》上的长篇对口快板书《看汽车》。我手持竹板儿扮演爷爷，嘴唇上还贴了一撮胡子。

就这样，我基本克服了说话口吃的痼疾。一个有着"结巴历史"的小男孩儿成年之后竟然给人以伶牙俐齿的印象，比如作家何申就称我为"大筛手"。

读到小学五年级，"文革"爆发。我从一个胆小男孩儿变成一个胆大妄为的半大小子。我攒了三块五毛钱买了一张汽车月票，进入漫游生活。那时天津市区有二十六条公共汽车线路，几乎没有我不曾抵达的地方。我小小年纪便成为这座城市的"活地图"。一位邻居叔叔向我打听纺织机械厂在哪里，我脱口回答道："万柳村大街！乘坐七路公共汽车就到了。"

到了"复课闹革命"的1968年11月，我们"小升初"，被"一锅端"升入当时的"抗大红一中"。我们这届学生分别来自哈尔滨道小学和山西路小学以及西藏路小学，为了一个共同的革命目标走到一起来了。我在六连二排。那时候无论工厂学校都实行军事建制。所谓排长就是过去的班长。

天津"抗大红一中"坐落在和平区哈尔滨道上，"文革"之前叫"女四中",最早则是法租界的教会学校"圣若瑟女中",属于天主教派。

我们进校首次参加全校批斗会。第二次参加的是全校文艺演出大会,一队身穿绿军装打着腰鼓的革命师生走上台来,齐声高唱"战斗号角震天地,革命人民齐奋起……"领舞的是身材苗条的崔老师。

由于"抗大红一中"以前是女中,处处遗留着与女性有关的物品,比如女子体操器械平衡木,还有女子垒球手套。有关男性的场所则很小。入学之后几天里,每逢课间休息男厕所门前便排起长队,一个个男生表情紧张仿佛抢购紧俏商品。于是学校只得在每层楼选一间教室改建为男厕所。我记得男厕所的门窗都是"圣若瑟女中"时期的建造,活契的百页窗以及法式黄铜窗锁,改成厕所挺可惜的。

从前,女四中有位语文老师名叫薛雪,他是诗人兼小说家,发表了大量文学作品。早在我们进校前的"文革"初期,薛雪就跳楼了。每每经过那座平台,我便情不自禁想象着诗人在空中飞翔的样子,就是不敢想象他轰然落地的情景。

后来我在早年《新港》杂志上读到薛雪作品,那是一首描写苏绣的诗,开篇几句是"绿窗深处,含笑绣花,苏州离北京有多远?姑娘一针一线牵……"

这所学校有位孙姓体育老师,常年女扮男装而且独身生活。据说女红卫兵们逼迫她改掉这种装束,然而收效甚微。她身在"牛棚"依然留着男式短发型、穿着蓝色男制服,阳刚气派不减。我们进校的时候,她已经不教体育课了。

我母亲早年在北平贝满女中读高中，那是一座美以美会的教会学校。我母亲是北平著名女篮"友队"的主力后卫，也是贝满女中的田径运动员。"文革"期间我偶然遇到下放农村的母亲，便说起我们学校那位女扮男装的另类女教师。久经坎坷的母亲显然知道其人，一边回忆一边说，"哦，我记得她是北师大体育系的……"

我们是"七〇届"新生，学校给每班配置辅导员，我们班辅导员是个大我们两岁的"六八届"女生，梳着两条大辫子，一笑有两只小虎牙，绝对城市女学生形象。她出身"革干"家庭。"革干"是革命干部的简称。革命军人则简称"革军"。那时候家庭出身是非常重要的，它决定着你的前途和命运。

当时的在校中学生，不光读毛主席语录，也有文化课程，譬如"工业基础"和"农业知识"。"工业基础"有计算电动机铜线比重的题目。"农业知识"我只记得"过磷酸钙"和"拉荒洗碱"。

当然也有英语课，教学内容主要是"祝毛主席万寿无疆"和"为革命而学习"之类的句子。我们的英语教师叫初文尚。

进入 1969 年，中苏边境乌苏里江战事吃紧，晚间经常停电，动不动就拉响战备防空警报。有的学校增加了俄语教学，主要学习"缴枪不杀"和"中国人民解放军优待俘虏"之类的俄语句子，譬如"斯多伊，帕德娘青路皮"。

学校还开设战地救护课程，主要是练习止血包扎。这些都属于"战备需要"，一旦跟苏修开战便学以致用。后来，我把这段经历写进短篇小说《青春犯》，发表在《上海文学》。

学校白天烧砖，集体动手和泥脱坯，用以修建地下防空洞。夜间拉运"战备粮"，就是将一袋袋大米和黄豆从这座粮库运到那座粮库。好像战事一触即发。

苏联总理柯西金出席越南胡志明主席葬礼归国途中在北京机场跟周恩来总理会谈，中苏之间出现缓和迹象，终于没有开战。

就这样，战备期间我们就去天津自行车胎厂学工劳动了。这是一座当年日本人留下的橡胶厂。我在轧胶车间和硫化车间劳动，每天领取有毒有害作业的"营养菜券"，吃得不错。记得一份素炒茄子丝，四分钱。

后来我去了女工扎堆儿的成型车间劳动，但是仍然不好意思接触女生。有个叫孟慧的美丽女生，她与我工作的案台相隔不远，我却不敢抬眼看她。那是个性别壁垒的年代。

如今，我仍然熟知自行车胎生产的全部工艺过程。我的工厂与工人的情结，正是从那时候开始的。我学工劳动的那座自行车胎厂，前些年停产关门，厂房改造为"大荣超市"，仍然是日资企业。从日资企业到日资企业，历史画了一个大大的圆圈儿，重新回到原点。这轮回可能与哲学有关吧。

公元 1970 年初夏，我们在滨江道与陕西路交口的"七〇四七"工地劳动，其实这是日后通往天津地铁一号线的防空洞。白天我们站在泥淖里工作，傍晚下工去海河里洗澡。那时候海河还是活水，不舍昼夜流向大海。

一天傍黑下工，我行走在中心广场吊桥上，突发恶作剧心理，一声大叫跨过桥栏跳进河里，我是想误导人们以为有人投水自尽寻了短见。事与愿违，我浮出水面看到根本没人搭理，心中很是失落。

天气大热，传来"选调工矿企业"的消息，这就意味着我们这届初中生有人留城，不会全部上山下乡。此前，已经有极少数同学提前选调，要么做了交警，要么进了卫生学校。当然，也有提前自愿上山下乡的。

很快，学校组织我们体检。体检医生在四楼礼堂里给 16 岁的我测了身高，光着脚净高一米八三，体重才 51 公斤，属于劣等排骨型。

我因母亲的"历史问题"，拖至第二批选调，兴奋地迈出"抗大红一中"校门，走进一座远郊国营大工厂。我的身体继续生长，18 岁那年定格在一米八八——这是典型的青春期"豆芽菜"体形。

我被分配到又脏又累的铸造车间，做了造型一组的翻砂工。在强调阶级斗争的年代里，我们这代人被斗争哲学开蒙，当了工人仍然懵懵懂懂，只知道斗争不懂得哲学。多年后从事写作，我极力摆脱斗争哲学的影响，还是被称为"喝狼奶长大的"文学作者。如此说来，狼奶可能比三聚氰胺危害大多了。

这就是我的少年野史片断。可谓往事如烟了。

我的小学故事

一家报纸要我写个简历，说是要将我介绍给读者，我就写了。当写到"迄今担任最高行政职务"时，我回首望着自己的少年王朝，笑着写下：中国少年先锋队大队委员。

是的，迄今我所担任的最高行政职务就是少先队大队委。在如今和尚也要评职称，存车处大娘也要定级别的年代，我不知道少先队大队委能够折算成一个什么官位。我想恐怕难以使我享受科级待遇。然而少年时代肩上扛过"三道杠"毕竟是一段光荣的历史。我因此而怀旧。我知道，如果怀旧情绪过于强烈，往往是心态衰老的表现。但是少年的往事又的确令人难以忘怀。

说起来我的所谓官运，其实都集中在小学的那段时光里。小学二年级，戴上红领巾，我成为中队主席。小学三年级，我荣升少先队大队副主席。真可谓官运亨通风头出尽。三年级之后，我的官运终于走到尽头。直到今天仍无起色。如今我儿子级别也已高过我。他读初中的时候就身居小组长要职，属于中层干部，类似工厂的车间主任。

谁让我早早就将一生的官运统统享用了呢。命运就是这样安排的，悔之晚矣。

由于我的官运完全集中在小学的三年里，所以追悔莫及的事情也大都发生在那一段时光。回忆那一段时光我总是想起小学一年级的同学郭庆来。郭庆来只读了一年就从我们班上消失了，如白驹过隙。以至多年之后大家聚在一起回首往事的时候，很多同学根本不能记起郭庆来的存在。然而郭庆来确曾存在。

那是"节粮度荒"的第二个年头。我们在一所全市著名的小学读书。后来我知道学校对面的那个大院子就是当年清朝逊帝溥仪曾经住过的地方。他随日本华北驻屯军特务机关长土肥原贤二秘密前往长春充当伪满洲国皇帝，就是从这里上路的。当时我并不知道这些故事，只知道我们处于缺少粮食的时代。郭庆来就是那个缺粮时代里随时受到饥饿威胁的男孩儿。

郭庆来父母双亡，与叔婶一起生活。叔婶也有一群孩子。这样他的胃就常常成为一只空荡荡的袋子。记得卫生老师来班上检查学生身体时，用大拇指挨个去摁我们的脑门儿。摁到他，出现一个大坑：浮肿。学校立即发给他二斤黄豆，郭庆来用帽子盛着，拿回家去了。后来他依然浮肿，而且脸总是很脏，使人想起电影《渔光曲》里的小猴儿。不知为什么，那时候我好像根本就没有什么同情心。

由于我是班主席，自我感觉往往极其良好。虽然还只是个小孩子，但行走坐卧总是作深沉状，一派天降大任于斯人的样子。回忆起来，那一段时光可能是我生命之中最为得意忘形的日子。我在班里很活跃，好像这个世界上没有我，立即就会出现重大意外似的。因此我的视野也比较开阔，很像一个袖珍警察。

那是一个有雾的早晨，我走在大街上。路过一家早点部，隔着窗子我看到郭庆来正在那里舔碗。所谓舔碗，就是人们喝罢米粥起身离去，而那只空空荡荡的碗里必然残存着些许汤汁，饥饿难当的郭庆来就捧起桌上的一只只空碗，舔食汤汁以充饥。郭庆来的舔碗使我受到了强烈的刺激。当时我就认为这是一种耻辱，尽管我的肚子也吃不饱。接连几天，路经早点部我都看到郭庆来在那里舔碗。他的舌头，给我留下深刻的印象。

我是在第三天才想起去告发他的。如今我无法记起当时是出于什么动机。似乎觉得告发郭庆来的舔碗行为，是一件光荣的事情。我从小就向往光荣，因此做了不少错事。

我们的学校确实是一所优秀的学校。记得中苏关系尚未破裂的时候，我们学校与列宁格勒的一所十年一贯制学校是友好学校，外事活动频繁。面对全民饥饿，我们的学校依然十分注重学生的操行。颇有冻死迎风站，饿死不弯腰的校风。因此我的举报使校方大为震怒。上第一节课的时候郭庆来即被教导主任传训。我永远不能忘记当他得知是我将他举报的时候，向我投来的一瞥。

那是一种无可奈何的目光。这种目光后来我又见过一次——那是一只即将被杀的鸽子。

好多天我都没有见到郭庆来的身影。后来，就放寒假了。寒假结束开了学，还是没见到他——直到今天。

这就是发生在我的少年王朝的一件事情。这也是我有生以来的第一次举报。如今我也无法重新评价自己的行为。我只记得郭庆来是个十分瘦小的男孩儿，总是眨动着一双无助的大眼睛。如今他是不是已经长成彪形大汉啦？真是不得而知。我真心希望他能读到我的这篇文章。我也真心希望他能够谅解我。

假如我是郭庆来，我就不谅解当年举报我的那个人。因为他的举报给我带来了厄运。追忆逝水年华真是欲说还休啊。好在我已经长大了。

回忆小学三年级，开学不久依照惯例要在班里设置一名大队委。记得那天老师站在黑板前面，要大家选举。见民主空气如此浓烈，同学们就纷纷举手提名。选票大都集中在三四位同学身上，我是其中之一。回想起来，那时候我还是颇有人缘的，胜过今日十倍。于是我当选了，由中队主席而戴上"三道杠"。在学校大队委员会的分工中，我又荣幸地成为大队副主席。真可谓少年得志了。

从小我就向往功名。戴上"三道杠"犹如站在艳阳天里，却从来没想过天要下雨。不久，家庭生活起了动荡，整天心事重重的，我的学习成绩开始滑坡，用今天的时髦术语来说就是从甲 A 降入甲 B。四年级了。一天蔡老师将我叫到办公室（那时叫预备室），说肖克凡你不能再担任大队委了。

面对突然的打击我显然缺乏充分的思想准备，泪水立即涌满眼窝。

蔡老师说，你哭什么！是不是还想戴那三道杠啊？

我竟然点了点头。

蔡老师说，不行。你不但不能担任大队委，就连中队委你也不能担任了。

我终于止住泪水说，那好吧，我就当一个普通的少先队员吧。

蔡老师说，不行，我要你担任小队委。

这对我又是一个打击。要么从三道降为两道，要么一捋到底成为"白板"。可老师偏偏赐我戴"一道"。如今我明白了,老师是要我做到能上能下。然而我自暴自弃,拒绝担任小队委职务。

蔡老师勃然作色说,你必须担任。我知道一切都无法改变了,只得接受这个现实。放学回家,我也没向家长提及此事。

第二天,班里的新任大队委走马上任,他是一个画家的儿子。过了几天老师要少先队干部们交钱买符号。记得三道杠的符号是五分钱,没想到一道杠的符号也是五分钱。等价而不等值。符号发下来了,我不声不响将它收藏起来。

我的家离学校很远。同时我戴"三道杠"很是引人注目。如今成了"白板",邻居的孩子们聚在一起,纷纷猜测我已被撤职。于是我成了他们私下议论的中心。

我感到非常被动。

蔡老师再次找我谈话,责问我为什么不戴小队委的符号。我默不作声。蔡老师说,你如果不戴小队委的符号,明天就不要来上课了。

我害怕了。第二天我只得戴着"一道杠"走进学校。其他班级的同学有的不知我已遭贬,就惊讶地看着我。我风光尽失,邻班的几位差生见状十分得意,叫我"下台干部"。从那时候我就懂得了什么叫作度日如年。

无论如何我不能接受这个"一道杠",内心极为纠结。

我开始拥有了自己的秘密生活。放学路上,我走到僻静之处,就迅速摘下肩头的"一道杠",悄悄藏在书包底层,之后若无其事走回家去。上学路上,临近学校我则不失时机地将符号戴在肩头,然后走进校门。以此,我维护着自己的尊严。蔡老师以为我驯服了，很高兴。每天路上我的一戴一摘，都使人想起革命电影里的地下工作者。就这样，我上瞒家长，下瞒邻居，渐渐成了一个机警过人但心理负担沉重的学生。我的心底，似乎比别的孩子多了一个世界。

学校开展慰问孤老活动。大队旗在前，中队旗随之，高唱队歌浩浩荡荡。我则肩佩"一道"手持小队旗走在队列之中。这时我发觉队伍是朝西北方向走去的，离我家住的那条街越来越近。我慌了，知道自己个子太高，走在队伍里显山显水，很难隐藏。

走到十字路口的时候，我一眼瞥见几个熟悉的身影，正在指指点点议论着什么。这一定是邻居的孩子。蓦地我觉得人们的目光同时向我投来，灼得我无地自容。我的脚步沉重起来，两眼发黑。

我知道一切都完了，自己精心维持的那份自尊已经被打得粉碎。懵懵懂懂随着队伍朝前走去，我心中一片空白。

慰问孤老活动结束了。我独自跑到墙子河边，看着河中的黑水发呆。不知为什么，心情渐渐轻松起来，似乎愁云已散，人也得到解脱。我起身朝回家的方向大步走去。无论路途多么遥远，孩子总是要朝着回家的方向走去。成年之后我才懂得，"回家"乃是文学的一大主题。记得那天进了胡同迎面遇到一个小我两岁的男孩子。我对他说，告诉你吧，我已经不戴三道杠了。那男孩子眨着一双大眼睛，无言地看着我。

父亲恰好在家。进了门我就对他说，爸爸，我已经不戴三道杠了。听了这话，父亲的目光凝固了一个瞬间。

从此，我走向坚强。

我的词典

一个时代的词语世界，宛若星空。任何一个时代都曾拥有最具时代特征的词语，犹如灿烂银河系一颗颗耀眼的星座。譬如说"雷锋"这个词语，就代表着一个时代。去年我在整理藏书的时候，就看到一册《雷锋日记》，封面上幼稚地写着：西藏路小学四年四班肖克凡。

我一下就被自己感动了。

是啊，翻开一册册少年时代的日记，每一个人都会在那一页页心灵独语之中看到熟悉的身影。我就曾在小学日记里看到自己编制暑假学习计划的决心："必须实现以上学习计划，我以人格保证！"

"我以人格保证！"看到这句话我的心头不禁一热。如今我已届不惑之年。遥想当年那个男孩儿发出"小大人"式的豪言壮语，我再次被自己所感动。是啊，儿时伙伴们聚在一起玩耍，或为了表示自己正确或为了表示自己清白，或为了表示郑重或为了表示崇高，我们总会听到这种举足轻重的承诺：我以人格保证！

虽说童口无忌，童心对"人格"一词并无多么深刻的理解，但这也足以说明在那个时代我们始自童年即对"人格"产生了强烈的追求心理。如今的孩子们已经不大爱讲这句话了，这是时代的变迁。而我们的青春呢，在那个消逝的时代里依然闪烁着理想的光芒。

但是，"我以人格保证"这句话，毕竟令我难以忘怀。从这个意义上讲，我们这一代人已经拥有一册厚厚的"时代词典"。

长大成人，我曾经在一个夏天里遇到这样一件事情。那时候我已经是一个机关干部了，正午时分骑着自行车回家。

夏天往往是令人心浮气躁的季节。骑行在路上，一个男子从我身边超过，相距两米的样子。不知为什么，他的自行车后轮咔地响了一声，这似乎并未影响他的骑行。然而他停下车子，破口大骂。

我弄不清楚他究竟是在骂谁。

这是一个 50 多岁的男子，他叫骂着冲了过来。我这才知道，他在骂我。他愤怒地认为是我在后面碰了他的车子而又不向他道歉，因此他破口大骂。过往行人纷纷围拢上来。

我平静地告诉他，我真的没有碰到他的车子。他更加愤怒了，骂得更为难听。围观的群众显然有人认为我属于冤案。见对方如此辱骂，就预测我将做出强烈反应。于是人们就期待着，期待着大打出手的场面出现。

至今我也难以忆起，当时我为什么表现得宁静如水。就我的深层性格而言，其实我是一个容易急躁的男人。

围观的人们见迟迟没有高潮出现，就走了许多。这时我问对方："是不是您的车子被碰坏啦?"

他继续骂着。这时我终于明白了，他的车子是否碰坏其实并不重要。重要的是他认为我碰了他的车子而佯作不知，因此他必须破口大骂。身边有好心人小声劝我，你就承认碰了他的车子，向他说一句好话也就结了。

我敢说正是在这一时刻，我真正明白了"妥协"二字的含义。我为什么要为自己从未做过的事情而承担过失呢？我对那位好心人说，我真的没碰他的车子。

那好心人显然为我的冥顽不化而感到失望，转身就走了。对方此时停止叫骂，目光茫然地看着我。我从这茫然的目光里看出了他内心深处的怯懦。

我一字一句对他说："我真的没碰你的车子，我以人格保证。"

以人格保证？听了这话，对方呆呆地望着我，一派不知所措的样子。

我就定定地注视着这个年长我20多岁的男子。

他似乎不知如何回答我。渐渐，他颇为自信的精神阵地终于崩溃，犹犹豫豫举起手来，朝我行了一个民间军礼。那样子令人啼笑皆非。

他说也许是他弄错了。他骑上自行车，走了。望着他的背影，我心中感慨万千。

"我以人格保证。"这是一句少年时代常说的话啊！时隔多年面对辱骂我竟然脱口而出。恰恰是这样一句脱口而出的话语，使对方受到震撼，终于转身退去。这个结果的确是我始料不及的。

真的，我绝对不具有"无故加之而不怒"的境界。令我感到自慰的是，我毕竟没有愧对自幼所接受的教育，心灵深处还珍存着"人格"这个词语。我就是我少年时代所拥有的"词典"。她随我进入成年。我因此而倍加珍惜。

生锈的英雄

小时候我是一个非常怯懦的孩子。胆小，站在门里朝小街上望去，对外面的世界充满惧怕。四岁那年我莫名其妙就被街上的孩子打了一拳，牙齿出血。至今耿耿于怀。记得当时我心底暗暗发誓报复。之后，在很长一段时间里我都在心中勾勒着痛打对方的画面，并一次次在那个虚拟的画面里成为英雄。我对英雄的向往，大约就是从那个时候开始的。如今我懂了，怯懦的现实与英雄的情结成反比。我在生活之中愈是怯懦，心中就愈发渴望自己成为英雄。

这几年写文章，我很少谈到自己的那段时光。只有夜深人静难以入眠之时，我才独自潜往青春年少的世界，重做冯妇。于是，我久久沉浸在昔日的英雄业绩里；同时我也时时以昔日的英雄业绩来谴责今日的心理怯懦。

我只能通过寻找青少年时代的英雄梦，来饲养自己脆弱的心灵。因此，我的怀旧心理日甚一日。

二十多年前我初中毕业的时候，是一棵身高一米八三的"豆芽菜"。这棵豆芽菜命运不错，没有"上山下乡"，而是被分配到郊区的一座大工厂里做工，这时候我觉得天宽地广了，但总觉得现实生活过于平静，自己难以成为英雄。于是我就处处标新立异。18 岁那年，我每月的工资已经达到人民币 18 元。我竟然敢花 72 元钱去买一双冰鞋。记得那是黑龙牌跑刀，高赛鞋。我是个平民子弟，却用自己四个月的工资，过了一把贵族瘾。拥有这双冰鞋之后，我几乎天天出现在冰面上，风雪无阻。

飞驰在冰封的湖面上，就觉得自己颇有几分英雄气概了。对英雄的向往，使我很少产生谈情说爱的念头。回忆起来，拥有冰鞋的年代里我几乎天天与男孩子混在一起，尽显英雄本色从而形成我历史上的"异性空白时期"。那毕竟是一个革命的时代——不谈爱情。

这时期我有一个重要的朋友：Z。他是个干部子弟。

我与 Z 形影不离。从小学到中学我与他都是同学，甚至同桌。进入工厂又成了同事。我俩之间除了文学，可以说爱好处处相同。Z 身高一米八〇，是个体育通才，无一不精。见我买了冰鞋，他不言不语也去买了一双。我俩的冰鞋唯一不同之处就是颜色。我黑色，他栗色。从此，每年的冬季我与 Z 总是身上背着冰鞋去上班，因此遭到青年团的批评。

那是一个隆冬的清晨，上班途中我与 Z 走进一家早点部。记得我刚刚找到座位，就听见嘭的一声。我转身细看，一个人已经被 Z 一拳击倒。战争爆发得如此迅速，我被惊呆了。这时又有人扑向 Z，形成三打一的局面。我不知从何处借来几分勇气，拎起一只凳子就扑上前去。到处都潜伏着对方的兵力，就在我拎起凳子之际，背后飞来一拳，打在我的左眼上，顿时视线模糊。

炸油条的和盛豆浆的两员大汉同时赶上前来，将双方拉开。

我渐渐恢复了视力——看到 Z 的右手已经肿胀成馒头。这是他挥拳击打对方的后遗症。我俩彼此询问了一下身体情况，均无大碍，就埋头吃了起来。那时候我们每天晨练都要跑五千米，早餐进食量大得惊人。

吃到中途，Z 低声对我说，外边来了很多人。

我回身朝早点部窗外望去。果然，大约来了一个排的兵力。那时候我与 Z 都是 19 岁的青年，而我们的敌人也是相仿的年岁，正是火气冲天的"青春期"。

看来是走不脱了。那个时代，街上经常出现的斗殴场面是绝无警察来管的。我无法依靠政府，就一下子没了食欲，呆呆看着 Z。不知为什么，我想起儿时打得我牙齿出血的那个男孩儿。

Z 揉着肿胀的右手，做着冲杀之前的准备活动。至今我也不曾见到第二个像 Z 一样大战之前宁静如水的男子。我知道冲杀是不行的，心里开始发愁。

我看见那四只摆在桌子上的冰鞋。二十多年前，在寻常百姓之中它绝对属于奢侈品。就同前几年大款们手中的大哥大。

就在这关键的时刻，文学解救了我。这也是我记忆之中文学能够给人以实惠的唯一例证。身陷重围的我想起了大作家雨果，之后我想起了他老人家的《九三年》，之后又想起《九三年》里有一个章节"语言就是力量"，那位身处险境而站在船头口若悬河的保皇党人名叫朗·德纳克。

Z 不喜爱文学，当然不知道我的心思。Z 已经吃得很饱，镇定自若准备搏斗了。

我想出"冰刀加口才"的方案。当然，这方案是事后才命名的。当时我知道国际上有"胡萝卜加大棒"政策。我一手握着一只冰刀，轻声告诉Z，我在前你断后，没有我的招呼千万不要动手。我心里知道，冰刀一旦成为凶器，后果绝对不堪设想。

Z朝我点了点头，我心里踏实了。Z虽然不懂文学，但他是迄今与我配合最为默契的朋友。篮球场上，我是中锋，他是右前锋，总共打了上百场比赛。这些年我心里总是想，Z要是一个作家多好，我在文坛上就有真正的朋友了。

这时候，我蓦然渴望自己成为英雄。

我在前，Z在后，依次走出早点部大门。敌人立即将我们团团围住，不下三十人。他们人人手中不是拿着石块就是握着棍子，属于新石器时代的斗士。我与Z手中的金属使对方不敢靠得太近。

大战一触即发。

我和Z走到自行车近前，互相掩护着，打开了车锁。看见我们那两辆漂亮且一模一样的"凤凰"，对方立即将我们包围了。

我大声问道，谁是你们的头头儿？

一个极其粗壮的小伙子立即应声。从体形上看我断定他是一个业余举重选手。举重选手表情镇定。这时候我心情紧张起来。

我知道自己正在颤抖。我也知道绝对不能让对方看出我的怯懦。我做出蔑视对方的样子说，你们这么多人，我们只有俩，你们算是什么英雄！

对方看着我的冰刀说，你手里不是拿着武器吗？

我心里非常高兴，因为我看出这是一个讲究斗殴规则的选手。我攻击他以众欺寡，他就攻击我手持利刃。我立即说，改成明天吧，明天咱们还是这个时间还是这个地点，你要是凑不齐一百人的话，就不要来啦。

业余举重选手听了这话，似乎感到困惑，毫无主张地看着我。

我慢慢悠悠推起自行车，回头看了他一眼，再次叮咛着：你要是凑不齐一百人，明天就不要来啦。

我终于看到他朝着我点了点头。

这时，我将冰刀挂在脖子上小声对Z说，慢慢推着车子朝前走吧。说罢，我又回头朝着那个业余举重选手说，咱们一言为定！

骑上车子，我低声告诉Z，一定要慢骑。我知道丝毫也不能让对方看出我们内心的慌张。

这时候Z不解地问我：肖克凡，我们为什么要慢骑呢?

这时候我估计已经基本脱离险境，就大声对他说，咱们快骑吧！快快！

这时对方果然大梦已醒，纷纷喊叫着追了上来。可惜为时已晚。尽管业余举重选手臂力过人，他投出的石块儿也难以赶上我们的车速了。

默默骑了一段路，Z突然对我说，君子一言驷马难追。明天，咱们到哪儿去找一百个人呢?

我告诉Z，我只是为了突出重围才那样说的，这就叫权宜之计。明天就让他们在这里白白等待咱们吧。

Z立即停住自行车，大声对我说，你算什么英雄！

我无言。我与Z又默默骑了很长一段路。就这样一直骑到了今天。此间我离开工厂和Z，上大学去了。

二十年之后的一个下午，我在繁华的滨江道上遇见Z。他依然宁静如水，孑然一身。这时我才想到，已届中年的Z至今仍然是一个独身男子。我问他是不是每年冬天还去滑冰。他说已经好几年没滑了。那一次见面，Z没有谈及往事，我也没劝他成家。我敢断定，他怀有比我更为强烈的英雄情结。可惜如今不是产生英雄的时代了。

这就是我的悲剧。渴望英雄而就在走近英雄的边缘之时，我却绕道而行，表现出一种市俗的灵活。因此，我怀念Z。我由衷地希望Z能谅解我当年的怯懦。同时我也希望Z能够成为一个真正的英雄。

至今我还保存着那双冰鞋，只是冰刀已经生锈了。

被动的"初恋"

人生在世，回首往事，往往数不胜数，然而唯独青春期往事，最为令人难忘。青春期里的少男少女，极富活力，同时最易伤感。我以为人生最简单也最复杂的阶段就是青春期，尤其对男孩子而言。我在青春期里最为难忘的往事，则是那段"被动的初恋"。

我属于七〇届初中生，我们升入中学的时候正值"文革"时代，人性受到普遍压抑。男生女生之间，形同壁垒，绝无往来，禁欲思想极其严重。我的中学时代跟女同学几乎毫无接触。只是编排黑板报时，跟吴燕红说过几句话，好像还谈到世界文学名著什么的。那时候我十四五岁，对此毫无介意。

公元 1970 年 8 月，突然选调一批学生充实厂矿企业，比例是百分之四十八。那时候的"政审"非常严格，我落选了。吴燕红则进入"百分之四十八"，被选调到一家大型国营企业，十分光荣地成为工人阶级的一员。

我们落选者被学校送到一家橡胶厂，参加"学工劳工"。同为学生，吴燕红们进入工厂光荣地成为工人阶级，我们却只有"学工劳动"的资格，这就是特殊时代造成的等级观念。我在橡胶厂硫化车间劳动，汗流浃背，内心非常自卑。一天，工宣队的杨师傅突然给我们开会，挖苦我们是"剩余物资"，我愈发自卑，认为自己活着毫无价值。我就是从那时开始偷偷写作的，当然只是抒发内心深处的郁闷而已。

一天，工宣队的杨师傅找我谈话，主要内容是要我深挖资产阶级淫乐思想。我一头雾水，只得俯首聆听教诲，心中却一派茫然。

几天之后，我在硫化车间劳动，突然来了几个女学生模样的人，站在远处议论着，投来异样的目光注视着我。当天，我身边的人们便指着我的背影，开始私下议论，说我资产阶级思想严重，小小年纪就跟吴燕红恋爱。我懵了。

于是，无论我走到哪里，人们总是指指点点，悄悄议论着。我怎么会跟吴燕红谈恋爱呢？这真是不可思议。那段时间，我懂得了什么叫度日如年。一位好心的同学跑来，悄悄将底细告诉了我。

原来，吴燕红分配到一家大型国营企业之后，蓦然发现对我怀有强烈的爱慕之情，于是她隔几天就给我写一封信，但是没有勇气发出，就存放在书包里。有一天，吴燕红写给我的十几封信被她的女同事发现，交给了领导。为此，"小资产阶级情调"的吴燕红被分配到"白灰窑"从事艰苦劳动。

听罢这故事，我惊呆了。我与吴燕红同学两年，她的形象在我内心渐渐清晰起来。这时候我终于意识到自己心里对吴燕红其实是怀有"爱意"的，只是由于置身禁欲时代，朦朦胧胧的我，没有勇气正视自己的内心世界罢了。就这样，我的内心深处的

"初恋"被唤醒了。

然而，我仍然缺乏勇气。三个月之后，我也被分配到一家大型国有企业工作，而且距离吴燕红的工厂不远。有那么一段时光，我心里企盼着能够在上班路上遇到她。这种心理日趋强烈。但是我没有勇气去找她，因为我那时是一个自卑并且怯懦的男孩子。

两年之后，我18岁了。有一天在一家商场里猛然看到吴燕红的背影，她好像是在挑选一件毛衣。我转身就逃，跑得气喘吁吁。多年之后我问自己，当时你为什么看到她的背影便转身就跑呢？

我不知道。可能这就是我的被动的"初恋"吧。多年之后我在一篇题为《人生的被动》的文章里谈到人生的被动状态。我认为成长于特殊时代的我，在其短暂而漫长的青春年代里，完全可以用"被动"二字来概括自己的经历。这就是我的被动的青春往事。人生的被动，使我愈发怀念自己的青春时光。

很多年以后，我收到吴燕红的一封来信，她说她是读了我发表在报纸上的文章之后，想起给我写这封信的。不知道为什么，她的来信是用铅笔写的，给人以十分随意的感觉。我给她回了一封信，对她百忙之中阅读我的文章表示谢意。是的，往事如烟啊。

青春往事如烟。无论如何，我的青春时代的那次被我称为被动的"初恋"，永远是我记忆银行里的一笔黄金。因为，她毕竟代表着青春与真情。她毕竟代表着禁欲时代的青春的无声呐喊。

是的，青春往事如烟。

人生的被动

曾经读了女作家梅绍静一组散文，其中有一篇名叫"被旅游"。读后很有感触。梅文说的是如今"清风明月不用一钱买"的情致早已不复存在。国人旅游大多挨"宰"——身不由己被旅游业操纵。不是去旅游风景点，而是被风景点旅游了。被旅游，说到了妙处。

被旅游是一种令人窘迫而无助的愤懑状态。由这种旅游的被动状态，我想到了人生的被动状态。被动，是不是人生的一种普遍状态？我不得而知。我以为，除了那些指挥千军万马会战疆场，指点江山便可改朝换代的伟人们，举凡凡夫俗子对人生的被动状态都应当颇有感慨的。因为通常我们是被管理者。套用数学用语，在一个函数里，我们是因变量。因变量只能服从自变量。自变量主动，因变量被动。

因此，我觉得人的一生，绝大多数情况下都是处于被动状态的。我所要谈的只不过是一种狭小空间的感慨而已。

我有一个男孩子。他从小就喜买一些手工劳动的图片，内容大多是飞机军舰什么的。往往是我替他按图剪叠成一件件立体成品，供他玩耍。这样就培养了他多年袖手旁观的习惯。后来，我终于醒悟,孩子的手工,我被劳动了。

我的一个邻居,孩子参加了一个电子琴学习班。遇有坏天气,孩子母亲居然代替孩子去学琴。据说,课后母亲再将所学课程传授给孩子。于是孩子上课就成了家长被上课。孩子也不是琴的主体了。

我们在望子成龙望女成凤的同时,又对孩子施以娇生惯养,将孩子成长期无形之中延长了许多,出现了"长不大"的现象。孩子们在父母的超级庇护下被动而且幸福地生活着。孩子们因被动而幸福无比。孩子们因幸福而渴望被动。孩子们因幸福而恐惧主动。孩子们希望自己永远如此,这种被动状况便成为一种合理存在。

于是成长变成被成长。读书变成了被读书。体育课成了被体育,劳动课成了被劳动。孩子们已经失去了对独立的希望;孩子们也已经失去了对自由主动的向往。

这就是人生被动的初级阶段吧?

伟人创造历史,凡夫俗子们恰恰是在"被而动"的状态下将生活创造得五彩缤纷的。

在我的记忆之中有过那么几次人生的被动。

被分配。这几乎是人人都曾经历的事情。当年我们那一届初中毕业生,去向当然是上山下乡。喜讯突降,我们这一届学生将有一部分留城,被分配到工矿企业。另一部分没有被分配的学生自然成了滞销品留在学校里。我就是滞销品之一。学校送我们去一家橡胶厂学工劳动。我在一个硫化车间里接受工人阶级再教育。

令人难堪的是我所在的这个班组里有两个新工人。在一个月之前，他俩跟我一样是在校学生，而如今他俩成了工人阶级一分子，我却在此接受他俩所归属的工人阶级的再教育。

这两个新工人的地位确实令人羡慕，他俩自负自得，对我持蔑视态度。我若是张口，他俩绝对不会搭理我的。按当时的社会标准来看，我属于另册人物。他俩对那些老工人说，凡是没有被分配到工矿企业的学生，不是家庭有历史问题就是本人犯有严重错误。于是我陷入更大的被动状态。两个月之后，我离开这家橡胶厂，心情渐渐好转。因此我觉得，人生的被动状态的改变，有时候是需要时间稀释和淡化的。

后来我被分配到郊区一座大工厂成了一名翻砂工。不知道为什么，在处境上我依然没有摆脱被动局面。那时候市里召开公判大会枪毙反革命分子和流氓坏蛋，常有万人空巷的规模。除了市里设有主会场，各区还设有分会场。到区里分会场参加公判大会，那属于基本群众。但是到市里主会场去，则属于重点教育的个别分子了。

我就被通知去市里主会场参加公判大会。居然还发了入场券。入场券背面写着我的名字。于是我按时到保卫科门前集合，乘坐大卡车去出席市区主会场的公判大会。这是我有生以来第一次免费乘坐公车。跟如今那些动用公车接送小孩儿上下学的人相比，我属于老资格了。爬上大卡车我发现一行六人，另外那五位都是赫赫有名的"前科"人物。车开了，我开始问自己究竟属于什么东西。

领队？我显然不够资格。打入另册的人只能被领而不能领队。可我又不像那几位"前科"劣迹累累属于重点教育之列。

很被动。至今我也不明白我为什么被选中前去参加市区主会场公判大会。入场券发错了？可背面明明写着我的名字。认为我是一个重大反革命分子的后代？可我不是啊。认为我是一个隐藏极深的坏蛋，也不是啊。我就这样背负着被动的枷锁，多年充当另册人物。我曾经想找领导谈一谈，最终还是放弃了。在那座大工厂里，我就这样被动下去了。

人生的被动状态，其实是一个很难界定的又无法抽象的状态，它既是主观的又是客观的，既是社会的又是心理的。有时它是一种处境，有时它又是一种感受。在四维世界里我觉得处境的转换首先依赖于时间。其次才是那种奋争的精神，那种计谋韬略……人生首先受制于时间。而那种走在时间前面，积极主动化被动为主动的精神，的确是我们这些凡夫俗子立足于生活的上进之路。

被旅游、被开会、被劳动、被锻炼，不一而足吧，其实都是一时的常态。正如我们获得生命是由父母意志所决定一样。我们如此被动地来到人间，完全没有必要采用自杀方式来结束自己的被动状态。我们所要做的和所能做的，应当是在时光流淌之中更多地焕发自己那种作为一个人的主动精神。

如果将被动状态比喻成人生的海拔，那么主动的境界应当是人生的珠穆朗玛峰了。

登山者，日多。

书　桌

　　我曾强烈地希望拥有一张属于自己的书桌——写字台。从小学念拼音写字母的时候我就怀有这种强烈的愿望。那时候，放学之后我写作业，是趴在一只低矮的小饭桌上的。城市家庭几乎都有一只这样或那样的小饭桌。

　　我念初小的时候是个好学生——戴过"三道杠"；念高小时便没了"杠"，我清楚记得在失去"杠"的近一年时间里我是如何度过的。但是我愈发向往那只并不存在的书桌。当时我可能认为厄运的到来与我没有书桌有关。

　　其实我还缺少许许多多东西，譬如亲情。譬如爱。于是我便将缺少的一切化作了一张书桌。书桌成为我心中希冀的象征物。至今我也说不清楚自己究竟喜欢什么样式的书桌。我喜欢"不清楚"。"不清楚"有时是一股动力。清楚了，动力反而没了。

　　读初中的时候家里不但没有书桌，连写字的空间也愈发狭窄了：我与祖母被装进一只九平方米的"小盒子"里，相依为命。

　　我们睡在一张由两只条凳三块木板搭成的床上。床就是"桌"，我生活的主要内容都在这一平面上展现开来。我趴在床上看书，首先是《水浒》迷住了我。我当时能一口气背出一百单八将的绰号和姓名。后来只记下那十几位"在前排就座的有……"我的官本位意识看来由来已久，这已很难克服了。

那一张床成了我的"书桌"。夏夜里，我点燃蜡烛，一手用蒲扇挡住光线免得照醒了祖母，她不让我读书；冬天里，我躺在床上头枕着书籍做我的"白日梦"；有一段时光我已将床当作书桌了，这大概是我对现实生活的一种认同吧？如今我的性格可能与那段时光有关——我丧失了空间感。

我在床上写过诗编过剧鼓捣过歌词，也曾想写情书而苦于没有收信人而罢笔。后来念工科大学的时候，我在床上演算过无数道数学、力学、电学、机械学习题……

祖母去世的时候我拆了"书桌"，用那三块木板停放她的尸体。我曾经在这三块木板上写出了我的第一部中篇小说。当时我在工厂当技术员去哈尔滨出差，稿子当然就堆放在"书桌"角落里。我从东北回来，发现七万字只剩下一万字了，那六万字已成了她每天点炉子的引火柴。她老人家不知床是我的书桌，当然就不知道"书桌"上堆放的是一部"巨著手稿"了。我的处女作就这样被草草火化了。

后来我有经济能力购置一张书桌了，无奈那九平方米的小屋里陡然增加了我的妻子和孩子。孩子像一个巨大的惊叹号占领了昔日的床。我就埋头在那只木箱上爬格子了。这只木箱是妻子唯一的陪嫁物。我每晚都侧身将两条腿伸入床下，在妻子陪嫁的木箱上练习写作——编造着人物的命运。

后来，我搬出了那间九平方米的小屋。终于买了一张书桌。购买书桌那天是朋友蹬着三轮车陪我去商场买的，花了五十元钱。那一天我很激动，迎亲似的引它入室，摆在拥挤的房间里。

深夜我坐在书桌前，写。不知什么时候，我发现书桌渐渐变大，向地平线延伸，引出无比广阔的空间来。这时我才悟出，多年来所期待的并不是这张书桌，抑或说多年来我所期待的根本就不是一张书桌而是书桌的故事。

所以至今我仍然不承认我已拥有一张书桌。不可停顿的是每天夜晚我都伏身于其上，写。

如今，我已经使用电脑写作了。而且有了比较大的房子。然而我仍然使用着二十年前花五十元钱购买的书桌。我亲手将它从栗色刷成奶白色。真的，我是一个注重感情的人，从不轻易放弃故友。即使一张没有生命的书桌，我仍然视为亲人。

倘若有一天我更换了书桌。彼书桌也只能视为此书桌的替身。我永远拥有的是这一张"书桌"。

从小走在大路

这句话不知我们说过多少次了，而且每次都充满自豪感，"我们生在新中国，长在红旗下"。这应当是"五〇后"的集体记忆，这句话朗朗上口，至今牢记不忘。我们生长在红旗下的日常生活细节，同样清晰如昨，绝非往事如烟渐行渐远，反而储为新中国记忆银行里的黄金，时时闪烁光芒。

那是 20 世纪 60 年代的小学生，我们从小就懂得"守纪律，讲规矩"这句话。大清早走出家门上学去，书包里肯定装有那块昨晚洗得干干净净的抹布，这是维护公共卫生环境的必备用具。

我们走进学校大门，从来不用老师指派任务，人人自觉自愿，主动擦拭教室门窗玻璃，还有讲台和课桌。这已是不成文的规矩，从小便养成新中国的公德意识，时时伴随我们长大成人。

那时候说起家庭，谁都知道它不仅是指自家门槛里的小天地，也包括无比广阔的社会大家庭。我们要爱护这个大家庭的一草一木，因为这属于新中国。那时候的热词是"社会主义处处有亲人"。

令人不忘的是我们从小接受的集体主义精神教育，这种教育使你懂得热爱班集体，使你懂得克服自私自利的思想苗头，使你懂得助人为乐甘于奉献，使你懂得小学生也要有大担当。这种教育使你从小成为积极进取绝不消极的好学生，最终找到自己终身事业的归属。

那时候城市家庭没有什么通信设备，居民街区的公共电话也不普及。学生们居住分散，遇到寒暑假期间学校临时发布通知，几乎没有办法送达每个学生家庭。于是放假前夕班主任便根据全班学生各不相同的居住地址，精心编织"联络网"，全班设立几个"网头"：张甲、王乙、李丙、赵丁。这样形成四条"联络网"，一旦学校发布通知，班主任便将通知内容告诉这四个网头，网头立即通知他下面的1号同学，1号同学立即通知他下面的2号同学，于是快速传递下去。一般不到半小时就全部通知到位了。

我永远不会忘记我上面的2号王亮同学冒雨跑来通知我明天上午8点到校参加慰问孤老户活动。之后我快速奔跑去通知我下面的4号同学郭强，他接到通知立即跑向5号同学家里。

当时我并不懂得这种冒雨奔跑的行为出于责任感和团队精神，只知道自己是新中国小学生，我们被大人们称为新中国的第二代，所以我们就要做得更好，长大之后服务社会。

每逢新学期开学，班主任老师按照学生们住家的方位编成一支支不同路线的"路队"，并且选定"路队长"。中午放学了，学生们背着书包排成一支支路队，走出校门朝着路队既定方向走去。这一支支"路队"成员多则十几人少则几人不等。我们既是新中国小学生，也是一群让家长省心的孩子。

那时候的小学生路队堪称城市大街上一道移动的风景。我们沿着长街便道行走，沿途还要歌唱"我们走在大路上"。遇到横过马路时，坚持走人行横道线，一个个都是守规矩的小学生。就这样走着走着，有的同学到家了便一步跨出队列，我们大声互道再见。

一路行走人数自然是愈走愈少。最令人感动的是新中国小学生的组织纪律性——即使这支路队最后只剩两个人，我们仍然一前一后排着整齐队伍，大步朝前走去。

我们这样一路走着。一步步走成一个个守纪律懂规矩的大孩子。这就是生在新中国长在红旗下的我们。是的，我们从小就走在新中国的大路上，一直走到今天。

少年的春节

那年冬天父亲从新疆回来了。这次他是公差给单位购买仪器的。我具有记忆以来首次见到父亲。当年他报名参加建设祖国大西北的行列离开天津，那时我并不记事。

我家住在旧日租界的宁夏路，说是街其实是一条巷子。那是腊月三十的上午，我走出院子看到个中年男子蹲在小街口，操着外埠口音大声说话，如今我懂了那是表达与诉说。

他说，他这挂炮仗打算带回雄县老家过年（就是如今雄安新区的雄县），可是公路上有卡口检查见了就没收，只好卖掉回家。那时我7岁却从来没有放过炮仗。因为往年家里是不给我买炮仗的。我猛然想起今年春节不同以往，因为爸爸回来了。

我就跑去跟爸爸说外面有个卖炮仗的。爸爸听了立即走出家门。我追在后面看到他掏钱买了那挂炮仗，然后转身递给我。

那是一挂用红纸包着的炮仗，接在手里沉甸甸的。我喜出望外如获至宝，急忙奔回家去。当天下午我坐在桌前，小心翼翼将整挂炮仗拆散，变成一颗颗炮仗。那时候的孩子是舍不得整挂放响的。

就这样，除夕夜我家小院里响起了零星的爆竹声，那是一个

7岁男孩儿有生以来第一次放炮仗。当时的欣喜心情至今仍然难以忘怀。最令我难以忘怀的是父亲的形象。他穿一件蓝色呢子上衣走出家门，掏出皮夹子不问价钱就给我买了人生第一挂能够发出脆响的炮仗。

父亲返回新疆的第二年，我家搬到山西路居住。这里也属原日租界，旧称明石街。临近过年我生病了，发烧而且呕吐。一年一度的春节是孩子们三百六十五天的企盼。穿新衣、吃好饭，尽情玩耍。如此大好时节我却病了，心情很是沮丧。

大表哥来了，从唐山带来几样好吃的东西，有花生瓜子什么的。当时城市限量供应春节食品，记得每人只给二两瓜子一两花生。除夕夜我发热，迷迷糊糊特别希望清凉。捱到转天正月初一，我热度稍减。外祖母端来一小盘吃食，有京糕条果仁什么的，还有几颗水果糖。不知为什么我家竟然拥有两只褐色花斑塑料碗（那时塑料制品稀少而且比较贵），平时舍不得使用。由于发烧我想起夏季的冰棍儿，于是心中萌生一个极富创意的念头，固执地动手实施起来。

我将京糕条和果仁儿放进碗里，又剥了两颗水果糖投进去。端来一杯热水沏开，耐心等待冷却。外祖母看到我如此暴殄天物，就问我要做什么。我如实回答。外祖母告诫我说，这都是好吃东西，你可不要后悔的。

我是年末生人。西方星座理论称射手座，喜欢自由，而且一意孤行不肯回头。我家住房是双层窗。我拉开窗子小心翼翼将这只塑料碗摆在窗台上，心里幻想着明天就能吃到又凉又甜的自制"冰糕"了。

夜里，我做了一个清凉的美梦。第二天一大早儿爬起来奔向窗前，打开窗子迎着冷风从外面取回冻成冰坨的塑料碗，准备大快朵颐。

我的美好创意惨遭失败。冰坨上落了一层灰尘，脏兮兮的。我试图去除这层灰尘，那么只能等待融化了。然而融化之后我得到的是一碗浑汤。

外祖母走过来叫着我的乳名说，不听老人言，吃亏在眼前。

我的春节美食全部投入这项"创意"，这很像当今炒股的"满仓运作"，最终血本无归。从那时候我便懂得什么叫作"全部泡汤"。光阴似箭。这是少年时代的事情了。如今回忆起来却倍感温暖与亲切。那毕竟是个傻小子的春节故事，尽管如今我仍然很傻，而且傻到大叔的辈分了。

我当了工人

公元 1970 年初夏，我参加"七〇四七"战备工程（就是后来的天津地铁），与同学们一起站在齐腰的泥水里劳动。当时中苏边境的紧张局势已经得到缓解。我们则面临毕业考验。我是七〇届中学生，说是选调工矿企业，因此没有上山下乡。第一批分配工作名单下来了，没我，也不知还有没有第二批。于是我们成了"积压物资"，心怀忐忑去"学工劳动"。那是自行车胎厂。我在高温炙人的硫化车间劳动，班组里有两个新工人，与我同届。看他们走进社会成为工人阶级的一员。而我呢，只能接受他们的再教育，心情很是压抑。这就是命运。两个月的"学工劳动"结束之后，我与同学们一道分配到北仓工业区的一座大工厂里，终于当上了社会主义新工人。

命运再次将我打入另册。一进厂我便被分配到翻砂车间，这是全厂最差的地方，又脏又累，对身体伤害很大。记得那是在一座仓库里宣读名单。分配去翻砂车间的人只占总数的 2%，近乎百里挑一了。一个身穿破棉袄腰扎粗草绳的汉子将我们几个人领走了。我呆呆地走在队列里，不明白在我们伟大的社会主义中国竟然会有衣着如此破烂的"工人阶级"。就这样，我走进了人生新天地——昏暗潮湿的"翻砂王国"。后来，我将走进翻砂车间的第一感觉写进中篇小说《黑砂》。它真实地记录了我在青春岁月里的亢奋与苦闷。

如今的中年人几乎都知道"三条石"。这是近代中国北方机器工业的摇篮，同时被描述为万恶资本家残酷剥削工人的人间地狱。我来到翻砂车间学徒，身边几乎都是出身"三条石"的老师傅。这在当时来说是极其荣幸的事情——生活在苦大仇深的革命环境里，便于茁壮成长。那时"文革"并没有结束，工厂实行军事编制，车间支部书记叫指导员，车间主任叫连长。

我的处境不妙。由于工作之余我喜欢看书，有些老工人将我视为异类。他们心地并不恶毒，但对文化却抱有一种难以言状的复杂心态。由于文化粗浅他们常感自卑，同时对身边突然出现我这样一个"读书人"却一时难以接纳。在很长一段时间里，我处于莫名其妙的不利境地。我的组长是一位常年戴一顶劳动布帽子的中年工人。记得有一次干活儿他竟然无端对我发火，弄得我无所适从。他私下评价说："哼，小肖像个洋学生!"那是满含贬义的。不许习文，我只得转为"尚武"，开始长跑、游泳和滑冰，苦练篮球。尽管后来我成为厂篮球队主力主锋，在车间依然处境被动。

最为不妙的处境还是出于政治原因。由于我爱好读书属于"文化人"，只要出现反动标语乃至反革命匿名信之类的案件，就有人怀疑我，因为知识越多越反动。为了生存，我居然渴望迅速被环境同化，从而返回正册。出于这种心理，我努力学习说粗话以及"荤笑话"。最为荒谬的是我在口出脏话的同时，继续偷偷阅读着莎士比亚、雨果、托尔斯泰以及鲁迅、巴金、丁玲。我曾在阅读《九三年》时几度哭泣。于是，我在粗鄙文化与高雅文化之间成为一只"三明治"。有时我在高尔基描写底层社会生活的小说里看到与自己处境相近的人和事，便深感亲切，同时还有几分惆怅。

我尽量做得与别人一样。只有在食堂花两毛钱买一份甲菜时，才躲到没人的地方去吃。吃甲菜很容易被认为生活奢侈。那时"小资"是不会有好下场的。迫于生存环境，我渐渐学会表里不一。这就是人生的两难处境。你表里如一，必将面临生存的窘迫；你表里不一，必将陷入自我谴责之中。你必须将自己一分为二。只有这样你才可能获得生存空间。

干活儿的时候，我成了一个善解人意的人。这位师傅需要榔头，一瞬间我便递到他手里。那位师傅一小时之后才需要的工具，我往往暗中备妥，届时献上。我变成一个谨言慎行的小动物。无论内心是荣幸是悲哀还是猥琐，反正工人阶级渐渐转变了对我的不良看法。我感到自己赢得了生存环境。

工人阶级一旦认可我，他们的宽容与大度，令人终生难忘。有时工间休息，他们躺在更衣室里歇着，我就大胆拿出书本抄写唐诗宋词。那位常年戴着劳动布帽子的组长啧啧称赞："看人家小肖多爱学习！"

我已经适应了生活，因此赢得了友谊。我遵守着人生规则：乐于助人，诚恳待人，切勿害人。回忆起来，粉尘飞扬的翻砂场笃定了我的青春，也奠定了我的人生立场。

初进翻砂场我16岁，身高一米八三。三年之后我长成一米八七的小伙子，成人了。我懂得，人生就是一个不断变换内容的过程。无论内容如何变换，人生其实就是一种注定。我们所能做的，就是竭尽全力去破译这种注定。人生因此具有意义。

后来，我离开工厂去上大学了。我的工人生涯于1976年深秋戛然而止。为期六年的翻砂工生活，使我终生受益。进入文坛以来，很长一段时间我被称为"工业题材"作家。道理正在于此。

第一次看世界杯

20世纪70年代初期，我瞭望世界的窗口只有《参考消息》。那时候它属于"内部报纸"，简称"参考"，人们很难见到。那时候人们显得很矮，世界显得很小。世界小得就像一只乒乓球；那时候，生活很单调，于是阅读《参考消息》也就成了我生活之中的头等大事。

通过《参考消息》这个窗口，我伸长脖子，瞭望着遥远的世界。青春热血沸腾，有着不知疲累的旺盛精力，只要遇到被称为"文字"的东西，我就拼命阅读。《参考消息》这份报纸包罗万象，上至政治经济，下至鸡毛蒜皮，我一字不落。我青春时代的超常记忆力，给很多人留下深刻印象。

我尤其喜欢体育新闻，从70年代初期，我开始关注足球，连年订阅《新体育》杂志。那时候国内比赛很少（只在1972年举办了五项球类运动会）。然而只要民园体育场有球儿，我常常奋不顾身。至今我还记得来访的"红魔""三菱重工""鸭绿江"，还有天津队以王杭勤领衔的堪称国内一流的后卫线。即使来自空军的优秀前锋李宙哲，面对这道"铁闸"也不敢小觑。

关于国外的足球消息，则只能通过《参考消息》了。记得我常常从西班牙甲级联赛的消息里看到一支名叫"真马德里"的强队。那时候独裁者佛朗哥已经下台。多年之后这支名叫"真马德里"的强队竟然从我的视野里消失。如今的球迷漫山遍野，我就向他们打听，竟然无人知晓。一天，我无意之中向晓雨提及此事。晓雨思索着说 Real 这个单词含有"真实的、现实的、纯粹的"意思，并且告诉我当年《参考消息》上的"真马德里"如今已经译为"皇家马德里"了。

真相终于大白。"真马德里"失而复得，这也说明当年我对世界的瞭望，不过井中之蛙而已。

记得是公元 1978 年。那时候我已经离开工厂来到坐落在天津西郊杨柳青镇的学校读书。当时我们并没有清醒意识到，中国的思想解放运动已经悄然兴起。吃食堂住宿舍，一门心思读书画图，别无他想。有时同学们聚在宿舍里聊一聊，话题居然与足球有关。在我记忆之中，我们班的很多同学不但善谈，而且善踢，属于"口一份脚一份"的球迷。于是足球就成了一个持续不断的话题。大家经常谈到的球星，国内有张宏根、年维泗、孙霞峰、张俊秀，以及 50 年代国家白队的陈珊虎、袁道伦、张水浩、金昌吉。国外则有贝利、加林查、克鲁伊夫、贝肯鲍尔以及伟大的守门员雅辛。我惊讶地发现，同学们对世界球星的认识，几乎统统来源于 70 年代的《参考消息》。这真是一张不可或缺的报纸。但令大家共同感到遗憾的是，中国球迷从来没有机会亲眼看到世界杯大赛。

天气渐渐热了。一天刘克正君说中央电视台即将直播在阿根廷举办的 1978 年世界杯决赛。这可是开天辟地头一遭啊。听了这个消息，同学们很是着急：学校地处郊区，到时候去哪儿看电视呢？

那时，拥有电视机的中国家庭，极少。学校当局的电视机呢，虽然常年束之高阁，但也不会播放这场远在南半球却肯定影响北半球学业的足球比赛。这样，寻找合法观看世界杯的电视机就成为必须解决的首要问题。

兵营，消防队，还有一个被我们称为"南窑儿"的自然村，都不行。

素以交际广泛著称的高德祥君终于告诉大家，看电视的地方找到啦。

同学们一下子激动起来。

我永远也忘不了那个夜晚。我们七八个人骑着车子悄悄溜出学校，向北窜往杨柳青镇。高德祥君真有本事，竟然与西郊百货商场拉上了关系。我们到达的时候，守门人伸手阻拦，德祥上前说了几句，对方就放行了。爬上六层顶楼，看到一台黑白电视机摆在那里，观众只有二三十人。由于门卫管理严格，这里没有"爆棚"。

参加决赛的是南美劲旅阿根廷与欧洲强队荷兰。我从来没有见过这么宏大的球场。观众座无虚席，自由释放着焰火，尽情歌唱。有生以来首次看到"世界杯"，心中感慨良多。你看，平日里各行其是的人类，此时居然变得如此齐心协力汇集一处，发出共同的呐喊。我为足球的巨大魅力所震撼，心跳骤然加快。这场世界水平的足球对攻战，就这样拉开了帷幕。

是啊，我终于赢得了与世界同步的权利，我终于看到了世界杯。这才是真正的足球。双方拼抢激烈，铲传铲断，使比赛惊心动魄而一气呵成。在此之前我从未见过如此精彩的足球比赛，完全被惊呆了。也只在这种时候，我才真正懂得了一个道理：世界很大。

阿根廷以 3 : 1 击败荷兰而夺冠。这场比赛脱颖而出的是阿根廷球星肯佩斯。为荷兰队射入一球的是身材高大的 9 号。尤其是阿根廷的边后卫 1 号阿蒂克列斯（此公与贝利一起参加了电影《胜利大逃亡》的拍摄）助攻时被对手拉倒却面无愠色，他的修养令我大开眼界。

骑车回校的路上，同学们都很激动，仿佛一下子长了许多见识。二十年过去了，我从电视里连续看了许多届世界杯，最为难忘的仍然是公元 1978 年的决赛。正是从那个时刻开始，我懂得了睁大眼睛看世界。

是的，世界就在你的面前。

从新港启航

曾经写文章谈到《新港》，说接触这册文学刊物还是比较早的。记不得是哪年了，我大约10岁吧。不知道为什么家里有几册文学期刊，是《新港》和《延河》。

可能是认为诗歌比较简单吧。小孩儿首先读诗。长大成人才懂得诗歌是语言艺术的最高形式。小孩儿我随意翻开《新港》，记得读到作者薛雪的诗作，"绿窗深处，含笑绣花，苏州离北京有多远，姑娘一针一线牵……"

小时候我记性不错，便记住这位诗歌作者别致的名字——薛雪。公元1968年深秋，我们从西藏路小学"大锅端"升入"抗大红一中"，那是"文革"期间。这所中学"文革"前是女四中。后来听说有个语文教师从四楼平台纵身跳下。我偶然得知这个自杀者名叫薛雪，猛然想起《新港》以及苏州刺绣的诗歌，便向学校后勤工人打听详情。

果然，那位以自由落体方式结束生命的语文教师薛雪正是《新港》月刊那位抒情诗人薛雪。当时我已然喜欢文学了，暗暗为诗人的悲惨命运感叹不已。就这样，我似乎与《新港》产生了某种神秘关联，无论是赞美的诗篇，还是悲情的诗人。

当然，我当时在《新港》上还读到其他作者的诗歌，比如刘中枢和白金。多年后见到他们还都健康地活着，内心深感欣慰，他们不像薛雪先生那样追求浪漫——宛若一只大鸟俯冲而去。

还是那几册文学期刊，我从中读到孙犁先生长篇小说《风云初纪》。这部风格独特的长篇小说在《新港》上连载，因此我只读到两期。那是变吉哥行军路经山区农家，房东的小女孩儿发烧醒来闻见小米饭熟了，说了一声"香"。走的时候变吉哥想送给房东礼物，转念想自己个穷八路能送人家什么呢？如今我记不清具体情节，好像变吉哥送了一张画像，是不是领袖画像我更记不清了。

这些年我没有重读《风云初纪》，真是失敬了。我认为，随着时光推移，被当代文学严重低估的孙犁先生理应得到公正评价。阅读孙犁先生我是从《新港》开始，因此我感谢这册文学杂志。

我试图与《新港》发生直接关联时，它已然改名《天津文艺》了。那时我在郊区一座大工厂里当工人，开始偷偷学习写诗。说是诗，其实顺口溜而已。我经常阅读《天津文艺》，从中看到许多天津的诗歌作者：唐绍忠、王榕树、李超元、金同悌、许向诚、颜廷奎、李子干、苗绪法、王光烈……

我记住《天津文艺》杂志社的地址：天津市和平区四川路八号，但从来没有去过那地方，便在心里想象着。后来我动了心思，开始向它投稿。

那时候，作者投稿是可以不贴邮票的，只要将信封右上角剪去，便"邮资总付"了。我每次剪掉右上角，还要贴上一张一

有时候想念自己

分五厘的邮票，这样就双保险了。万一收邮的报刊不是邮资总付单位，我也付了邮费。那时邮寄稿件，贴一分五厘的邮票就可以了。

我总共在《天津文艺》上发表过两次顺口溜，一次1975年，一次1976年，都是小豆腐块儿，比豆腐房卖的真正的豆腐块儿还小。责任编辑均为肖文苑先生。我是通过一位老作者认识他的。肖文苑先生个子不高却很有学问，讲粤式国语，对唐诗有着很深的研究。

"文革"结束，《天津文艺》恢复《新港》的刊名。我也从工厂技术员变成工业机关干部。我渐渐意识到自己不是写诗的材料，转而学写小说。每每写出小说，便向肖文苑先生投稿。为了发表作品，我还到解放南路他家的"临建棚"拜访，正赶上他修缮自家屋顶，显得很有力气。我得知他曾经下放工厂劳动，抡大锤劈铁锭，竟然不在话下。

我开始在我市内部刊物上发表小说作品，比如《海河潮》。大约1983年春季，我终于在新港发表了小说《看车姑娘》。一天上午，我在办公室接到责任编辑肖文苑先生打来的电话，说话完全文人口吻："肖克凡同志，大作在我刊发表了。现在《小说月报》决定转载您这篇作品，需要作者的创作简介。"

我激动且羞涩地说，"这是我在正式刊物上发表的小说处女作……"

《小说月报》转载这篇小说之后，我开始接到外地刊物的约稿信，有《奔流》的王剑冰老师、《江城》的肖桂民老师等。我还接到几封读者来信，有四川的河北的山东的和本市的，我都礼貌地复了信，对他们的鼓励表示感谢。

后来，这篇小说获得了首届"新港小说奖"。我向单位领导请假参加颁奖活动，见到诸多有名的作家，比如浩然先生。我还记得，那次在警备区招待所小礼堂召开的颁奖会，吕舒怀兄代表青年获奖作者发言。他是天津青年作家的代表人物，发表了《在友谊的圈子里》和《美的记忆》。我坐在台下望着他，内心很是敬佩。

再后来，《新港》改名《小说导报》，由已故的柳溪先生主持。我在上面发过小小说《珍品》，还被河南的《小小说选刊》转载。至此，我依然是个小小说作者而已。当年，天津有些青年作者开始尝试中篇小说甚至长篇小说，勇气可嘉。记得《小说家》的李子干先生来信鼓励我写中篇，我心存感激，却没敢写。我知道自己不行。

《小说导报》改名《天津文学》是1987年的事情。我将自己的中篇处女作《黑砂》投给编辑李兴桥老师。这篇稿子受到重视，执行副主编刘品青老师叫我去编辑部谈话。十年了，这是我首次走进这家文学大刊的编辑部。冯景元老师也与我谈了话，使我受到很大鼓励。《黑砂》发表后，《小说月报》和《小说选刊》转载。之后《天津文学》为我召开研讨会，蒋子龙老师讲话肯定了这部作品。我受宠若惊，一时不知如何是好。

这次研讨会后，扈其震兄立即写了报道在《文艺报》发表。我又有了外地编辑约稿信，心里挺高兴的。

之后几年，我在《天津文学》发表了《黑色部落》和《遗族》，后来又发表了《私死》《都市谜底》以及《个案》等几个短篇小说，与编辑们建立了亦师亦友的关系。从《新港》到《天津文学》，我始终是她的作者。无论什么时候，我都会认为自己是她培养出来的。没有《新港》和《天津文学》，就没有我这个写小说的作者。我调入天津作家协会成为文学从业者，也应当与发表《黑砂》有关。我不会忘记是《天津文学》发表了我的中篇小说处女作，让我有了几分虚名，混入文坛了。

我尤其要说的是，2008 年我出版长篇小说《机器》并在北京召开研讨会后，《天津文学》不惜版面发表了这次研讨会的发言纪要。这种支持令我难忘。

今年《新港》创刊六十周年，可喜可贺。我是从"新港"启航的，所以我由衷祝贺她。这么多年过去了，从《新港》到《天津文学》，她培养了多少像我这样的作者啊。想起一位位退休甚至去世的老编辑，我从内心感激他们。看到一位位如今在岗的中青年编辑，我从内心祝福他们。愿我们依然保持当年启航的信念，朝着前面驶去。

新港是我启航的港口。前面是大海，一派蔚蓝景象。让我们同行。

第二辑

我的骨肉亲情

远远逝去了，却永远照耀着我，

这就是生命之中的星辰。

怀念冬季

如今的冬季已经不是那么天寒地冻的了。走在大街上你会看到，一个个爱俏的姑娘衣着单薄体形凸显，仿佛走在飞花的春天里。冬天不冷了，说是什么厄尔尼诺现象产生的温室效应。于是雄性的冬天，雌了。

小时候的冬天很大。儿时心理似乎一年四季只有冬天是最大的。大风、大雪、大雾，还有被严寒冻裂的大地。孩子们就显得更渺小了。

夜间，你会被呼啸的北风所惊醒。躺在温暖的被窝里不敢发出声响。清晨起来窗上的玻璃结满冰凌花儿，千姿百态让你看不到外面的世界。你跑出门去，身子猛地一紧，朝地上吐一口唾沫，转身回屋它已经结冰。

这就是冬天。冬天使世界变大变旷变深远。冬天使天地之间愈发有了无穷无尽的内容。

冬天使孩子们情趣大增，堆雪人儿砍雪球儿滑冰排……数不尽的冬日游戏而只有在冬日才有。冬天里的少年不知愁。

想起儿时的冬天就忘不了那白茫茫的雪地。那是一个9岁男孩儿的雪地。

外边下着大雪。这雪已经下了两天了。在儿时的记忆里连续下几天雨的时候很多，连续下几天雪的时候却很少。所以我从小就认为雪比雨要珍贵。雪花胜过雨珠，尽管它们同宗。

外面下着大雪我背起书包要去上学。上学的路，要步行四十分钟，一遇雨雪路就显得更长更远。那时候我肩上戴着三道杠，是个走在人前十分自豪的学生。其实我的内心世界非常自卑。这可能与住家太远有关。路远使人自卑。

我走出家门便被迎面扑来的风雪给镇住了。我觉得冷。我转身跑回家去对祖母说我冷，我想戴一顶帽子。祖母听罢，怔怔地看着我。

我就又说了一遍，我想戴一顶帽子。

祖母就翻箱倒柜去给我找帽子。当时我朦朦胧胧意识到，祖母这样做是徒劳的，因为我根本就没有冬季戴的帽子。

祖母关上箱子，叹了一口气。

戴这顶帽子吧。我突然听到父亲的声音。他从床上爬起来，不知从什么地方拿出一顶剪绒皮帽。当他将这顶帽子递过来的时候，我呆呆望着他。不知为什么我觉得这一切都来得非常突然。

父亲以及父亲的皮帽在我眼里也显得有些陌生。

父亲是从新疆回来的。他带了许许多多只有新疆才有的东西。大皮靴、皮大衣、毛毡袜，还有奶酪和一大桶咸羊肉。这些东西使我产生联想——新疆的冬天更大，一望无际全是冬天。

因此我觉得新疆归来的父亲略显陌生。略显陌生的父亲将那顶哈萨克式的皮帽递给了我。

我将皮帽使劲戴在头上。帽子太大了，给我一种十分强烈的感觉——它使我想到了伞。

我小心翼翼地说，这帽子太大了，我不戴。

父亲听了这话立即怒了。那时候我才知道他是个脾气暴躁的男人。他大声说，你戴！你得戴！你就得戴！说着他跳下床来，抬手打我。

我不知道父亲为什么发这么大的脾气。后来我才懂得男人苦闷至极往往爱发脾气。我懵懵懂懂被祖母推出门外。她将那顶又大又厚的皮帽沉沉地扣在我的头上，然后飞快地塞给我一枚硬币，说晚了晚了你坐公共汽车去上学吧。

于是，我戴着那顶沉重的大皮帽，跑进9岁冬季的风雪里。我没有去乘公共汽车。我也不明白我为什么没有去乘公共汽车。或许是因为我戴了一顶又大又笨的皮帽吧。这是大男人的皮帽。

我朝前奔跑着。帽子太大，几次从头上掉下来。我猫腰抬起重新戴到头上，继续朝着学校跑去。雪地里的学校显得比新疆还要遥远。我赶到学校的时候已经迟到。走进教室，我头上的皮帽引起全班哄笑。老师用那种令我一生难以忘怀的目光注视着我。

当时我并不知道，从今以后冬天成了我最为难忘的季节。

课间休息我走出教室便成了同学们袭击的目标。一个个雪球向我头上的皮帽投来，成为众矢之的。至今我也不明白他们为什么用这种独特方式来表达对这顶来自遥远新疆的皮帽的好奇。就这样，反而坚定了我佩戴这顶皮帽的信心。

我过早地戴上了一顶成年男子的皮帽。

这顶皮帽使我牢牢记住了冬季。这顶皮帽也成为我冬季生活的重要内容。

那时候我住的地方是城市贫民区。这里的人们吃水，是要到大街上一个水龙头前去等。那水龙头被砖头砌成一个堡垒模样。人们吃水要用两只大木筲去挑。入冬，这一双大木筲就挂上了两寸多厚的冰凌，看上去像是两只庞然大物。扁担呢一人多高，担在肩上吱吱作响。严寒之中的水龙头前面，因挑水者众而滴水成冰，渐渐形成一座冰的山坡。远远望去，水龙头竟然成为一座欧洲风格的城堡。

我不是这里长大的孩子。我不会挑水。即使是这里长大的孩子，也要等到十二三岁的时候才能挑起那两只大木筲而成为袖珍男子汉的。一天傍晚，祖母小声对父亲说，水缸里没有水啦。

父亲是个孝子。但父亲是个脾气不好的孝子。他躺在床上嗯了一声。那时候他似乎对生活丧失了信心。一张床他就足够了。

祖母又小声说了一遍。父亲又嗯了一声。冬日的黄昏里，父亲懒散的声音显得十分微弱。那时候我当然不懂得人为什么会对生活丧失信心。

那时候我只知道冬天很冷，皮帽很大。

我戴着那顶皮帽，悄悄到院子里去。那一对挂满冰凌的大木筲蹲在门楼的角落里，像两个大肚汉。旁边立着一根硬梆梆的扁担，不动声色。

我扶了扶头上的皮帽然后拿起扁担。扁担与男子汉一般高。那时我认为扁担是一种长满牙齿的动物。它咬噬着我的肩膀。

我无法描述我是怎样将那一担水挑到自己家门前的。我一脚门里一脚门外极力使自己站稳。父亲闻声从床上爬起来，吃惊地望着我。我听见祖母小声说，老天爷啊小毛孩子也挑水啦。

父亲没说话。他帮我将水倒进缸里，就又躺到床上去了。我摘下皮帽，任汗水从脸上流下来。父亲两眼望着屋顶说，新疆的冬天那才真冷呢。有一次我胃疼躺在戈壁滩公路边上，一会儿大雪就把我埋了。幸亏一位司机看见了我……

我光着脑袋站在院子里。很久，我依然觉得冬天很大很大，大得令我感到自卑。

我一直没有机会向父亲询问那顶皮帽的故事。我固执地认为它应当有一个故事。因为皮帽属于冬天。冬天又是很大的。怎么能没有故事呢？如今父亲到另外一个世界去了。

那顶皮帽使我一下就长大了。在冬天里。

如今的冬天已然不那么冷了，变得温温吞吞的，没了冬天的样子。不冷，能叫冬天吗？寒冷才能称为纯粹。暖冬算是什么呢？只能算是一种经过改良的冬天。

没了纯粹的冬天。我怀念儿时的冬季。

儿时的冬季真纯粹啊。无论你有没有皮帽。

父亲去世了。皮帽也死了吧？

如今男人们的脸孔也因缺少严冬的风雪扑打而几乎面若桃花了。这是暖冬的德政。

今年的冬天又会怎么样呢？我期待着，作童心未泯状。

等待纯粹的冬天吧。

生命星辰

外祖母 96 岁那年过世，滁州的舅父来信告诉我，她老人家的骨灰埋葬在琅琊山上。我知道，那就是欧阳文忠公写《醉翁亭记》的地方，令人神往。我几次想去拜谒外祖母的墓地，终未成行。也就是在她老人家去世之后，我才渐渐懂得了什么叫睹物思人。有一次走在市场上猛然听到一个小伙子的大声叫卖。看他车上的货色，我想起外祖母在世之时的拿手绝活——油炸排叉。我敢说今生今世凡是吃过她老人家油炸排叉的人，大概不会再买街上出售的同类食品。外祖母做的排叉，我不敢说空前，但几乎是绝后了。

外祖母是冀东人。中国北方喜欢吃油炸面食，似乎由来久矣。岳飞风波亭遇害之后，民间即有"油炸桧儿"出现，表现了人们对当道奸臣的共同仇恨。如今这种食品在北京一带仍然可见。而外祖母的油炸排叉，则属于唐山的地方风味。

那时候我很小。心思完全集中在"吃"字上。关于排叉的制作过程，根本也没有给我留下丝毫印象。只记得她老人家先是将面团和好，然后做成剂子；将剂子擀成薄薄的面片，然后在面片上划上几刀，随手一抻一叠，那面片就成了一朵"蝴蝶结"。似乎还再撒上几粒芝麻，然后投入油锅，去炸。只等那焦黄的排叉从锅底浮出，炸得吱吱作响，我的口水也就流了出来。嚼着又香又脆的排叉，我的童年一下就幸福起来。其实我的童年恰恰处在国家经济困难时期。物品紧缺，限量供应，人们普遍营养不良。外祖母制作排叉的白面和菜籽油，都是平日里积攒下来的。即使这样，每次制作排叉外祖母总是一家一份送给邻居们尝鲜儿。我心里舍不得，可又不敢提出抗议。无疑，外祖母的善良品质对我的成长产生了极大的影响。

至今，令我万分后悔的是我没有学会制作排叉的技艺。外祖母过世十五年了，我只买过一次街上出售的排叉，吃了一口就放弃了。说心里话与外祖母制作的味道大相径庭。这几年怀旧之风甚盛，有时我就发出感叹，说再也吃不上可口的排叉了。人们就说我成了鲁迅小说里的"九斤老太"。一次，我与一个朋友又讲起关于排叉的事情。这位朋友非常深沉，他说并不是世上没有你认为可口的排叉，而是世上再也没有你的外祖母了。

一句话说得我热泪盈眶。是啊，童年的油炸排叉已然随着外祖母远去了，不可返还。正因如此，长大成人的我才永久地感到缺憾。我对童年排叉的强烈怀念，恰恰说明亲情的不可替代。我思念外祖母，只盼梦中相见。可不知为什么，十几年来我竟然不曾梦到她老人家。我想，这正是生活的残酷。

我自幼不曾与父母一起生活，尝遍人生五味。外祖母做的油炸排叉，无疑已经成为我精神银行里储存的黄金。我因此而感到幸运。

远远逝去了，却永远照耀着我，这就是生命之中的星辰。

老式电车

人到四十，说是不惑之年。与童年少年青年时代相比，中年以其成熟的魅力使人觉得进入了五谷飘香的季节。如今我也 40 岁了。不知什么原因，心境却随着年龄变得尴尬了。在老人面前你依然被认为是个孩子，在孩子面前你又时常感到自己已经变老了。许多事情反而拿不准了。不知道应当世故还是应当天真。

于是我经常想起那种老式电车。

我说的是那种在我们这座城市已经绝迹多年的老式电车。

只有在这种老式电车面前，我才是个真正的孩子。看如今这世界，真正的孩子似乎不多了。我们都拥挤在那叮当行走的老式电车里，一下子就驶入不惑之年而变得不惑了。

想念老式电车的心情，显得有些古典。童年的记忆里，处处与电车有关。在我眼里，电车就是一座座高大宽敞隆隆行走的木头房子。四道铁轨，铮光泛亮地躺在路中央，任那电车轮子轧过来碾过去。电车四通八达，成了都市的一大景观。白牌电车，红牌电车，蓝牌电车……如今繁华的滨江道，当年行驶的乃是绿牌电车。去年的一个夜晚，我看罢京剧独自回家，走的正是这条"绿牌电车道"。白日的人间喧嚣被月光淘洗得干干净净。我一瞬之间又变成那个乘坐电车到达终点的小男孩儿了。

我又看见远处那座法国大教堂。

这里还有一座桥。桥下是那条墙子河。

电车是不过桥的。桥太小。桥前不远处就是电车的终点站——铁轨尽头立着四根铁桩子。

每次都是祖母拎着我的手，挺着身子从电车上走下来。老式电车的台阶，对一个小老太太来说，确是显示了高大。我总是恋恋不舍地看着那辆电车倒行而去——又满载乘客叮叮当当驶走了。

这时候往往是我一个人立在桥前。

祖母过桥去了，急匆匆去办她的事情。她不让我过桥我就不敢过桥。我是个胆小的孩子。

我知道祖母过桥去干什么。我肯定知道。那时候我四五岁吧？几年之后，我成了一名小学生。我第一次只身走过教堂桥，去看祖母常去的那个地方。

那地方已经改业，变成了租赁小人儿书的书铺。门上窗上，挂满了小人儿书的封面，招徕着。我去那里借了一本《母亲》。我之所以借看这本小人儿书，是因为我很少见到自己的母亲。于是就在小人儿书里去看别人的母亲。后来，我才懂得母爱意味着什么。

站在这间小人儿书铺门外，我心里明白了。奶奶，怪不得这两年您不领我来了呢。原来当铺没了。

每次我随祖母乘电车到这里，都是来典当的。那时候我根本不懂进当铺是一件脸上无光的事情。懂得脸上有光，我却已经不是孩子了。祖母怀揣典当之物，迈着一双小脚走过教堂桥的身影，那场景就像是在昨天。

其实解放之后就已经取消了当铺。后来我才知道，祖母常去的地方名为"小件物品有偿抵押所"，这显然是为了突出社会主义的性质。虽然解放了，但还是有很多穷人的。后来"小件物品有偿抵押所"也被取消了。这对祖母这位常客来说，一定是个沉重的打击。然而我能够记住的只是祖母典当之后从桥那边向我走来时，一派士气旺盛的样子。

我从未见到祖母脸上有过什么愁云。

我也从未听到祖母口中有过什么悲叹。

祖母是个独立性极强的人，永远理直气壮。

应当说祖母是个穷人。祖父死得太早了，不曾存在似的。祖母一个人生活，住在贫民区的一间平房里。那时候我被寄养在外祖母的家中。隔上一段时光，祖母就跑来看我。而每次又都不忍离去，就索性将我接走，去住上几天。

这来来往往，乘的就是那种老式电车。

祖母对外祖母，似怀有一种莫名的敌意。出了姥姥家大门，祖母就十分为我高兴。仿佛我脱离了虎口似的。我知道祖母的看法不对。

我说："奶奶，我姥姥对我挺好的。"

祖母脸色一沉："你给我闭嘴！"

她使劲扯着我的手，登上了电车。

电车上，祖母便开始不停地说话，一直说到到站下车。祖母永远旁若无人。她在电车上说的话，句句都是对我的提问。有时我贪看车窗之外的景致而几句不答，她就急了。

于是一路之上，我都在忙着回答她的问题。在那叮叮当当而又摇摇晃晃的老式电车里，她的那双细长的眼睛异常专注地看着我。祖母的这种目光，我如今极尽文字之能事，也无法将其描述。我只能说这种目光对我的照耀，今生今世也不会再有了。我懂得了唯一。

我依然记得祖母在电车上的那些提问。

这一程子你吃得饱吗？你姥姥一准饿着你！

前天下雨你准出去疯跑了吧？

夜里你还是光着屁股出去撒尿？你姥姥怎么就这么忍心呢？

那些糖块儿你都吃了吧？没叫别的孩子给骗了去？

叮当行走的电车上，我一一回答着这些永无休止又无微不至的问话。祖母听力不强，有时听不清楚她就要我大声再说一遍。

我就再说一遍，仿佛做了一次小结。

电车上的乘客们，纷纷注视着我的祖母。祖母那如处无人之境的气概，我至今叹为观止。是因为耳聋她听不到世界对她的评价，还是她从来就不把世界放在眼里？我不得而知。在我的记忆中，祖母是个刀枪不入的人物。她不念旧，没有给我讲过一个故事。她也从不希冀什么未来，更没有丝毫功利目的。在那沿着轨道向前行驶的老式电车上，永远是祖母的现在进行时。到站了，我们就下车去。祖母是一位市井现实主义者。她活的就是一个"现在"。

我每次能在祖母家住上几日，要取决于祖母的财力。我走进那间面积不大但拾掇得非常干净的屋子里，美好的生活便开始了。

宝贝儿，你想吃什么呀？说呀，奶奶给你买去！你想吃糖炒栗子吧？准的！还想吃什么呀？你想想！你可是说话呀！

这时候的祖母，更像是在逼问我的口供。她不善慈祥，发语爽快而近乎强硬。

之后祖母就环视着这间小小的居室。这种时刻，往往是她在思考问题。

我当然不知道祖母有多么为难啊。

祖母念念叨叨地出去了。有时出去的时间很长，有时一会儿就回来。无论出去的时间长短，她回来总是不会空着手的。回忆起来，大都是那些我喜欢吃的东西。糖炒栗子，糖占子，糖葫芦，糖梨，蜜枣，瓜条，藕片，杏脯……令我激动。祖母每次都是一样儿买一点儿，花样繁多之中透着精致。这精致之中又透出了祖母的精明。我就忘乎所以地大吃起来。

偶尔抬头，就与祖母目光相遇。我仍然难以描述这目光。祖母的眉心偏左处，生着一颗暗红的痣。在我的血缘长辈之中，祖母是唯一有痣的人。这就注定了我能牢牢记住她而不会忘记。祖母的这颗痣，使她活到了92岁。

住在祖母家的日子里，我的主要生活内容是吃。祖母像是一个模范饲养员，我则是一只小动物。我的一些坏习惯，大多是那时给宠的。譬如说睡懒觉。譬如说猛吃零食。譬如说不爱劳动。还有性急而易躁什么的。

祖母去世之后，这些坏习惯更加牢固地保留在我身心之中，仿佛她老人家留给我的一份永恒的纪念品似的。四十年来，还没有一个人能像祖母这样，在我身上刻下如此不可磨灭的痕迹。在另一个世界里，她永远洞察着我——她留在人间的这个宠物。

美好的日子，总是戛然而止的。上午起床的时候，祖母对我说："今儿，送你回去吧。"

我就闹哄，说不回去。

我知道闹哄也没有用，祖母言而必行。

这时候祖母必然要拉开被阁上的抽屉，从中拿出那个手绢叠成的小包儿。头天晚上，祖母在里边裹了一毛钱。

她打开手绢，里边竟然变成了五毛钱。

夜里财神爷下凡啊给咱们添钱来了。

我就由衷地高兴。这钱来得如此之容易。我怎么知道，这些钱都是祖母舍脸去向邻居借贷来的。为了我，她什么事情都做得出来。

于是这一天便成了最为辉煌的一天。

几乎是有求必应。祖母先是一声接一声问我中午想吃什么饭，然后就着手准备了。这时间里如果有孩子来找我玩儿，必然被祖母驱逐。不知为什么，祖母不允许我的身边有别人存在。

祖母目不转睛地看着我吃完午饭。她的午饭吃的什么，我从未留意。我只依稀记得当我美滋滋地吃着可口的饭菜时，她脸上所流露出的那种陶醉的表情。

我央求她不要送我回去。她凝神，不理会我。她又开始环视这间小小的屋子。然后就是翻箱子开柜，颇为艰难地寻找着那些历史遗存。

祖母年轻的时候，曾经极其短暂地富过一段时光，后来就破败得一塌糊涂。祖母一生似乎也不曾拥有爱情。偶尔谈到祖父，她总是极其冰冷地一带而过。祖母既不恋人也不恋物。

祖母肯定是翻找出一些可供典当的东西。她洗脸梳头，将自己拾掇得体体面面的。我们走出家门。路上遇到熟人打招呼，她就颇为自得地对人家说，领我孙子出去遛一遛。

我们在东南城角乘上电车，去往教堂，有时车上乘客渐多，有人站到我的身边，祖母就十分尖利地发出吼叫："看你挤着我孙子啦！"

其实人家并没有挤着我，而祖母却十分霸道地认为，她孙子身边不许有人站立。祖母的这种行为，当然遭到公众的白眼。然而她那无所畏惧的旺盛斗志，竟使众多乘客敢怒而不敢言。

至今我依然不曾被母爱所沐浴。但是我却永远不会忘记祖母出于对我的呵护，在老式电车上发出的那种护犊的尖吼。祖母对我的疼爱，已经达到了疯狂的程度。于是我对母爱，也拥有了一种间接的体会和感触。

母爱可能是最为伟大的最为崇高的，同时又是最为自私的最为狭促的。母爱可能是理性的，同时又可能是难以理喻的。而祖母对我的那种疼爱，我只能用两个字来比喻：放血。

祖母过桥去典当。她走回来的时候，手里便有了些钱。她领着我沿滨江道一直走到劝业场——钱也就花得差不多了。一路上她不停地问我想吃什么。我的回答稍有迟缓，祖母就急了。她不能容忍她对我的疼爱，出现分秒空白。

在劝业场我们上了电车，叮叮当当一两站地，在四面钟站下了车。我呆呆看着祖母。这时天已渐渐黑了。身材矮小的她，将那些食物一样儿又一样儿给我包好，让我拿在手里。她高声说：

"谁敢抢你吃的，你就告诉我，看我下回撕烂他们的嘴。"

其实没有人抢我食品。祖母疼我爱我，便对这个世界持有一种"泛敌情绪"。举凡与我有所接触者，都在心理上被她列为敌人。

黑暗之中我听到祖母说："走吧宝儿，一直回家，别在半道上玩儿！"这时候祖母已经饿了一天了。

我就向西边外祖母家走去。不知什么原因，祖母每次都在这里与我分手而不将我送到外祖母家，至今我也不得其解。是不是祖母不忍心看到我与别人在一起的情形，那对她将是一个刺激。祖母永远认为，我与别人在一起的生活，是在水深火热之中。

今天我懂了，祖母有权利这样认为。

我走出一个路口，祖母尖声喊叫叮嘱着我，小心脚底下别绊着！那葡萄洗洗再吃！

我走出两个路口了，仍能听到她的喊声。

好宝儿，过几天奶奶再来接你……

我走得很远了。回头看，却看不清祖母的身影了。我知道她还在旁若无人地喊叫着。只有和平路上那南来北往的老式电车，成了祖母身后朦胧可见的背景。

祖母如那老式电车，去矣远矣。

人子课程

我抵达这个世界的第一个任务是来做儿子的——当我呱呱坠地时就已注定。没有人告诉我当时大家是否吃了喜面，但我敢断定我的到达没有引起他们更多的反感。

只是这个人间又多了一个男婴罢了。

我就开始做儿子了，自觉不自觉便到了如今，很匆忙的。父母没有留给我任何"遗产"，因为他们还都分别活着，不很健康。

很久以来，见过我父母的人，有的说我长得很像父亲，有的说我长得很像母亲，看法很不统一。我想：一定是因为父亲与母亲生得就有些相近吧？才有了这两种殊途同归的说法。

我想我是更像父亲的，我是他的复制。

对于父亲，很长一段时间里我印象不深。据说4岁时我随母亲去车站送过他。他去了很远，到大西北边疆去工作了。

然而我对母亲也没有更多的印象，这很令我感到遗憾，似乎缺少了许许多多东西。

我在没有父亲在场的情况下继续做儿子。几乎没有男性可供我摹仿，我居然一天天成长起来，如今也做了父亲——有了自己的儿子。

我做起父亲来常显得力不从心。

这一定是有原因的，我说不清楚。

记忆之中有了父亲，是国家经济困难时期的一个隆冬。一个头戴大皮帽身穿皮大衣的人推开了我家的门，他提着肩着许多东西，呼呼喘着粗气。

我问："同志，您找谁呀？"

这个人就冲着我笑。他很高很瘦，就像今天的我一样，更合秩序地说，今天的我就像当年的他一样。

外祖母在一旁大声说："他是你爸爸呀！"

我至今没有忘记这句话。这的确是一个开始。

于是有了父亲的起初印象，当时我正读小学一年级。别人都有父亲，我也有了。

我因此而激动。

生平首次看到那么多饼干，是在父亲从新疆带回来的那只小皮箱里。在我眼中那只装得满满的小皮箱简直大得胜过一家糕点店。我一头扎进去，吃了许久才恢复常态。父亲笑了，他当然没有告诉我他在新疆过的是一种什么样的生活。我松了松裤带，只知道在"节粮度荒"年月里我是个最为幸福的儿子。

几天我就吃空了那只小皮箱，像一只耗子。

父亲返回新疆时没有带走那只空空荡荡的小皮箱，他说，明年我还回呢。于是我又成了他遥远的儿子，他又成了我遥远的父亲。

我继续混沌地做儿子，时常想起那一箱不复存在的饼干。班上有几个同学患了浮肿病，我没患。我想这与那一皮箱饼干有关。

而父亲却是两手空空返回新疆的，没带一块干粮，也没带一两粮票。那路，多遥远。

有时我回想那不是一皮箱饼干，决不是。而是父与子之间的一种特殊的物质。

后来我在母亲授意下给父亲写过一封信。内容我已忘了，大约是告诉他我期末成绩优秀并希望他多多寄些钱回来。这是我识字以来所写的第一封信，也是至今写给父亲的唯一的信。他读信时的复杂感受，如今我已能够大体揣摸出来了。

因为我也做了父亲——身兼两职了。

至今我也不明白母亲为什么让我给父亲写信。可能是有意训练我的文字表达能力吧。

我依然遥远地做着父亲的儿子，很难进入"角色"。那时我学会了看地图。地理课的成绩全年级我一枝独秀，有一次居然问倒了老师。

老师不知道我的"地理情结"，面有愠色。

父亲的再一次出现是很突然的。当时我已经忘记了他的存在。他在我一次放学的路上候着我，像个伏击者。塞给我一把糖果，他笑着说，我从新疆回来了，我再也不回去啦。

我知道已经属于父亲了，心中十分害怕。这害怕源自一种深深的陌生感。

我给一个陌生的父亲做了这么多年陌生的儿子，陌生得近乎无有。该实打实做儿子了，前景难卜，我在路上偷偷哭了。

我希望自己快快长大。大街上见到成年男子，便从心底羡慕，只恨自己长得太慢。

难道是我不愿意做一个儿子？至今也说不清那是一种什么样的想法。

做儿子是人生法定的事情。

我与父亲在一起生活了不长的一段时间，他就另有了自己的家庭。那一段时间是短暂的，就好像我与他从未一起生活似的。

我就产生了一个愿望，希望他再生个儿子将我替换下来，就如足球场上的换人。

终于没有"替补队员"将我换下场来，我只能继续下去，在父亲不在场的情况下当儿子。

父亲偶尔来看望我和祖母。我仍然觉得他是我遥远的父亲，我是他遥远的儿子。

有时我为自己感到庆幸。

什么是儿子呢？

我长成了，进入社会谋生。先后挪动了几个机关，当小公务员。渐渐，我体味到了人的痛苦，心底很是迷乱。这时我与父亲见面的机会更少了。只是偶尔才想起他来。

其实我根本没有理解"儿子"一词该有多么沉重。它不只说明着一种血缘，一种秩序，还标志着一种角色和角色感。每当我作思想深刻状时，才会切肤感到：做了这么多年儿子，却不是给自己的父亲。我可能永远丧失了，不可追补。就像我不可能退回幼儿园去表现童真一样。因此我又怀疑自己长得太快，年纪轻轻就成了一个如此成熟的"儿子"。

我可能永远丧失了。与父亲共同生活的那一段时光，已成为一个常数和恒量，像"π"值一样不可变更。随着年龄的增长时光的推移，与他共同生活的那一段时光就愈发显得短暂。

有时我想，我还不如是个彻头彻尾的孤儿，便用不着在两难处境中而不得要领了。

"儿子"是这个世界上一个最为复杂的字眼儿。我身为人子却又从未去深深地体验它。

这是一种轻松，也是一种沉重。

你一生都没有实实在在做上他一场儿子，该是多么可悲呀。

为了生存，你早早就将儿子这个字眼儿大而化之而成为一种谋生意义上的心理身份，又是多么可叹呀。

我以为我一生都不可能拥有那种真正父子的体验了。我是一个多么可怜的"儿子"呀。

今年父亲生病了，挺重的。我却忙着在家中给自己的儿子做父亲——全日制，挺忙的。

父亲见了我，说胃疼。其实他已病了多年，很是潦倒的。我说该去医院查一查了。

他没说话，而是将我介绍给他身边的人们。

"这就是我的大儿子。"

其实他只有我这么一个儿子，孤本。

我为父亲预约了医院，他拗不过，就随去了。我们一前一后走着。那一天阳光灿烂。

我在前，他随后。这时我蓦然觉出自己很是有些威武的，比父亲强大了许多。

当时我没有意识到这是上帝赐给我的一次"补课"的机会。

在此之前我已经永远地丧失。

父亲不多言不多语，随着我的安排一项项查体，有时看我一眼又迅速挪开目光。

不知为什么我激动起来。这么多年了，我们第一次共同做着一件他乐于做我也乐于做的事情。这么多年了，我们从未这么长久地相处着，合作得那么好那么成功。

我居然十分感谢医院这个白色世界。

父亲住院了，他的那个家庭似乎忘记了他，无人光顾。我每餐都去病房给他送饭，为了他那多灾多难的胃口。往往返返，我每天要骑行三个小时的路程，这些年我从未这样奔波，很累的。病友们见每天都是我反反复复出现在病房中，从未见"换人"，就常用目光询问着。

父亲就说："这是我的大儿子。"之后就有些自得地笑一笑。

有一次我走出病房就哭了，为了自己。

我懂了，我终于获得了这个机会，走出"儿子"的阴影而成为一个真正的儿子——自主地做着自己想做的事情并从中体味到什么是爱。我不是为了什么社会称谓做着儿子而是为了自己做着儿子。这不是一种称谓而是一种实在。

我终于获救。我因此而激动。

他很瘦我也很瘦，我庆幸上帝如此公平。

他说："大手术，要花很多钱吧？"

我说："我有稿费。"在此之前他从未读过我写的小说，可能也不知道我是个作家了。

手术后一次他下床我为他穿鞋，他躲闪着说我自己穿我自己穿。这时我才想到：我在父亲不在场的情况下做了这么多年儿子，他也是在儿子不在场的情况下做了这么多年父亲呀。

于是我也懂了什么叫作人子的课程。

任何外部势力都无法强迫我做他们的"儿子"。

因为我有自己的"父亲"。

我居然在病床前体验到一种苦涩的幸福。

我是个大器晚成的儿子。不是吗？

戒　烟

　　到今年国庆节，我戒烟整整两年了。这是我的第四次戒烟。一而再，再而三。我却有了第四次。这足以说明在我国庞大的烟民队伍中，我属于立场不甚坚定而常怀悖离之心的动摇分子。

　　前三次戒烟肯定是失败了，否则怎会有这个第四次呢？前三次戒烟，最长的时间为九个月，最短的只有三天。但失败的原因却是一样。那就是我无法阻止自己对香烟的贪恋，吸烟的确是一种燃烧不尽的欲望。

　　这一次戒烟选定国庆节这一天，实出偶然。好在戒烟不是土木工程，用不着惊扰四方。说戒，就悄悄戒了。只记得9月30日晚10点多钟突然冒出戒烟的念头，然后我上床睡了，第二天醒来伸手就去摸烟盒。这时我想起戒烟已从今日开始，就缩回手作坚贞不屈状。于是心情也有些神圣。

　　最怕遇见熟人。以前我抽烟是有些名气的，一天两盒不够用。如今戛然而止，往往被人认为我已改变生活立场。遇到的目光可分为两类：一类是赞赏与羡慕，认为我是个意志坚定勇于自裁的人。另一类则含有不可思议与藐视的成分。你为什么要跟自己过不去呢？是怕死吧？活得太拘谨了真不像个男子汉。

这两类目光都令我汗颜，都将戒烟这一普普通通的生活行为扩大而近乎于一种思想评价。尤其是在风行潇洒走一回的今日，讲究一种淋漓尽致的痛快。大碗喝酒大块吃肉大声唱歌大步走路……可谓一掷青春。相形之下，我在烟运如日中天之时，居然自废。这就很容易被认为是那种贪生怕死患得患失的小农意识在作怪了。戒烟成了最不理直气壮的事情。

我因此而自惭形秽。每当有人向我询问戒烟之初的痛苦时，我都极力表白自己。我不厌其烦地告诉对方，这一次戒烟我真的不记得有什么难以忍耐的痛苦，就这么平平淡淡到了今天。初戒的那些天有些不适，一坚持也就过来了。

那你为什么戒烟呢？有人这样问我。我说是因为我不愿意再吸下去了。不愿意就不吸了吧。这就叫顺乎自然。

据说有人私下立了宏愿，说这一时期的首要任务就是将我重新拉回烟民队伍中来。我的戒烟居然产生了这么大的反响，不觉心中窃喜。在吸烟与戒烟这件很小的事情上，颇能流露出一个人的自我心态来。

那时候我吸烟正凶。一次在北京开会，大家聚在一起闲聊。有人对我大声说，回去以后咱们一起戒烟吧。我也大声说，我不管你，回去之后我要是想戒，就自己戒。事后，我被告知因当众以生硬言辞回绝同好，引起人家不满。后来我向对方道了歉，一场小风波告罢。

事后反省，我告诫自己在文坛要谨言慎行以免得罪诸多。我之所以语出生硬而坚辞对方的善意，实在是出于我对戒烟的基本看法。戒烟属于个人生活中的个体行为。它不同于合伙经商或合资办厂那样的多方契约关系。我时常听到一些烟民们慷慨激昂地一次又一次组织联合戒烟。戒烟竟成了一种群体盲动，结果是一次又一次失败。

无论吸烟还是戒烟，都是最个人化的，不应搞成1958年的大轰大嗡。人的思想是一条流动的河流。戒与不戒，都是此一时彼一时的小小浪花罢了。人们提倡顺其自然，也算是一种生活态度吧。

最令人难忘的是我父亲生前的一次戒烟。他被查出癌症住进了医院。我隐瞒实情告诉他是胃溃疡。那时候父亲一天吸三盒烟，是那种劲头很猛的雪茄。

父亲60岁，烟龄却已有四十二年。值班医生将我叫到办公室，要求我父亲立即戒烟。倘若在手术过程中爆发痰咳局面将难以收拾云云。当时我很是为难。记得以前父亲曾与别人开玩笑说，要他戒烟还不如要他去死。而如今他身患绝症我又不能一语道破，这戒烟就成了一件难办的事情。我小心翼翼跟父亲商量。

父亲听罢说，非戒不可呀？

我说，由多抽改成少抽，然后再戒。这样循序渐进您能取得成功的。

父亲说，那咱们就试试吧，由你监督，我先改成一天抽六支烟，行吧？

看到父亲如此豁达，我喜出望外。同时心头也一阵酸楚。医生私下跟我讲，父亲的胃癌已是晚期，手术之后恐怕也只有一年左右的光景了。

父亲又对我说，等到手术之后，你可不能限制我抽烟了。咱们一言为定。

在手术前的十几天里，每天由我向父亲发放香烟。我知道属于父亲的时光已经不多了，就买了市场上最好的过滤嘴，记得是精中华。早上发两支，中午发两支，晚上发两支。当时的场面，真是令人怀念。我走进病房，父亲就像盼望慈善家布施一样，不言不语望着我。待到父亲接过那两支香烟，他竟小孩子似的捧在手里，盯着。我就猜想，父亲孩提时代得到一只糖瓜，可能就是这种神态这种目光吧？能从父亲脸上看到童稚，应当说是我这个当儿子的一大幸运。不是每个人子都有这种机缘的。

烟瘾极大的父亲居然能以那六支香烟抵挡每天的二十四小时。我开玩笑说，以少胜多，您这是在抗战啊。

手术之后父亲渐渐得到了恢复，就要回家去调养。出院那天我收拾东西，当我拉开床头柜的抽屉，看到里边睡着一支支过滤嘴香烟，显得有些散乱。细看，正是我在手术前的那一段时光里每天发六支给父亲的那种精装中华牌香烟。

我数了数，然后又算了算日期。

这烟，父亲一支也没有吸。

父亲已经悄悄戒了烟。

后来我才明白，父亲其实心中非常清楚自己患的是绝症，却装出全然不知的样子。表象看隐瞒病情是我在安慰着父亲，其实恰恰是父亲故作愚钝而在安慰着我。他知道自己不久于人世了，戒烟与否，对他来说意义并不重大，然而他却悄悄戒了烟。我敢说他不是为了自己才戒烟的。

父亲是为了我，才戒烟的。

他却孩子似的每天从我手中接过那六支香烟然后收藏起来。父亲啊！

直到去世，父亲也没再吸一支烟。他也从未向我提起任何与癌症有关的话题，使人觉得他真的什么都不知道似的。每当我抽烟的时候，他就默默看着。

如今回想起来，我觉得自己挺残酷的。然而一切都晚了。

父亲的骨灰盒旁我常年供奉着一盒香烟。尽管生前他老人家已经戒了烟。每次清明我去祭他，也总是在遗像之前点燃一支香烟，让那袅袅青烟飘到父亲那里去吧。

这是我的第四次戒烟，真是不足挂齿。但这是父亲去世之后我的第一次戒烟。父亲已经不能吸烟了。我也不吸。这样，似乎显得更公平些……

当年的母亲

我出生的时候，母亲还是一名教师，但后来就不是了。她因"历史问题"而调出人民教师队伍，下放农场种植药材。我记事儿的时候母亲从农场回城探家，皮肤黝黑而体态健美。我是小孩子，当然不懂得她内心的痛苦，也没有听到有人叫她"侯老师"。她已经不是老师了。我的外祖母告诉我，母亲当年在北京（当时叫北平）贝满女中读高中，她不但学习成绩突出，而且是优秀运动员，她参加了著名的 FRIEND 女子篮球队，名满京华。

大约是"节粮度荒"的第二年，母亲患了肾病，全身浮肿，躺在床上不能动弹。那时候我只有六七岁吧，却觉得母亲生病是好事，因为她可以不去农场了——这样我就有了妈妈。那时，我还是不曾听到有人叫她"侯老师"。她已经不是什么老师了。

至今我还记得，隆冬天气里我凌晨 5 点钟起床，出了家门一路小跑，沿着结冰的墙子河奔向天津总医院。那时虽然没有今日的"专家门诊"，但为了能够得到名医诊治，必须很早去医院门口排队挂号。冬日的天色，亮得很晚——我这样一个小男孩儿在茫茫夜色里奔跑着，身后拖着一条长长的影子。这是如今独生子女家长们难以想象的。

我的童年的这种奔跑似乎成为命定。至今，我仍然在人生路上奔波着，很难歇脚。

母亲大难不死。她的病情渐渐得到好转。这可能与她大学时代的运动员体质有关。她在唐山开滦学校读初中就创造了当时的冀东田径纪录。母亲身体渐渐复原，这令我感到高兴。一天，家里来了一位阿姨。

这位阿姨，乃是母亲过去的同事。她在屋里与母亲小声谈了一会儿，就走了。我记得那位阿姨走后的第三天，母亲就悄悄出去上班了，早出晚归。

这种情况持续了一个多月的光景。母亲不再外出上班，仍然在家养病。外祖母偷偷告诉我，前一段时光母亲偷偷出去上班，是应老同事之邀，给女七中的高中毕业班代课——高考在即，毕业班急需一名优秀教师把关。

哦，母亲原来是优秀教师。

但是，我仍然没有听到有人叫她"侯老师"。

母亲又回农场去了。虽然已经被打入生活底层，她仍旧悄然保持着自己的生活格调。只要回城探家，她必然去天津劝业场的光明影院看一场外国电影，并且带我去"和平餐厅"吃一顿俄式西餐。西餐的味道我已经忘了，却记住了那一部部外国电影：《好兵帅克》《奥赛罗》《巴格达窃贼》……还有一部电影名叫《瞎子的领路人》，后来我长大成人读了西方文学史，才知道它就是根据西班牙著名流浪文学《小赖子》改编的。

记得有一天，我与母亲看完电影回家走在新华路上。这里是旧时的日租界。居民成分基本属于小资产阶级。母亲不言不语走着，似乎仍然沉浸在电影的世界里。这时候，迎面走来一个高高大大的女学生。

高高大大的女学生十分响亮地叫了一声："侯老师！"

母亲满脸茫然，注视着这位女学生。

"我是女七中的学生，你给我们班代过课啊！侯老师，我已经考上大学啦！"

母亲怔了怔，然后无言地笑了。在她脸上这是一种久违的笑容。

这是我第一次听到有人叫她"侯老师"。从此以后，她再也没有当过老师。

多年之后长大成人想起当时的情景，我哭了。

今年 8 月 10 日母亲去世，享年 94 岁。我在料理丧事时竟然没哭。我为什么没哭呢，这真是百思不解的事情。后来我似乎有了答案，极有可能我认为她老人家去天堂重新执教了，这是难得的喜乐之事。所谓喜乐之事乃人间欢喜，天堂亦然。

世纪夜晚

公元1997年6月间，我日以继夜地为金钱而写作着。记得那是一部二十集的电视连续剧，讲述一个阴谋与爱情的故事，绝对俗套儿。俗套儿也得写，因为我想赚钱，赚了钱买更大的房子。就这样到了6月底，我终于写完了，开始关心孩子的病情。这时晓雨的左颈淋巴已经明显肿大，头痛得彻夜难眠。在此之前妻子带晓雨去了天津的几家大医院，屡屡遭遇庸医而坐失治疗良机。记得香港回归的那天夜里，晓雨竟然不能坚持收看中央电视台的香港政权交接仪式现场直播，恹恹睡去。这时候我感到问题严重了。我对天津这座城市毫无信心，决定带孩子去北京治病。

1997年的夏天，奇热难当。7月7日——就在历史上发生了卢沟桥事变的这一天，我和妻子带晓雨进京治病。我上午10点钟走进北京医科大学口腔医院门诊室，主治医生看了MRI片子，然后面无表情问我是什么人，我连忙回答我是患者的父亲。医生表情愈发冷峻，告诉我晓雨患了极其严重的疾病，而且前景十分悲观。听了这话，我一时双腿发软无法站起。医生还是向我投来责备的目光：你这个做父亲的怎么现在才带孩子来看病。

立即办理了住院手续。正午时分，我们在沙滩附近找了一家餐馆，开始吃饭。这时的晓雨已经张口受限，只是勉强吃了几口。我偷偷看着自己的孩子，内心阵阵自责。

午饭之后我和妻子带着晓雨来到天安门广场。有生以来晓雨首次见到天安门，然而重病在身的孩子已经无心观赏大好风光。天安门只是我们全家身后的一道风景而已。我心情沉重，提出全家在天安门前合影留念。王松明白我的心思，拍照的时候他要求我们笑一笑。我努力挤出一丝笑容，心情颇为悲壮。拍照之后王松抓着我的手说，肖克！晓雨没事儿。

天安门广场上我牢牢记住了王松的这句话。

是啊，自从弄了文学这行营生，我渐渐变成一个名利之徒。所谓追求文学事业，只是一个美丽的说法而已，写作的内驱力无外乎名利二字。这十几年来我忙着写东西，从来不曾与家人一起外出旅游。天津距离北京只有120公里，16岁的晓雨居然一次也没来过首都。这次晓雨首次进京竟然是为了治病。而且是得了这种重病。我非常痛恨自己，觉得对不起孩子。记得妻子生产住院，我居然是在晓雨出生之后好几个钟头才赶到产院的。那时候我一点儿家庭观念都没有，特别现代派。

北京医科大学口腔医院住院部的管理极其严格，绝不允许家长陪伴。晓雨住院的第一个夜晚，我住在医院附近的招待所里，彻夜不眠。

这是我有生以来最为难忘的一个夜晚。我躺在床上彻夜自言自语着，这一次我不能失败，这一次我不能失败。

清晨5点钟我就跑到住院部门前，独自坐在台阶上等待着，希望能够早早见到那位主治大夫，打听治疗方案。我写作多年，终于对"度日如年"这个词汇有了切肤体验。我坐在晨光里，期待着。

　　整整一个上午我也没能见到那位主治大夫，四处打听都说他在开会，地点不详。我只能在心里祈祷，乞求全能的上帝赐给我陪伴晓雨的时光。经过我向护士长哀求，终于得到恩准，我可以在病房里日夜陪伴自己的孩子了。第三天我终于见到主治大夫，追在他身后。他板着面孔说必须与宣武医院神经外科的大夫会诊，然后匆匆走了。

　　主治大夫可能又去开会了。宣武医院神经外科的大夫们可能也在开会。我慌了。我担心世界瞬间变成一个巨大的永无休止的会场，日以继夜。

　　我知道不能等待下去了，这样等待下去无疑意味着失败。这次我是万万不能失败的。于是我决定将晓雨转到这座医院的七楼住院部。七楼住院部的主任医生是黄敏娴大夫，她操着一口江浙的普通话，并没有强调请外院医生会诊。不知为什么，我一下子对她产生了深深的信赖。

　　晓雨住院，我等待着最终的确诊。那是一个个难捱的不眠之夜。这时我终于明白，一个人患病，最痛苦的不是患者本人，而是患者家属。一场疾病的突然降临，毁灭的往往是一个家庭。

　　晓雨住院的第四天，我又度过了一个难忘的夜晚。早晨来到住院部，我在七楼看到主任医生办公室里来了很多年轻大夫，不知出了什么事情。我意识到这件事情与晓雨有关，就走到门前，可巧一个白衣护士从屋里走出。

　　我小心翼翼问道："护士小姐，请问里面在干什么呀？"

护士小姐说："开会呀。黄主任正在跟大夫们开会呀。"

我进一步打听："护士小姐，请问大夫们开什么会呀？"

护士小姐说："开什么会？当然是研究你孩子的病情啦！还有七八位，他们都是医科大学的研究生呢。"

我听罢，不再言语。我目光定定站在门外，等待着。我站在门外等待着会议的结束。我坚信，只要黄敏娴主任主持的会议结束，我的儿子就有救了。她这样的医生，是一定能够确诊并且医治我家晓雨的疾病的。

我就这样站在门外，久久等待着。我觉得自己足足等待了一个世纪。

门开了。身穿白大褂的年轻大夫们纷纷走出，然后从我身边走过去。我脑海一派空白，定定站着不动。

黄敏娴大夫向我招了招手，说屋里坐吧。我走进办公室，坐在她的面前。黄敏娴主任手里拿着 MRI 的片子，故作轻松地说："我们开了个会，研究了你小孩儿病情。"

那是上午 9 点钟。我记住了她说这句话时的表情。这是一个真正医生的伟大表情。

真的，我永远也不会忘记，我站在办公室门外等待会议结束的情景。今生今世对我来说，那是一次多么重要的等待啊！

等待，也是一种力量。无论会议结束之后从天降临的是福祉还是灾难，你都必须坚忍地保持着生命的力量。

于是，就在心里祈祷晓雨的病能够治好，这样也就给了我一个补偿的机会。我向护士长苦苦哀求，终于得到恩准，在病房里日夜陪伴着孩子。一天夜里晓雨上厕所，走在长长的楼道里我猛然发现晓雨的背影与父亲是多么相像啊。这时我终于明白，像我这样的平庸作家，最好的作品其实只是自己的儿子而已。

晓雨住院的日子里，我成了一只犹斗的困兽，炎热的天气里东奔西突，跑遍京城求医问药。我完全忘记了自己是一个写小说的人，我只知道自己是一个父亲，一个身处逆境险关的父亲。生活突然变得简单起来，只有一个沉重的目标，那就是治好孩子的病。有生以来，我所热衷的文学事业第一次离我如此遥远，我甚至完全忘记了她的存在。我唯一的身份就是一个父亲。

我们全家在北京住了很长时间。我知道北京是个好地方，有着很多令人流连忘返的景致。然而我带孩子到北京是来治病的——这次我不能失败。危难之中我终于发现，我居然有那么多好朋友。他们为了晓雨的获救而表现出极大的爱心。一天晚上我躺在招待所的房间里，颇有绕树三匝无枝可依的感慨，心理几近崩溃。晚间 10 点多钟，服务员大声叫我去接电话。我惶惶跑向服务台。电话是《青年文学》编辑程鳌眉打来的。她开门见山对我说，十分钟之前她蓦然感觉到晓雨的病，没事儿。鳌眉坚信自己感觉的先验性，所以她认为必须打电话告诉我。鳌眉的电话对我鼓舞很大，我记住了她的话。

《文艺报》的编辑冯秋子具有蒙古族的宗教信仰。她告诉我每次到雍和宫去，心里总是想到一个细长男孩儿的身影。她为这个男孩儿而祈祷。小冯的信竖式书写，字里行间如同天上投来一道明亮的阳光。读她的来信使我懂得了什么是善者的灵魂。

陕西作家叶广芩大姊也从西安写信来，要我将客居北京的地址告诉她。她一定要派北京的亲属去看望我。不知为什么我迟迟也没给广芩大姊回信。我想，我一定是害怕自己承载不起朋友们的关爱。面对真挚的友情，我竟然躲避了。（我借居《小说选刊》高叶梅的房子。附近住着好几位编辑朋友，我也是天天躲避着他们。我真是失礼了。）

还有《中篇小说选刊》的章世添先生。多年以来我只与他通过两次电话，谈的都是稿子的事情，天各一方不曾谋面。一天，我突然收到《中篇小说选刊》杂志社汇来人民币 500 元。汇款附言说：这是给您的慰问款，祝孩子早日康复。这大大出乎我的意料。我与许多刊物相熟，然而偏偏没有想到章世添主编的刊物。我与他天各一方从未谋面，更无私交可言。他施惠于我，是真善大善，是出于编辑的良心。我给他写了表示谢意的信，寄去了。也不见回音。君子之交淡若水，这就是章世添的性格。

朋友们的爱心不啻一道道明丽的阳光，投射在我的心田，使我增强了战胜困难的信心。北京，因此在我心中成为伟大的城市。

生活其实就是这样。在你形形色色的朋友里，虽然不乏沼泽，却也总有那么一块高贵的净土。他们虽然没有慈善家的名分，却具有真正的爱心。无论你处于什么境地，只要想起他们，你就会感到天气很好。

是啊，当我放弃宛若浮云的名利追逐，上帝必然将我最为珍惜的作品留给我，那就是晓雨。

感谢上帝。大难不死的晓雨终于获救，半年之后我们结束治疗离开北京，回天津了。

公元 1999 年深秋，我又带着大难不死的晓雨进京复查，我们以百分之百外省人的形象走在面貌全新的王府井大街上，心情很好。晓雨也非常喜欢北京。他站在音乐喷泉前久久不愿离去。我则站在远处注视着他的背影。我的妻子站在我的身旁。远处，是充满生命力的喷泉啊。

2000年初春，晓雨身体基本康复，一天晚上他骑着自行车前去天津体育馆，那里正在举行摇滚音乐会。据说来了很多歌星。这是晓雨患病以来的首次独自外出并且是去参加狂欢节般的摇滚音乐会。

我则坐在家里的电视机前，独自等待着那场音乐会结束。我期待着晓雨平安回家。这时候，电视里正在播出亚洲大专辩论会的实况。我拿起遥控器换了个频道，看到正在播出的是世界经济研讨会的场面。我再换一个频道，是某市法院开庭审判会，纪实性质。最后我锁定的频道播放的是儿童节目——动物狂欢节。

我注视着镜头里可爱的动物们，心情一下子激动起来。

是的，全世界都在开会，包括电视里的动物们。是的，既然全世界都在开会，那就说明晓雨前去参加摇滚音乐会，也属于人类总动员。我为晓雨能够融入社会生活而感到高兴。

我等待着。等待儿子回家——对我来说这是多么寻常而珍贵的时刻啊。

晚间11点钟，我的儿子晓雨兴致勃勃走进家门，浑身散发着摇滚的余兴。此时，电视里的动物联欢会，也结束了。

我牢牢记住了那个夜晚。那是晓雨患病以来的首次独自外出而且平安归来。于是，对我来说这就是世纪夜晚。迎接一轮朝阳的升起与迎接一个世纪夜晚的降临，我认为具有同等意义。

同时，我在世纪夜晚懂得了人类固守阵地的精神是那么朴素与纯粹。

1997年夏天里的一件件事情，其实都发生在白天。可不知为什么，每当回忆起来，我总觉得那一件件事情都发生在夜晚。

或许，沉静而含蓄的夜晚更加给我以力量，让我去承受人生苦难。正是这样，我的回忆才得以在一个个夜晚延伸，渐渐进入生命的深层。

我猛然明白了，这是上天通过晓雨赐给了我一个教诲。不惑之年面对上天教诲，我诚惶诚恐。

世纪夜晚啊，我因你而清醒。

我的表哥

　　几乎每一个孩子都是听着故事长大的。我也是这样。外祖母讲给我的故事，有一些关于表哥的事情。这是我最早的亲情启蒙。

　　其实三姨母家中，有我好几位表哥。不知为什么，外祖母谈到表哥，并不冠以一二三的顺序。后来我明白了外祖母说起的表哥是专指大表哥的。其他表哥，似乎没有什么故事。

　　于是我只拥有大表哥这么一个表哥了。

　　三姨母是我母亲的三姐。大表哥是我三姨母的长子。我和外祖母居住的这座城市地处京山线上，是个大地方。三姨母和大表哥在 60 年代初期的"节粮度荒"岁月里，总是乘火车关里关外走来走去的。路经这里，总是要来看看外祖母的。那时候我六七岁吧。

　　睡得朦朦胧胧的，只觉得夜里来了人，带进屋子一股凉气。清早醒来，见地板上铺盖着被褥，一个人正在蒙头大睡。

　　外祖母告诉我，夜里三姨来了，一早儿又走了。而地板上蒙头大睡的，就是表哥。

　　我非常想看看表哥是个什么样子。

记不得第一眼看到的表哥是个什么模样。这很像电影的蒙太奇。我对表哥的最初记忆是我俩走在绿牌电车道上，就是如今繁华的滨江道，那时候人少，街道就显得宽广。

那么冷的天气里，居然还有卖冰棍儿的。表哥上前伸手就买了一颗。那表情那动作，用今日的词汇来形容，可以说是抢购。

如今见不到那种劣质冰棍儿了。紫黑颜色冻得硬梆梆的。只是在顶端，冻结着那么三五颗泡乏的赤豆。表哥的目光恰恰盯在这三五颗赤豆上。

表哥浓眉大眼直鼻梁，模样很是英俊。

我记住了表哥的一排门牙。

他将冰棍儿递到嘴边，一啃，那三五颗赤豆便吮进口中。我几乎没有看见表哥的咀嚼。

表哥将那颗没了赤豆的冰棍儿随手扔了。

表哥不满足地咂了咂嘴。那一年他十六七岁的样子，正是能吃下一头牛犊的年岁。

走到劝业场，表哥已经如此这般吃下六颗冰棍儿——总计二三十颗赤豆吧。

他一直不理会我的存在而只关心赤豆。

我们就这么匆匆走着，经过著名的稻香村食品店，表哥就一步迈了进去。

表哥指了指标价十二元一瓶的浓桔子汁。

表哥买了一瓶浓桔子汁，打开瓶盖儿，一扬脖子喝光了。我非常惊讶。这种兑水才能饮用的浓桔子汁，表哥竟然一饮而尽。

售货员也呆呆望着表哥。

回到家吃饭的时候，我已经很饿了。是一锅野菜粥和几个麸子豆腐渣窝窝头。

表哥说，姥姥，我一点儿都不饿。

外祖母听了这话，眼泪就流下来了。见外祖母落了泪，表哥就顺从地喝了一碗野菜粥。他将那只碗放下，却一口也不吃那窝窝头。他朝外祖母笑了笑。外祖母说，你呀真随你爹啊，真随你爹啊。

表哥走的时候是凌晨。我被惊动醒了，躺在被窝里一动不动看着表哥收拾行李。

外祖母显得有些张惶，对表哥说你一定要小心啊千万不能大意。那火车站明关暗卡的，提防的是那些便衣儿。外祖母反反复复叮嘱着表哥。

表哥不言不语倒显得十分沉着。外祖母害怕被街道居民代表发现，就关了灯悄无声响坐在屋里。

"节粮度荒"年代，国家几乎对所有的东西都实行统购统销的管理。于是便出现所谓的"黑市"。三姨母和表哥正是在这种政策之下，长途贩运跑买卖赚钱的。在当时那种形势下，应当说这是一种十分危险的地下工作。只有智高胆大者，才能为之。那时候铁路管理严格，对长途贩运以身试法者的制裁，非常严厉。三姨母让表哥铤而走险涉足此行，想必是为生计所迫吧？表哥下边，还有两个弟弟两个妹妹。三姨父是个老实巴交的猪鬃工厂工人。

表哥走后，外祖母一连几天都是心事重重的样子。她实在无法化解，就纳着鞋底跟我说话，可我又只是个六七岁的孩子。

你表哥可千万别让人家给逮了去呀。你表哥他亲爹就是让人家给逮了去，半夜拉出去砍了脑袋的。你表哥真随他亲爹呀，是个贼大胆。

听了这话，我心中非常害怕。

原来那位在猪鬃厂当工人的三姨父，并不是表哥的亲生父亲。那表哥的亲生父亲呢？

外祖母叹一口气说，等长大了我给你讲。

但我还是牢牢记住了，表哥的亲生父亲是被人家半夜拉出去，砍了脑袋的。

过了几天的一个深夜，表哥又来了。第二天早晨，他大包袱小包袱地走了。看来表哥是平安无事的。外祖母渐渐放宽了心，对表哥的来来去去，也不是那样心无宁日了。

外祖母对我说，你表哥就是随他亲爹那个机灵劲儿，胆大心细的。这来来去去跑买卖，别人都被逮着过，他硬是没犯过事。

表哥一个多月没露面了。外祖母又开始发慌。她发慌的时候，常常自言自语。于是我就慢慢听出了表哥的身世。

表哥的亲生父亲当时是个伪军大队长。年轻貌美的三姨母正是因为看中权势，才嫁他的。三姨母根本不知道丈夫的真实身份，终日过着官太太的生活。其实这伪军大队长是八路军的高层情报员——地下工作者，这些都是人们后来才知道的。一次随日本皇军进山讨伐，伪军大队长被八路军的机关枪打断了双腿。开火的八路军肯定不知道他是自己人。他拄着双拐成了一个残废，日本投降的前一年表哥落生。抗战胜利内战在即，这个靠双拐走路的男子汉依然是共产党的地工。他送情报被捕了。中央军拷打他久审不供，半夜里就把他杀了。那时候国共正在和谈不能响枪，就偷着用大刀砍了头。

外祖母说，你表哥应当算是烈士子女，可就是找不到证明人，还不是白搭呀。

听了表哥的身世，不知为什么我对表哥愈发敬佩，觉得他很了不起，而表哥的亲生父亲的确是英雄，却没能强烈地震撼我。这可能由于那双木拐年代久远已成历史，而我又是个不懂事理的小孩子吧？

就觉得更为鲜活的人物是表哥——就在眼前。而历史对小孩子来说，则有些像风化的石头。

临近旧历年，表哥终于出现了。他穿着一件黑色棉大衣，拎着两个很大的手提包。十六七岁的表哥完全一派男子汉的风范，显得活跃而老练。想起他闯过那一道道关卡，我就心中发悸。我自幼就是一个非常胆小的孩子。

外祖母显得非常高兴。表哥是从南方回来。那时候深圳肯定还是一个小小的渔村。而表哥却已经是个成熟的贩运者了。

我想告诉表哥，我知道了他的身世。

表哥对外祖母说，在徐州差一点儿就被人抓住。灵机一动请身边一位现役军人替他拎着那只手提包，才混过的关卡。

听了这话，我觉得表哥比他亲生父亲还要机智勇敢。这时表哥脱了大衣。他浑身上下显得鼓鼓囊囊的。表哥又脱去了肥大的棉衣棉裤。

我和外祖母都惊呆了。

表哥的身上分明缠着一条又一条的猪肉！那猪肉五花三层

的，从腰际缠起，一直缠到胸口。表哥沉重地呼吸着，身上显得肥而不腻。

外祖母说，为了挣几个钱，亏你能想出这种主意。这一路多受罪啊！

表哥十分英武地说，姥姥，这些肉是我专门从南边给您带来的，过年包饺子炖肉吃。

从身上将猪肉一条条摘下来，足有三四十斤。外祖母喜得说不出话来。节粮度荒年月谁见过这么多猪肉啊。

我更加认为表哥是个智勇双全的男子汉。

表哥只喝了一杯热水，拎起手提包说要赶火车回家去。他走到门口，转身望着外祖母。

表哥突然大声说，姥姥身体好！

许多年过去了，这情景总是历历在目。表哥当时表情笨拙，用语也并非恰当。但我却永远记住了他对外祖母的那个由衷的祝愿。

表哥留下的那猪肉，祖母将肥膘炼成荤油，将瘦肉腌制起来。这肉，我们小心翼翼吃了很久很久。

表哥后来也结束了那种危险行当。

他到北京公主坟参加施工，成为一名地铁建设工人。后来他终于得到了承认：烈士的儿子。

如今表哥在京山铁路的一个小站上当了站长。据说他经常不动声色地站在检票口，一眼就能看透那些衣冠楚楚的走私者。

时光已将表哥打磨成一个英俊精明的中年男子了。而表哥在我心目中的形象却永远是那个奔走于天南地北的小伙儿。

那么一个小脚儿老太太

读到小学二年级，由于家庭变故我来到一座大杂院的一间平房里，跟祖母一起生活了。那时候她70多岁，是一位满头白发的小脚儿老太太。

她老人家脾气不好。尽管我学习成绩优异，戴着"三道杠"，她还是整天唠叨，令我苦恼不已。我心里恨她，并不懂得这也是亲情。后来我生病了，这个70多岁的小脚儿老太太竟然猫腰背负着我去附近的小医院看病。当时我不懂得感动。如今回忆，似乎能够听到她老人家的一路喘息。

我自幼无缘享受母爱，是祖母填补了我的空白。她对我的疼爱几乎达到无以复加的地步。"文革"期间，我16岁外出工作，下班晚了，她先是站在屋外等候，之后挪到院外，如果仍然不见我归家身影，她就站到胡同口了。有那么一个冬日我下班晚了，远远看到她站在大街上等我。一眼看到我的身影，她马上转身快步回家，那样子仿佛争分夺秒。她为什么走得那么急呢？就是为了让我回家立即吃上热乎乎的饭菜。

夏日天气炎热，工厂上班人们都说夜里热得睡不着觉，无精打采。我感到奇怪，说不太热啊我睡得挺好。回家邻居告诉我，傻小子呀，你奶奶给你扇了一宿扇子呢。

我年少不懂人间亲情。家里的活计，她老人家能做则做，做不得就请邻居做，然后酬谢人家。很久以来，我几乎没有做过家务，包括买煤买粮之类的体力劳动，都是祖母请邻居做的。她不忍心累我，宁可去求人。我几乎享受着当今的"八〇后、九〇后"的待遇。只要做了一顿好吃的，我与祖母对桌而坐，主要是我吃，她老人家看着，而且不停地往我碗里夹菜，连声说着吃啊吃啊。我就埋头吃着，根本不懂得祖母还空着胃口呢。

邻居们告诉我，有好吃的祖母一律留给我，自己好歹吃一口就是了。即使在经济困难年代里，我依然吃得不错。是啊，一个人吃两个人的营养，当然不错。这样的事情，我当时毫无感触。如此回忆，对祖母的恩情已经难以报答了。

后来，我离开工厂去上大学了。每次从远郊学校回家，祖母总要给我带上一兜子好吃的东西。有火腿肠，有炸酱，有饼干，麦乳精，甚至还有铁皮罐头……在20世纪70年代末期，这规模使人以为我是谁家的高干子弟。

有一次邻床室友小声问我，肖克凡你祖上有遗产吧？我一头雾水。邻床同学半怨半讽地说，要么你就是假装祖上有遗产，看你每次从家里拎回那一兜子好吃的东西！这得多少钱啊……

是啊，祖母的疼爱竟然将我塑造成为一个拥有万贯遗产的假少爷形象。可是，祖母在家吃的什么伙食，我浑然不知。此时写这篇回忆文章，我难以谅解自己，更加令我无法弥补的是我今生对祖母难敬孝心了。

祖母活到92岁高龄。她被一个骑自行车的醉鬼撞断股骨径，在床上躺了两个月去世了。邻居说，肖奶奶要不是被车撞了，能活一百呢。那时候我已经学着写小说了，渐渐懂事。她去世前夜我陪着她。她神志不清了，却一夜都叫着我的乳名。看来，她老人家生命最后时候依然将我视为她的宝贝。

是的，人间的东西，有的既不可重复也不可超越，譬如祖母对我的亲情，便是无以替代的。我将这话讲给我妻子听。已届中年的她默默点头，由衷地承认。

我虽然没有获得母爱，却获得了祖母全部的疼爱。她老人家对我的亲情完全可以用无私二字概括。一位亲戚说，你奶奶疼你，就是从她身上割下一块肉给你吃，她也没有二话啊。

她老人家去了，将我留在人间。我是她老人家留在人间的宠物，只是我再也吃不到她给我做的饭食了。烧茄子，还有醋溜土豆丝……

多少年了，我仍然可以看到她老人家站在街头寒风里等候我下班回家的身影。那么一个小脚儿老太太，却将我拉扯成人，成为一个身高一米八八的男子。我是她老人家的杰作。

闹 钟

父亲一脚站在门槛里一脚站在门槛外，急着要走的样子说，你买烟台产的吧，烟台闹钟厂最早是德国人开的，德国人做的东西，地道。

其实天津也产闹钟，金鸡牌的，厂子坐落在旧日租界，现今叫西藏路，我念小学时天天从那里经过。但是我要听父亲的话，因为他是我父亲，尽管他身穿蓝色再生布棉大衣，形象几近潦倒。

父亲的目光，原本炯炯有神，现实生活消耗着他的电力，渐渐转为黯淡。说过烟台闹钟，面孔清瘦的父亲放下钱就走了，骑着一辆半旧自行车。那时他刚刚跟我的继母复婚，又搬回去住了。他匆匆赶回家去，要生炉子做饭，还要去幼儿园接我同父异母的妹妹。他终日奔波劳碌，家里家外不拾闲。这是个顾家的男人。

后来邻居告诉我，父亲有些后悔地说过，"我要是不再婚就好了……"

我认为父亲过于自责。一个40岁的男人，不应当单身下去。只是他的再婚过于粗心，没有察觉对方的精神疾患。

我去买闹钟了。16岁的我被分配到工厂做工。那座工厂很远，我清晨 4 点半钟就要起床上班，没人叫我是不会醒的。祖母耳聋。闹钟便成了更夫。

这么多年过去了，已然忘了哪家商店。只记得我说买闹钟，有着指导员表情的男售货员瞭着柜台里的金鸡牌闹钟问我，你要哪种？

售货员当时属于国家工作人员，因为商店是国家的，商品也是国家的，售货员便三位一体了。我成为全民所有制企业工人，也是国家的。

我的目光透过柜台玻璃，有些忐忑地寻找着德国人的遗产。公元 1970 年末，无论是东德柏林还是西德波恩，距离我都很遥远。我能够脱口而出的只有两个德国人：卡尔·马克思；阿道夫·希特勒。

其实，还知道歌德、海涅、巴赫和黑格尔什么的，他们都没这俩人名气大。这俩人改变了世界，前者通过思想改变世界，比如《共产党宣言》说："一个幽灵，共产主义的幽灵，在欧洲游荡。"于是信徒众多。后者也通过思想改变世界，比如《我的奋斗》，同时还用大炮和机关枪把思想发射出去，包括毒气室。

我对售货员说，我要烟台产的闹钟。他可能感到有些怪异，抬起目光打量我——这株体重 51 公斤、身高一米八三的"豆芽菜"。售货员肯定想不到，两年后这株豆芽菜还要疯狂长到一米八八，而且是净高。

那时男孩子长得太高，内心总是有些自卑。从众心理使你觉得自己跟别人不一样，不好。你若跟别人一样，就安全了。

还是跟别人不一样——我竟然提出要买烟台产闹钟。售货员颇为不解地问道，你要北极星牌的？

这时我才知道，烟台产闹钟是北极星牌的。我说是的，是烟台北极星牌的。

售货员从柜台下面找出一只闹钟。它孤苦伶仃的样子，与金鸡牌闹钟相比，显然是受到歧视的。我从小也受歧视，当即喜欢上这只绛紫色双铃闹钟，北极星牌的。

不记得这只闹钟多少钱。大概不超过10元。我付了钱，抱起纸盒里的闹钟，这是我人生16年来最大额度的消费。

售货员突然问我，你是七〇届的吧？买闹钟？我点点头。对方怅怅然道，你们这届命好，我弟弟六九届的去了黑龙江兵团。

我们确实命好。那时尚未恢复高中学制。北京的上海的七〇届初中生没有留城，统统上山下乡了。

我命好吗？据说我落生家里即请来相士，他捏起我小手儿看了看，说了声苦命的孩子，起身就走，颇有几分仙风道骨。父母当然希望听到吉言，便对此不以为然。人家果然灵验，我哺乳期便印证相士谶言。母亲当年勤工俭学，在北平无意间为前政权机构工作三个月，这成为她的历史污点。我尚未满月，两个公安警察来到家里，当面严正通知我母亲"被管制"，成为新中国异己分子，工资从97元降为19元生活费。当时我正在母亲怀里吃奶。

这只是开始。相士谶言持续印证下去，经年不断，厄运迭起。一直到我买了这只并非主流的北极星牌闹钟。

不知为什么，我喜欢北极星三个字，它显得旷远而不可及。

金鸡牌就太及物了，说来说去，一只镀了金的鸡而已。

就这样，这只绛紫色闹钟摆上我的床头。我晚间上满弦。它清晨准时振响铃声。这成为一个双方恪守的契约。我是青春肉身，它是金属诚信。耳聋的祖母看到有了闹钟，也睡得安稳了。

一个北风呼啸的冬夜，似有大手阵阵叩窗，好像夜风也被冻坏了，想钻进屋里暖和一下。我亲人似的将北极星闹钟抱在怀里，竟然睡着了。我安睡着。暗夜里有个身穿绛紫色衣裳的亲人，以它的金属之心，时刻关注着我。我沉入梦乡，梦见曾经暗恋的女孩儿，臂佩红卫兵袖标从面前走过，挺着发育成熟的胸脯。自从母亲接到被管制令，当即没了奶水。我未出满月便失去乳汁。我的梦境并非春梦，可能与母乳缺失有关。

于是，机械闹钟的金属声召唤，也包含着几分温情，鼓励我起床，鼓励我顶着冬季冷风，奔向远郊工厂上班。

工厂派性斗争犹存，难以恢复正常生产秩序。一天清早，一辆辆军车满载士兵驶进工厂，宣布实行"军事管制"。我自幼对"管制"二字极其敏感，心里紧张起来。一位解放军团长出任军管小组领导。车间也由身穿绿衣的军代表掌管。感谢亲人解放军。实行军事化管理，恢复健全基层党组织，工厂秩序很快步入正轨。

清早7点钟上班，晚间7点钟下班，谓之"七对七"。这是加长版作息制。我清晨5点走出家门，晚间9点钟回到家里。体验着"顶着星星走顶着星星归"的疲惫生活。全厂取消每周公休日，大干100天。即使父母去世也只准半日假。工厂当局认为将亲人尸体送到火化厂，半天时间足够了。

青春期严重缺乏睡眠。每天清晨闹钟响起，我便痛不欲生，希望这是死刑的枪声，一弹将我击入万劫不复的长眠里。白发苍苍的祖母心疼孙儿，就低声教唆我装病请假。我随即鲤鱼打挺，翻身起床。故意旷工是严重的错误。祖母的溺爱反而起到警钟作用。我迷迷糊糊走出家门，游魂似的奔向遥远的工厂。我盼望恢复公休日，就像保尔·柯察金盼望共产主义来临，不包括冬妮娅。

我在铸造车间做工。天天开炉，铁水奔流。抓革命，促生产。三个月不休息，工人们出现生理与心理双重疲劳。我跟随"傻大个儿"师傅干活儿。他皮糙肤黑好像高大的枯树桩，我精瘦细长好像豆芽菜，两人水分明显失衡。

一老一小，两个身材超高的人，被人们称为"羊群里出骆驼"。我揣测"傻大个儿"也因身高而自卑。我将步他后尘，成为铸造车间新一代"傻大个儿"。

"傻大个儿"口齿不清，说话拖泥带水问我，小筲你天天诊磨起房？

我知道他问我"小肖你天天怎么起床？"连日加班，他好像舌头也累坏了。

我说闹钟。他既羡慕又嫉妒地盯着我说，还闹钟？美死你呢。

我告诉"傻大个儿"师傅，闹钟是父亲出钱给我买的。他大声判断说，你爹出钱肯定瞒着你后妈！她跟你死去的亲娘就是不一样。

我说我亲娘还活着。"傻大个儿"愣了愣说，新社会不许有两个老婆啊。

他四十几岁大男人，好像不懂得夫妻分手叫"离婚"。这时候，我猛然意识到父亲活得挺不容易的，还特意拿钱给我买闹钟。

"傻大个儿"师傅家庭生活困难，买不起闹钟，清晨老婆喊他起床。漏房、破锅、病老婆，这是人生三难，他占全了。病老婆彻夜难眠，顺便充当他的"人肉闹钟"。我每天听到闹钟振铃起床。他每天听到："死鬼！再睡迟到了，让厂里军代表毙了你！"

十年不遇的大雪，积在房顶慢慢融化。棚铺区陋屋常漏，仿佛古代计时器，点点滴滴渗落不止。"傻大个儿"的三个孩子如沐雨露，茁壮成长着。形容枯槁的病老婆也变得湿漉漉，显现水乡妇女趋势。全厂取消公休日，他早出晚归，只得夜半登高除雪。梯子滑倒，他摔断胫骨。

我下班去家里探望，"傻大个儿"师傅左腿打着石膏说，这次我总算歇了，合法的。嘴上这样说，表情却像理亏的逃兵。

他斜躺床上，好像被伐倒的陈年老树，乱蓬蓬的头发令人想起黑木耳。我困乏难支，说了几句安慰的话，就跟陈年老树道别。他扭脸大声对病老婆说，他家有闹钟！他家真的有闹钟！

他的病老婆端起水杯，一仰头服下两粒止痛片，然后气喘吁吁看着我。仿佛她在为我的闹钟服药。

我是个有闹钟的人。这在"傻大个儿"师傅心目中也算是一种特殊身份。

工厂里组织青年突击队，发出"生命不息，冲锋不止！"的号召。继续执行"七对七"作息制，青年突击队贴出"午间不休息"的倡议书，这样我午饭后伏案抱头小睡 20 分钟的光景也没了。

天生贪睡的我困乏到了极点，16 岁小伙子半夜居然尿了床。我担心邻居笑话，就请求祖母不要把褥子晾出去。她老人家叹了口气说，毁人啊，从前给地主割麦子也累不成这样。

要不你给自己撒尿时间也定了闹钟？就省得我晾褥子了。清晨时光里祖母思索着，拿起抹布擦拭着我的闹钟。那绛紫色，被她擦得好似打了蜡。

晚间下班公交车上，我醋睡过站，被载到终点站也没醒来。女售票员误认我是几次借故纠缠她的痴情小伙儿，就报了派出所。验明正身，警察释放了我。已然错过末班车。我一路步行回家，拐进小街突然看见街灯下，矗着个矮小身影。

冬夜寒冷。她老人家就这样站着，眼巴巴等待孙儿下班归来。我快步跑过去，当头就问有没有把褥子晾出去。祖母严肃地摇摇头，说是烧熨斗烙干的。

你下班越来越晚了。祖母进家就催我喝下一杯热水。杯里，她给孙儿放了白糖。喝了糖水，我恨不得立即睡觉，伸手去抓床头闹钟。

床头没了闹钟。大男孩失去监护人，我慌忙望着祖母。她老人家小孩子似的躲闪着，告诉我闹钟摔坏了，不小心掉到地上。

您！我几乎失去控制。祖母拉开抽屉取出摔伤的闹钟。我呼地抢在手里，匆匆打量着。

闹钟依然身着绛紫色衣裳，可惜玻璃钟罩摔裂了，两只钟铃歪歪扭扭，好像两颗委屈的头颅。我举起闹钟紧贴耳畔，听不到行走声。她心脏停止了搏动。

北极星死了。那么遥远的一颗星星落在地球上，摔坏了。我想哭。闹钟停摆，没人叫我起床了。清砂组李国义迟到3次，就在全车间大会上做了"检查"，还被撤销基干民兵资格。我累计两次了，事不过三。

祖母抚摸着我头顶说，宝贝儿啊，明天我去修理闹钟，安心睡觉吧宝贝儿，到时候奶奶叫你。

自从参加工作成了人，祖母便不再叫我"宝贝儿"。听到她老人家这样安慰我，又觉得自己成了大男孩儿。

尽管祖母承诺她是"闹钟"，我仍然紧张得难以入睡，黑暗里瞪大眼睛望着屋顶。屋顶写着一串大字：迟到迟到迟到迟到……

我听到祖母的声音：宝贝儿，起床吧，起床去上班啦，宝贝儿。

我猛然醒来，下意识寻找闹钟。想起闹钟摔伤了，便扭脸看着祖母。

宝贝儿，现在4点半，奶奶保你不会迟到。祖母微笑着说。

平时祖母极少有笑容。她从年轻守寡，为避免是非便将自己塑造成为不苟言笑的小媳妇，极力消减女性温柔，故意走向冷硬。多年的艰辛磨难，女性笑容基本消失。年近古稀，祖母将慈祥的笑容给了她的孙儿。

您又不是钟表，您怎么知道现在4点半？我很不放心地问她。

她老人家再次露出寡见的微笑说，放心吧，我就是我宝贝儿的钟表。

我接过祖母递来的棉袄。棉袄是她在火炉前烤热的，使我温暖地穿衣。祖母烤热的棉袄，总是等于体温。我拎起饭盒走出家门，奔向24路车站。

祖母送闹钟去修理。亨得利钟表行师傅说下礼拜三交活儿。我面临没有闹钟叫醒的漫漫时光：五天。

你安心吧，这五天光景一眨眼就过去了。祖母依然努力保持微笑，安慰着她老人家的宝贝儿。

我还是想念我身穿绛紫色衣裳的好朋友。不知为什么，我经常把它想象成"哪吒"——这是个风驰电掣的精灵。可能因为闹钟能够发出金属的疾声呐喊吧。

我期待着，期待耳畔重新响起金属的闹铃声。一连两天清晨，我都是被祖母唤醒的。她老人家轻声叫着："宝贝儿，起床啦。"我突然不愿意听到这种爱称了，似乎我渴望真正长大。

第三天凌晨，我被噩梦惊醒。梦里我迟到了，满头大汗跑进车间大门，当头受到军代表激烈批评。梦里的军代表是个年轻战士，操着湖南口音。

噩梦醒来，我急忙伸手拽亮电灯，发现身边空空荡荡，祖母不见了。家里没了钟表，我心情紧张抓过衣服快速起床。棉袄棉裤没有经过炉火烘烤，穿起来凉嗖嗖的。

一旦没了祖母呵护，这个世界便是冰冷的。我害怕了，全然忘记自己是社会主义大企业青年工人，顿时成了无依无靠的大男孩儿。我盲目地跑出家门。

大街上没人。我漫无目的向前跑去，看到增兴德饭馆亮着灯光。这是一家老字号回族餐馆，有着临街的玻璃窗。越跑越近，我看到玻璃窗前一个矮小身影，双手攀住窗台朝着增兴德饭馆里张望。

我看清这是祖母，就惊叫了一声。她转身看见我随即心疼地说，你起这么早干吗？现在才3点半……

我急切地扑到增兴德饭馆玻璃窗前，看见里面的挂钟指针走在3：35位置，心情松弛下来。

祖母已经奔回家了。凌晨天色里，她迈着曾经缠足的"解放脚"快步走着，那么矮小的身影，一步一步撞开黏稠的夜色。

大红门副食店的守夜老汉好像认识我，他走出店门嘟哝道，这几宿你奶奶总跑到饭馆外面来看表，你半夜赶火车啊？

迎着冷风，冬夜板结了我的泪花。跑进家门，祖母给我冲了一碗"油茶面"说，这么冷你跑出去干吗？傻小子！快喝了它暖暖身子，一会儿就该去上班了。

她老人家并不提及半夜外出看表的事情，脸上连微笑也没有了。多年后我懂了，她的故作严肃是提前防范我的询问。她不愿意我询问，是因为她根本就不愿意让我知道。

喝了热乎乎的油茶面，我走出家门，乘24路公交车到金钢桥，排着长长队伍，等候换乘18路。挤上18路公交车，乘坐16站到达北郊医院下车，我步行15分钟走到工厂大门，天色仍然不亮。我再步行8分钟走进铸造车间。迎面是手持考勤簿的军代表。我不再害怕，大声跟小战士打了招呼。他操着湖南口音回应了。

我确实不再害怕，因为我有祖母。我想象着她老人家和衣而眠，一宿几次跑到增兴德饭馆窗外看表，确保 4 点半钟呼唤孙儿起床……

我可以没有闹钟，不可以没有祖母。我乐于听到她叫我"宝贝儿"了，我愿做她今生的宠物。

闹钟修好了，每天清晨重新振响铃声。公元 1976 年，我被工厂推荐去上大学，迁出户口离家 3 年。计划经济时期的大学食堂伙食极差，早餐是冰凉的馒头和玉米粥，每月凭票供应一次油条，挤得人山人海。只是每周六午餐有肉菜，给学生们解馋。

我回家无意间告诉祖母，有同学患胃溃疡退学了。祖母喃喃自语说，你们学校这么不厚生啊？

祖母就给我炸酱，带到学校打牙祭。酱里有肉丁，我们抹着馒头吃，小贵族似的。几个相好的同学吃肉不忘炸酱人，就问我祖母名字，然后小声齐喊：赵金琦万岁！

听到祖母受到如此爱戴并且享受伟人的礼遇，我很是得意。

大学毕业，我返回工厂当技术员。可巧"傻大个儿"师傅退休。我猛然想起那只北极星牌闹钟。

下班回家，我就向祖母打听。她老人家笑而不答。自从我大学毕业成了工厂技术干部，80 多岁的祖母多了几分笑容。

我还是想知道闹钟的下落，它毕竟是我往昔生活的重要伙伴。

它在你肚子里呢。满头银发的祖母谜语似的说。

原来，在我大学期间，家里这只闹钟坏了，送到亨得利钟表行，人家说不值得修了。后来，祖母就把它卖给走街串巷收购旧货的了。

我听了感到有些遗憾。尽管我生活得意忘了昔日伙伴，还是心有不甘。

祖母坦荡地说，我用卖闹钟的钱给你买了一盒午餐肉罐头，那年寒假开学你带到学校去吃了。

这就是饱经风霜的祖母，她既有永生的坚守，比如终身守寡不再嫁，也有适时的放弃，比如将失去使用价值的闹钟变成午餐肉罐头。她老人家主持的物件大变身，让闹钟住到我肚子里去了。

祖母去世多年了，有时我还会在梦里听到她老人家叫我"宝贝儿"。是啊，已经没人叫我"宝贝儿"了，只有远在天堂的祖母。

第三辑

我的旅途风景

莲花盛开，清风入怀。

天池花山小记

天池花山者，天目山余脉也，坐落吴中，直望太湖。山之东坡为花山，西坡为天池，两坡合称天池花山，有"吴中第一山"美称。其主峰状若莲花，得名莲花峰。

花山东麓有旅舍，取名"花山隐居"。中国隐居文化，属于古代文士生活，今人生疏久矣。花山隐居？一时间觉得古风浩荡，仿佛穿越时空，"不知有汉，而无论魏晋"了。

一座中国古典式庭院，迎面有"空山可留"砖刻匾额，与众不同。踏进前院，穿堂而过，庭中有池塘，曲行有游廊，廊下有山石，石旁有玲珑宝塔，塔旁海棠含苞玉立，只待信风拂来，旋即盛开。

拾阶登楼，廊厦深长。左侧露天观景，右侧一间间客房不以阿拉伯数字编号，而是别出心裁：冰心居，涤心居，赏心居，畅心居，沉心居，鉴心居，洗心居，清心居，惠心居，静心居，沁心居，随心居……真是心有所居，归属花山了。

夜晚空气清新，伴花香安眠，梦入儿时摇篮。花山隐居的清晨，你是被鸟儿啾鸣唤醒的，窗外喜鹊登枝。

都市白领生活，早晨依靠闹钟起床，声声噪耳。花山隐居的清晨，唤你回归大自然。

花山隐居的客舍早饭，有素食化趋势。白米粥、煮玉米、蒸红薯及佐餐小菜雪里蕻、白水煮蛋提供人体所需营养。

此时，面对近乎寺庙斋饭式早餐，你猛然想起昨晚仓促入住，没顾得开电视看节目。桌旁有人小声告知，这里是花山隐居，客房里不放置电视机。

多年旅行，客房不放置电视机还是第一次遇到。置身当代社会同质化生活，遇到"第一次"的事情很少，N次的事情居多。是的，人类已经被电视捆绑在床上，手机则训练着"低头族"和"拇指控"，我们的人生几乎被锁定在小小屏幕里，忘记抬头远眺——前方风景独好。

走出花山隐居旅舍，遥望花山不远。山不在高，有仙则名。我们从东坡起步，乘兴寻访仙踪。花山顶峰海拔171米，不高。我们安步缓行，沿"花山鸟道"上山，悠哉游哉。

花山鸟道两旁，巨石多见，正是摩崖石刻群了。一路观赏石刻，一路引人驻足。首先见到一尊刻有"上法界"三字的巨石。我乃俗人不通佛理，暗暗揣度"上法界"三字含义，深知拜山须怀敬畏之心。

满山皆石，逢石皆字，山野充满石趣。这令花山有了内容。上山途中，我依次看到这样的石上刻字：山种。隔凡。吞石。百忆须弥。龙颔。坠宿。渴龟。华山鸟道。凌风栈……自然风景固然好，人文历史沉淀其间，花山便厚重起来，山水皆有来历。

一尊巨石刻有"向上大接引佛"，令我心情肃然。之后的巨石刻字便是"布袋""皆大欢喜""落帽""卧狮"……前行数十步，有摩崖石刻"菩萨面"。来到"三转坡"巨石前，回望"菩萨面"，遥想乾隆皇帝品尝翠岩寺美味，那尊"菩萨面"巨石无疑是镌刻着天池花山美食历史的功德碑了。

花山的摩崖石刻，字字点睛，处处化魂。倘若空山无字，花山文化内涵锐减，几近野山了。纵观花山摩崖石刻，可谓点石成金。人人行至刻有"且坐坐"的石前，仿佛受到神明关爱，随即倚坐石前小憩，活像个听话的大孩子。

站在刻有"石床"二字大石板前，你会觉得这是神奇造物为后人预备的下榻处，登山疲劳，请你侧卧歇息。

最具匠心的是那尊刻有"仙"字的巨石。这个朱红色仙字将"人旁"置于"山"字头上，透露出民间社会的人格化精神。至于"百步潺湲"巨石刻字，则带我们随流水去了。

一尊尊花山摩崖石刻，开启一扇扇自然之门，让游人领略自然风光之时，还得到心灵感悟。

老子《枕中记》云："吴西界有华山，可以度难。"华山即花山。由此可见，花山宗教活动历史悠久。山间有翠岩寺名刹，历经千年风雨，如今只存废墟，依然吸引游人拜谒。

翠岩寺大殿始建于宋，毁于元，明永乐万历重建，兴盛于清初。翠岩寺大殿文化浩劫年代被毁，原址遗存十数根石柱，冲天而立，远望宛若举香祭天，令游人难掩惋惜之情。

翠岩寺遗址侧旁，已然重建了大雄宝殿，建筑坐东朝西，并不在翠岩寺山门中轴线上，这有违寺庙常规。聆听讲解得知，起初主张在翠岩寺原地重建大雄宝殿者，不在少数。然而，为维护文物原貌，保护历史真相，吴中最终决定保留"华山翠岩寺"原址遗存，异地重建大雄宝殿。这种胆见卓识极具文化意识，使得只留存十数根石柱的翠岩寺遗址，被誉为"苏州圆明园"，近乎国宝了。

如今，翠岩寺遗址院内古树参天，栎树榉树浓荫盖地。游客行走其间，仿佛置身历史深处，耳畔犹闻般若大家支遁法师开坛讲经。

路经御碑亭，亭内御碑镌刻康熙乾隆游览花山诗作，表达了登临花山终遂凤愿的帝王情怀。

前往莲花峰，须经放鹤亭。仙鹤远去，空余鹤亭。然而，簇簇白花盛开，点染山间春色。我突发奇想，这满山白花或为当初仙鹤抖落羽毛，化作种子迎春绽放吧。

登山途中，道旁石壁刻有乾隆《华山作》诗："问山何以分高下，宜在引人诗兴者。遥瞻濯濯青芙蓉，南嶂犹平堪跋马……"我发现这面石壁曾有刻字，为了镌刻帝王诗作将前人刻字铲平，只剩一个变体的"云"字。

汉字"云"有诉说之义，这个残留的"云"字与乾隆皇帝诗作并存，就这样向后人诉说着什么。有人不知所云。有人知所云。

终于登临莲花峰。这就是吴中第一峰。山巅有巨石矗立，酷似莲花盛开。尽管海拔只有 171 米，我立于莲花石前，顿觉高山仰止，斗胆攀登莲花石上，迎风站立，倍感自身渺小，了无斤两，放眼远望，绝无一览众山小之豪情。

我以为这就是莲花峰给我的告诫，于是心有所悟，深感不虚此行。

拜谒了莲花峰，沿石阶小路从西坡下山，便入天池境内了。山下就是寂鉴寺。前方有寒枯泉，前方有洗心池，前方有菩萨面，前方有天池禅茶……

游天池花山，登莲花峰，感受好山好水。此前走过不少名山大川，山高路远往往乘坐索道缆车。然而这样的过程好比读书，乘坐索道缆车等于只读了山之前言，便径直阅读山之后记，对中间内容不甚了了。然而重要的恰恰是过程。天池花山仿佛造物主为凡人量身定制。一路游览，不需任何交通工具介入，一派自然天成，令人欣然而忘返。

天池花山，不大不小，正好。那朵硕大无比的莲花，正在海拔 171 米地方等你。莲花盛开，清风入怀。

走 韶 关

韶关历史悠久。旧石器时代"马坝人"在这里繁衍生息，并于新石器晚期形成"石峡文化"。相传四千多年前舜帝南巡至此，登山而奏韶乐，山石为之动容，因此得名"韶"。《论语·八佾》："子谓《韶》，尽美矣，又尽善也。"《朱子集注》："《韶》，舜乐。美者，声容之声。善者，美之实也。"这是"韶"字地名使用之始。韶关古称韶州，自西汉元鼎六年置县以来，足有两千多年历史，为岭南通往中原的关隘和要道。《广东通志》载："岭南文化史以粤北最古老。"历来被誉为"岭南名郡"。韶关地跨珠江和长江两大水系，境内河流密布，自然资源丰富，人文景观颇多，"马坝人"遗址、世界地质公园丹霞山、乳源大峡谷、"禅宗祖庭"南华禅寺、"粤人故里"珠玑古巷……并有重要红色遗址37处之多，堪称引人向往的红色旅游名胜。

梅关古道

梅关秦时设关称横蒲关。梅关古道又称庾岭古驿道。史载唐开元四年朝廷派遣左拾遗张九龄主事，历经两年将秦汉小道拓宽，以青石铺设建成南北通衢。从此，梅关古道成为世界海上丝绸之路与陆上丝绸之路的连接线；在中外经济文化交流方面起到重要作用。关于梅关古道的来历，至今粤北赣南民间流传张九龄夫人戚宜芳为凿山开路杀身成仁的凄美传说。

梅关古道跨越粤赣两省，南坡北坡全长8公里。金秋时节自广东境内北上，沿途有夫人庙、六祖寺、衣钵亭、汤显祖《秋发庾岭》诗碑、苏轼的东坡树……多处古迹犹存。

一路攀行抵达梅关关楼，关楼青砖构筑，远望巍峨矗立，近观关南城楼刻有"岭南第一关"赭色石匾。关楼两侧石雕楹联，上为"梅止行人渴"，下为"关防暴客来"。暴者不为褒义，却以"客"谓之，看来此联颇具粤地古风。

梅关关楼初建宋代嘉祐年间，明清两代几经修葺，坚固如初。穿过关楼拱形通道，回首仰望关北城楼，赭色石匾镂刻"南粤雄关"大字，气势雄浑。梅关关楼地处梅岭山巅。传说梅岭得名与西汉名将梅鋗有关。梅岭既是古代战场，也是红色名山，毛泽东曾经三次率领中国工农红军经过粤赣交界的梅岭，挺进广东南雄地区从事革命活动。

当年红军万里长征去，陈毅留守梅岭坚持三年游击战争，写下充满革命豪情的《梅岭三章》与《赣南游击词》。另有《偷渡梅关》诗："敌垒穿空雁阵开，连天衰草月迟来。攀藤附葛君须记，万载梅关著劫灰。"这首诗似乎流传不广，然而记录了龚楚叛变革命蓄意制造北山事件后，陈毅率部躲避粤军巡逻，趁夜色偷越梅关，南返油山挺进里东的经历。革命元勋以诗言志，以诗抒情，以诗记史。我等后辈现场拜读此诗，想象当年艰苦卓绝的战争场景，颇受教益。

登临梅岭跨进望梅阁，未逢梅花盛开时节，山间梅树沿坡而立，铁干风骨蓄势待放。举目远眺赣南大地，脚踏粤北红色沃土，两边风景皆好。

城口古镇

阳光明媚走进仁化县城口镇，适逢红军三大主力胜利会师纪念日，镇里镇外游客云集，街头巷尾宛若节日般热闹。这座入选全国20个"我心目中的长征纪念地"的古镇，依山傍河，可谓青山绿水。

信步走进小镇，路标指明诸多景点，地名充满"红色基因"：红军街、红军纪念广场、红军长征粤北纪念馆、红军宿营地旧址、红五军物资采购旧址、粤北红色书屋……这座小镇仿佛装满红军故事。

城口镇河边街，一间店面门前挂着"仁化县红色革命遗址"标牌，走进店门发现竟然是间理发店。

1930年10月中共城口特别支部成立，以"胜一理发店"名义建立地下交通站，掩护开展秘密工作，形成从粤北地区前往江西中央苏区的红色交通线。1934年深秋地下交通站同志为长征红军带路，协助红军取得铜鼓岭阻击战胜利，为红军主力部队突破白军第二道封锁线做出贡献。

胜一理发店隔壁是间铁匠铺，当年同为地下交通站，他们以打铁身份从事秘密工作。如今铁匠铺以人物塑像形式还原当年场景：师徒二人挥锤打铁，仿佛炉火至今不熄。

小镇的路标指向"广义栈"景点，引领游人前往。广义栈在城口镇正龙街，这座看似寻常的建筑正是毛泽东曾经居住的地方。

这座货栈临街而设，铺面"广义栈"横匾落款民国十九年，换算成公历正是中华苏维埃年代。1934年11月上旬，中国工农红军离开中央苏区开始长征，毛泽东随中央军委纵队来到仁化县城口镇，因病寄宿在进步民主人士罗新悦经营的广义栈，那时广义栈是城口镇邮政代办所。

寄宿广义栈养病期间，毛泽东经常面对军事地图沉思，警卫员烧水弄饭都会干扰他的思路。尽管没有军事指挥权，经过思考他还是向中央提出自己的建议，红军应当向永丰、蓝田、宝庆发展，在那里摆开战场消灭"围剿"之敌。

红军在城口镇休整七天。粤北山地深秋寒凉，衣着单薄的红军战士露宿街道两侧，以露天温泉洗漱沐浴，纪律严明绝不扰民，让当地民众感受到红军是穷苦百姓的队伍。

如今，城口镇启动"红色＋温泉＋古村"三引擎，依托红色文化资源丰富的优势，以红军革命遗址群为基础，以丹霞丰源温泉度假村为产业支撑，辅之周边自然生态美丽乡村建设，正在建成宜居、宜业、宜游的红色特色旅游景区。

双峰古寨

见识过开平碉楼，拜访过梅州围龙屋，参观过永定土楼。来到仁化县石塘镇"双峰寨"，竟然不知如何描述这座坚固宏阔的建筑。叫它石城还是石寨？称它堡垒还是要塞？只见四周护城河环绕，巍巍寨楼稳坐其间，跨河铁索吊桥经年弃用，还是令人想起《三国演义》的高大城池。这座国家级重点文物保护单位，远观有着泰山般的深沉，近瞻有着深宫般的神秘，有待我们仔细品读。

双峰寨于清光绪年间（1895年）由石塘村李姓族人集资，"费金三万"，耗时十六年建成，时年正值辛亥革命爆发，可以说双峰寨落成于乱世。因此愈发显出它保家护民的实用价值。

这座天赋异禀的宏大建筑外形略呈长方形，围墙高达九米，用青砖以糯米黄糖石灰浆砌成，连接四座炮楼，东西两面城墙设有瞭望台，五层高主楼坐落中轴线位置，仰望坚固异常。

双峰寨的拱形门洞顶端镶嵌"保安门"石匾，石刻字迹稍显斑驳。走进双峰寨大门看到这是座高墙围拢的大院落，竟然想起古罗马竞技场。

双峰寨的内部结构独特，可谓封闭小世界。大院里的四面围墙高处建有走马廊，形成连接四座炮楼的通道，每隔数米便有内扇形射击孔，可见其易守难攻。如今大院里三口水井保存完好，北面设有饭堂。经过讲解得知当年石塘乡大兴土木建造石峰寨，主要用于防匪避险，并非村民常年居住。

1927年大革命失败后，双峰寨成为农民运动红色堡垒。石塘乡农会组织村民把大量粮食、煤炭物资运至寨内，白天练兵，夜晚放哨，做出持久战的准备。反动武装果然包围了双峰寨，驻扎寨内的七百多名军民，跟敌人展开震撼粤北的双峰寨保卫战。一次次地粉碎敌人的诱降、火攻、炮攻、偷放护城河水等伎俩，顽强坚守九个多月，最终突围。如今，寨楼墙壁依然可见弹孔痕迹，记载着战火硝烟的岁月。

由于战争创伤与风雨侵蚀，石峰寨的建筑多有损毁。经过多次维修养护，终于重现完好无损的容貌，供后人参观游览。我们居高临下，沿着走马廊环绕双峰寨，一边行走一边品鉴这座内部结构独特的清代建筑，不禁感慨不已。双峰寨落成于清末民初，原本用以乱世百姓固守避险。当今盛世修葺完备，令游人切实体会到和平年代生活的珍贵。这正是历史建筑带给我们的启迪。有道是"建筑是凝固的音乐"，那乐章奏起于历史深处，分明回响于双峰寨天空。

雪峰山随笔

临近北方草木落叶时节，来到湖南溆浦。走出火车站望见不远处小山包，那山色绿得令人惊讶，其实这只是雪峰山缩影而已。莽莽雪峰山，绵延七百里，亘古至今的绿水青山正在化作脱贫致富的"金山银山"。

溆浦所处湘西雪峰山区，为江南仅有之高原地带，素有"湖南的青藏高原"称谓，森林覆盖率高达80%，近乎被绿色浸透。雪峰山呈西南向东北走势，其主体坐落怀化和邵阳区域，余脉向北延伸至洞庭湖滨，山之两侧有沅水与资水奔流不息，最终汇入湖南人的母亲河——湘江。雪峰山脉从头到脚横卧于湖南境内，堪称湖南人的父亲山。

雪峰山为古老神话传说中的神山，当属中华文明的发祥地范畴。两千三百多年前屈原在《天问》中有"昆仑县圃，其凥安在?"之句，县圃即悬圃为神话地名，凥亦作居，此句正是发问县圃居于昆仑山何处。有说此昆仑意指雪峰山。

当年屈原遭贬溯沅江而上，抵达雪峰山腹地。遂有《涉江》辞云："入溆浦余儃徊兮，迷不知吾所如；深林杳以冥冥兮，乃猿狖之所居。"昔时三闾大夫流放溆浦，心情彷徨徘徊，不禁发出何方是我归宿的感慨。屈原多年留居溆浦还写出《山鬼》《桔颂》多篇辞章，以抒诗人爱国孤愤情怀。

如今我们从古老楚辞里看到"溆浦"，它历经千载地名未改，楚辞里远古山川地貌，今日溆浦依稀可辨：碧水蓝天，林壑秀美，物产丰富，野生草药犹存，多种植物遍地，近乎世外桃源。

我们乘车去往穿岩山森林公园，沿途山路旁侧晚稻成熟等待收割。其品种正是国内曾经广泛种植的"农垦58"，它稻秆低矮，株型紧凑，属于存世不多的老品种。如今时兴种植新稻，依赖化肥农药亩产颇高。唯有雪峰山仍然种植这种产量偏低的"老稻"，好似农耕时代遗产。我特意请教主持此事的陈黎明先生，他直言有意保留"农垦58"，不施化肥不打农药，保持原生态农作物，这正是雪峰山的追求。

一路听闻，雪峰山千年农事经验依然流传不止：譬如有笋多生于竹林深处，则冬寒；有笋多生于竹林边沿，则冬暖。譬如见林间浆果挺然而生，则雨水偏少，林间浆果悄然低垂，则雨水显多。我成长于东部滨海地区，记得老者观察天气有"早看东南，晚看西北"之说，如今民间谚语绝迹久矣。

溆浦民间依然流传的古风古俗，呈现天地和谐万物共生之象，展示着中华民族文化传承的生命力。

傍晚住进千里古寨的木楼，开始享受整天喝矿泉水，大口呼吸新鲜空气的美好时光。嗅着满屋淡淡松香气息，得知景区建筑木材全部国外采购，生长于雪峰山的树木，一株也不许采伐。这才是大自然卫士所为，不禁令人感动。

当天晚餐吃的正是"农垦58"蒸制的米饭，它显然不如当今泰国香米精致细腻，却仿佛嗅到早年的粳米饭香，久久回味齿颊之间。就其文化传承而言，坚持种植"农垦58"无疑透露出雪峰山不言轻弃的执着性格。这有待我们耐心寻找与细心体验。

溆浦坐落雪峰山北麓，历史悠久自不待言。1986年在雪峰山主峰脚下考古发现"高庙文化遗址"，其年代上限距今7800年，将中华文明的起源向前推移了2000多年。然而，此番溆浦保留的"农垦58"粳稻则唤醒我们60年的记忆，尽管这短短时光难与"高庙文化遗址"悠久历史相比，雪峰山老稻田仍然具有不可忽视的人文意义。我们衡量人间事物，不是所谓新的就是对的，也不是所谓老的就是错的。我们脚踏祖先开垦的土地，等于置身历史与未来之间，理应度量自身的文化承载。这正是雪峰山给我的启示。

溆浦地处大湘西，可谓人杰地灵。邓少谷、严如煜、向警予、舒新城、向仲华……诸位先贤影响深远，矗立历史人物长廊，我等后辈难以一一拜谒。就近参观舒新城故居。小院清静，院中立有舒新城先生铜像，供访客拍照留念。我走进展厅细听讲解，顿觉自己无知。

记得四十年前购得《辞海》两册，欣喜不已。从此每逢遇有不解事物，立即翻阅《辞海》寻找词条，以求甚解。这两册厚重的大书成为我获取知识的宝库。

青少年时代阅读世界名著，从托尔斯泰到普希金，从歌德到托马斯·曼，还有巴尔扎克，莫泊桑，雨果，海明威……都能记住作家名字，有时查阅近现代文报纸杂志也能记住主编名字：张季鸾、赵家璧、靳以、巴金……反倒不知被我奉若知识权威宝库的《辞海》主编乃是舒新城先生，实在是孤陋寡闻了。

舒新城字心怡，湖南溆浦人，1915 年就读于湖南高等师范学校，深受伦理学老师杨昌济（杨开慧之父）和教学法老师徐特立（毛泽东老师）影响，毕业后投身教育事业，主办《湖南教育月刊》，潜心研究中西教育理论，编写《道尔顿制研究集》《近代中国教育史料》《近代中国留学史》《教育通论》《现代心理学之趋势》……成为当时教育界名人。他还是中国摄影史的先行者，著有《摄影初步》《晨曦》《习作集》和《美的西湖》多种著作。

1928 年应中华书局总经理陆费逵聘请，舒新城出任《辞海》主编，他从教育家转为编辑家，尽心竭力编纂这部浩瀚而精深的皇皇巨著。据说他为搜集新词随身携带笔记本，有次赴宴看到菜单里新词，立即记录下来收集入册。1935 年日本侵华形势吃紧，主事人害怕日方肇事，打算全部取消所谓敏感的社会科学条目以及政治性条目，甚至要斫掉《辞海》，分类单独出书。舒新城毫不妥协据理力争，"即使中国亡了，这些历史名词也应存在，相关条目决不能取消。"他坚持《辞海》出书方针，不改鲜明的爱国主义立场。先后两年出版了《辞海》上下册，可谓全节。

对于初版《辞海》，社会各界反映热烈，林森、吴稚晖、蔡元培、陈立夫、王世杰、唐文治等人纷纷题词，黎锦熙作序，陆费逵写了"编印缘起"。

全国解放前夕，舒新城代理中华书局总经理，坚持中华书局印刷厂不迁台湾。新中国成立后社会生活出现大量新词，加之全国实行文字改革，《辞海》急待修订。1957 年 9 月 17 日，毛泽东主席在上海接见舒新城，勉励他以修订《辞海》为基础，然后搞成百科全书。

　　三年后，舒新城抱病建议，修订《辞海》摸索经验，争取编辑出版五千万字十卷本的小型百科全书。

　　如今，历经修订的《辞海》已经成为构筑几代中国人知识结构、知识裁判、定型概念的权威典籍。我们不应忘却从雪峰山走出的"乡下人"舒新城。

　　我谨以教育家编辑家舒新城为例。其实大湘西人文荟萃，革命先烈，文化学者，社会贤达，数不胜数。这是雪峰山历史的积淀，也是湖湘文化的深厚。《管子·权修》："一年之计，莫如树谷，十年之计，莫如树木，百年之计，莫如树人。"纵观走出雪峰山的各界名人，无不印证着这个道理。于是，我们"珍爱雪峰，与树结缘"，纷纷认领穿岩山常青树，写下内心感言，悬系马尾松枝头。

　　海男感言"灵魂栖于此"。赵本夫感言"和树同在"。陈世旭感言"大美不言"。储福金感言"我心似旧识，梦幻亦欢喜"。彭见明感言"留影雪峰，诗意永远"。何立伟感言"青山在，你也在"。田瑛感言"我是雪峰山上一棵松"。蔡测海感言"与草木同在"。后续到达的韩少功先生感言"山之魂"。

　　我则写下感言："我在雪峰山，忘情于山水间。"

　　于是我们相约，五年后重返溆浦省亲——看望自己的那株树。

金秋张掖

河西走廊素有"金张掖，银武威"之说。此前多次乘车经过，却不知"断匈奴之臂，张中国之掖"乃是张掖地名由来。此番到达"金张掖"恰逢金秋时节。一大早出发参观，内心充满金色期待。乘车即将抵达目的地，有清风送来阵阵植物气息，便是张掖国家湿地公园了。

一尊墨绿色祁连石迎面而立，巍巍然近乎湿地公园的山门。祁连石勒有铭文，不可不读："湿地星球，孕育万千物种，然而文明的演进和冲突，已与人类生存的本源渐行渐远，回望处，道法自然昭示着文明的基准，黑河边，祁连墨玉寄语着自然的情怀——人类也是生态之元素。"

我受到触动，不知此文出自何人手笔。近年来见过类似勒石铭文，不乏官样文章公式化，了无情趣。这篇镌刻于祁连玉石的铭文，字拙句奇，尽显汉语质朴，无愧张掖国家湿地公园冠以"国家"二字。

兴致高涨走进公园大门，感觉跟绿意撞得满怀。不由引发思索：无绿焉得金黄？所谓"金张掖"美誉，应当是以绿色为基底的，这就是朴素的辩证法。

以往我对戈壁绿洲的印象，远远望去只是簇簇绿意点缀大漠深处而已，些许绿意难以改写大戈壁的广袤苍茫。张掖湿地公园规划总面积 2.1 万亩，竟然如此浩瀚辽阔，颠覆了我的固有观念。不意间来到鹤影湖畔，清波荡漾，水鸟飞翔。一群野鸭呱呱鸣叫，皆作目中无人状。几只白天鹅伸颈湖水里，悠然觅食，很是自在。一对黑天鹅慢慢游来，姿态典雅，毫无惧色，善解人意地让我们拍照。相比我们公园的动物大多不敢亲近人类，张掖的天鹅近在咫尺却从容安详，无疑佐证了张掖的民风状况。

沿着绿道观光，侧旁垂柳拂眉，水岸芦苇环绕，蒲草迎风摇曳，疑似江南水乡风光，便情不自禁循着栈桥纵深走去，此时湖面浪波不兴，簇簇睡莲紫色盛开，这睡莲不事声张，悄然绽放，只衬得满湖优雅，云淡风清。

环绕张掖湿地公园行走，分明置身绿色世界里。我猛然发现几株枯黄的沙枣树，仿佛身披古铜铠甲的死士矗立，与满眼绿意形成强烈反差。于是暗间记住它们。

参观结束告别湿地公园，我忍不住打听那几株沙枣树牺牲的原委。我的好奇引得主人笑了。

我终于得知，起初沙枣树生长茂盛。随着张掖湿地公园水源丰厚，属于大漠植物的沙枣树反而难以存活，于是褪尽绿装身披铜甲了。这几株沙枣树的死亡，证明张掖湿地公园是真正的涵养湿地，如假包换。

就这样，不断成长的张掖国家湿地公园，已经成为河西走廊的绿肺。此番我与绿肺邂逅，自然不胜欣喜。

告别湿地公园的绿树碧水，乘兴前往张掖平山湖地质公园，却是另番景象。平山湖地质公园占地 90 平方公里，处处皆为褐色沉积岩，以不同质地的砂岩、砂砾岩、砾岩构成丹霞丘陵地貌。正值阳光普照大地，褐色土壤仿佛燃起赤焰，令人情绪沸腾。然而，平山湖丹霞丘陵的色彩，随着阳光强弱变化，时而深蓝、时而浅棕、时而赤紫，可谓变幻无穷，尽显大自然玄妙魅力。平山湖大峡谷七彩缤纷、斑斓诡秘，那魅力实乃大自然造化。

我们驻足著名的"九龙汇海"观景平台，凭栏俯瞰大峡谷全貌，只见远近地貌被沟壑分割，作流水状垂直下切，分割成为底部相连的丘陵区，形成河流间分水岭，平行延伸，形成雄伟山势，气势磅礴恰似九条巨龙汇集大海。

相传很久前平山湖本是大海。有老渔夫从恶鹰爪下救得青蛇，将其放生回归大海。老渔夫去世，渔姑娘继承父业捕鱼为生，海边结识打鱼小伙，日久生情结为夫妻，两人育有九子。殊不知打鱼小伙乃是老渔夫救下的青蛇转世，他的真实身份是东海龙王三太子。东海龙王派龟相寻得三太子，然而他留恋凡尘不肯回宫。东海龙王率领虾兵蟹将前来捉拿。老渔婆和渔姑娘跪地求情，被龙王踢进海里丧生。那九个儿子挺身反抗，也因寡不敌众淹没在滔天海浪里。

千年时光化山川。那大峡谷里横亘绵延巍然挺立的九座山峰，便是九子化身的"九龙山"，即是九龙汇海景点的由来。

走进平山湖大峡谷，你只要焕发想象力，随处可见惟妙惟肖的人物和动物以及山川造型：山巅守望者，牛马猪羊兔，沙海奇观，情人山谷……平山湖地质公园任凭你驰骋想象力，你可以尽情享受成为重塑大峡谷景观的造物主。

然而走马观花式游览，难以领略大峡谷精髓所在。我们鼓起勇气纵深前行，企盼真正体验大自然的奇妙。一路上大峡谷风景变幻，赤色山体要么酷似城堡，要么极像乳峰山，要么形似一线天，我们脚踏砂地前行，宛若走在朝圣路上，却不知前方神圣隐身何处。此时只有置身大峡谷，你才确信人类难以破译大自然的密码。大峡谷的千变万化，远远超过孙悟空的本领。这时前方传来驼队的铜铃声响。于是我们骑乘"沙漠之舟，前往大峡谷深处探微……"

张掖之行的重头戏是前往山丹军马场。过午时分，远山在望，那正是祁连的黛色。公路穿越深绿色草场，偶见湖泊闪现，倒映天光，不乏深沉意象。

尽管渴望见到山丹马群，还是首先参观山丹军马场场史馆。场史馆前小广场当央有石矗立，镌刻朱红大字"牧马人"。小广场右侧卧石勒有"军牧魂"朱字，黑色大理石台基有文撰曰："军牧50年，抒写了山丹马场的辉煌，1949年起义官兵605人，1958年转业军人574人，各时期现役军人、复员军人近千人投身马场建设，奉献青春献子孙，可歌可泣，立石纪念。"

小广场左侧卧石勒有"青春无悔"朱字，黑色大理石台基有文撰曰："1968年起，北京、西安、重庆等地正值青春年少、风华正茂的知识青年600人，来到大西北的山丹马场。他们牧马耕耘，传播文明，赋予大草原生机与活力，马场是他们深情眷恋的第二故乡。立石纪念。"

落款是"甘肃中牧山丹马场总场"。以此勒石纪念这段光荣历史，既是回顾也是传承。海不枯，石不烂。那不枯之海应是人类记忆的脑海，那不烂之石应是人类记忆的基石。尽管尚未到达草原牧场，我显然感受到"军牧情永在，军牧魂永存"的精神。

说起山丹军马场历史，足以追溯到秦汉。《资治通鉴·汉纪十一》载："元狩二年，霍去病为骠骑将军，将万骑，出陇西，击匈奴，至焉支山止。"元狩四年，汉武帝"梦骏马生渥洼水中"，大臣作天马歌献上。武帝即下诏设苑马寺，负责马政，在汉阳大草滩设置牧师苑，后设大马营……就这样，山丹军马场历经两千多年的雨雪风霜，创造了平凡而辉煌的"军马文化"。我们绝非玩笑地说，山丹军马场是中国历史最为悠久的"国企"，而且没有"之一"。

山丹军马场史展馆，由历史篇、创业篇、建设篇、发展篇组成，这段历史犹如军马奔腾的铁流，滚滚向前震撼人心。

参观马厩见到传说中的汗血宝马，不胜惊喜。这种早在汉武帝时便视为珍品的西域骏马，身形修拔体态优美，令人登时成为它的粉丝，抢着合影。山丹军马场以二百万元价格购进这匹棕色汗血宝马，用以优化当地山丹马种。马厩里还有雪花色阿拉伯马，价值百万余元。自从山丹马场由军转民，他们发扬光荣传统，发展生产，扩大经营，连年迈出坚实步伐。因此他们可以自豪地说，你可以不知道山丹，但是不可以不知道山丹军马场。

我们急不可待来到草原牧场，远远望见那几百匹骏马，黑色的，棕色的，白色的，花色的……可爱的山丹马似乎通晓人性，居然迎着我们走过来。

马场主人热情邀请我们骑马体验。我跨上那匹棕色高头大马，猛然觉得视野开阔，仿佛看清远方祁连山的雪顶。

我骑乘山丹高头大马，想象着当年勇敢的骑手，体会着欲穷千里目的心境。我知道，这种体验只有在山丹军马场能够获得，没有别处。

那奔驰的马群冲过来了，这是真正的中国山丹马群，它们从历史深处朝着我们跑来……

苹果之约

春天的掌心是向下的，比如我们向田垄里撒下种子，似乎连掌心也感受到大地的万有引力。种子向下深深植入泥土，投身绿色的梦。绿色梦境里经历几多风雨，渐渐结成丰硕的果实。这就是时光的年轮。

最有资格展示年轮的，是树。从小到大，年轮是树的环状档案，记载着不应忘却的成长经历。大地拥有多少种树呢？我不知道。然而，我来到栖霞，一下喜欢上这个名字：霞光栖息之所。放眼漫山遍野的苹果树，丰饶秀美。那苹果们小红灯笼似的挂满枝头，点染着白日绿野，释放万道霞光。

我从未见过大自然点燃这么多盏小灯笼。白日的栖霞苹果似乎对应着胶东夜空的繁星，你休想数得清。

这就是栖霞的苹果世界。汽车沿着丘陵地带，山路多弯驶向后寨村的作家苹果园，我蓦然想到苹果的不同寻常。大自然物种无数，只有苹果与人类曾经有着禁锢与放逐的故事。好奇的亚当食下禁果，那只苹果便启动了人类走出懵懂的机关。男人的喉结，似乎正是苹果的显形。一只苹果，承载着一个约定。

当牛顿的苹果落在大地上，被称为"万有引力"的科学定律诞生了。这个被人类广泛应用的科学定律居然出自那只苹果的暗示。当今的栖霞苹果，无疑秉承了如此灵性——挂满枝头的一盏盏的小灯笼，使我放弃世故而重返童趣，大孩子似的兴奋起来。

就这样，我站在栖霞的苹果园里，举手采摘果香扑面的苹果。这是醉人的丰收秋季——漫山遍野的苹果宛若绽放的花朵，吸引我将她摘在手里，挂在心头。

秋季的掌心是向上的。这貌似索取的掌心向上，其实是果农们虔诚的承接。一年的艰辛付出，承接着大自然厚道的回报。我从流光溢彩的苹果脸蛋儿里，仿佛看到秋天手掌的老茧——这是劳动光荣的指纹。

劳动，收获赤红的高粱，收获橙黄的小麦，收获碧绿的菜蔬……然而，我却对收获苹果情有独钟，尤其栖霞苹果——它那红得近乎温和的颜色，入肌入理，沁人心脾。

栖霞苹果色红而不夺目，形润而不失范，味甜而不过腻，口感清脆而不喧嚣。它犹如栖霞民风——纯朴而不失明亮，敦厚而不失力量。

栖霞作家苹果园里，更有令人惊喜的景观。一只只苹果上晒印着一个个作家的名字。一个月前果农们就将参加采风的作家名字粘贴在苹果上，经过日晒光照，作家们跟随着苹果沐浴阳光共同生长。我想，任何自以为是的作家都应当引以为荣吧？

这是令人兴奋的时刻。我拎着提篮，伏身弯腰在苹果树下往返穿行，寻找着自己的苹果。我提篮里的第一只印着"肖克凡"名字的苹果，是别人帮我采摘到的。第二只苹果也是这样。一瞬间，我蓦然感到寻找自己并非容易的事情。就这样，当我终于发现那只"肖克凡苹果"，感受到几分激动。不知为什么，我猛然感觉晒印在苹果上的那个名字有些陌生——这个我使用了五十多年的符号。

我不由产生了庄生梦蝶式的联想：我是苹果？还是苹果是我？

无论答案如何，我肯定是站在栖霞苹果园里的。挂满枝头的栖霞苹果的脸蛋儿，应当是我表情的写照。栖霞苹果的表情热烈而温厚。我则体会到丰收的感恩。苹果拟人，人拟苹果了。就其人生而言，我何尝不是那只挂在枝头的苹果呢？苹果饱满而从无自负，那么我就要消除怨艾，苹果甜脆而从无枉言，那么我就要克服虚妄；苹果无语却蕴含内在，那么我就要去除浅薄。我伏身穿行在栖霞苹果园里，这无意间是我向大自然与果农们致敬礼。我与苹果，微妙交流着。人，因为苹果而周正起来。

这正是我在栖霞苹果园里的新鲜感受。因此，这里的苹果确实是引发遐想的智慧果，不仅仅是牛顿。

我们告别作家苹果园，一路下坡而去。沿途我看到妇女们将收获的苹果装入荆条筐里，其势浩荡。然而她们表情淡然，毫无夸张与造作。我敢断定，她们将劳动喜悦投映于苹果脸蛋儿。那一只只即将进城的苹果，便有了人们难以察觉的心情。

这心情，便是栖霞对这山这水的承诺；这心情，便是苹果与栖霞的约定。

我们经年生长在这里，是栖霞的苹果。你们祖辈生活在这里，是栖霞人。

栖霞与苹果，浑然而一体。栖霞的苹果，一只只将笑意写在脸上。这苹果的笑脸告诉你：君与栖霞，今生相逢于此，前世必有亲情。

苹果的约定，香甜而入梦。

夜西湖与夜雁荡

那是杭州作家朋友介绍说，西湖美景总相宜，然而也是有分教的。论起游览西湖，游晴湖不如游雨湖，游雨湖不如游夜湖。游晴湖，我曾有丽日荡舟的经历，满湖美景，放眼放去，犹如漂浮于仙境，顿时身心明澈。游雨湖呢，我没有细雨濛濛亲近西湖的福分，只好等待机缘将其留存于想象世界里：一柄油纸伞飘动于苏堤与白堤之间，心在断桥。至于夜游西湖，乃是这次补的课。我们从音乐喷泉起步，开始夜湖之旅。

起初，夜色是半透明的。沿着湖畔缓行，夜色便浓重下来，脚步随之凝重。渐渐远山不见，湖水朦胧，那山那塔那桥——白日里被人们尊称名胜的处处景致，于不动声色之间退向暗处，似乎暗含隐忍之心。

这时候，我居然担心西湖容颜的消逝。那晴天游览西湖的得与不得，夜色里化为失与不失的担忧。

行走的脚步愈发谨慎。这种谨慎似乎与不忍失去的心情有关。即使你知道那造物是不会失去的，夜游还是让你加了小心。

夜西湖，竟然令你的心思也处于得与失之间。尽管你只是西湖的客卿，尽管临安只是你的人生逆旅，夜色里西湖还是给了你愈放愈大的涟漪，从此岸想到彼岸。

智者乐水，仁者乐山。关于夜色迷人，浙江还有雁荡山的景致。夜游雁荡山，据说已然成为著名旅游品牌。有了夜游西湖的经历，我依然对雁荡夜色难以料想。水，最大为洋。山呢，无外乎是一堆巨大的石头而已。便想起《山海经》，一山一海两个字，确实将人间景色概括得近乎全部了。

于是前往雁荡体验夜色，抵达时天光尚明，山边暮色还有远方。看来夜色也是要等候的，因为夜色同样在等候你。

之后，暮色与夜色的契约，趁着人们晚餐间隙悄然兑现着。夜色落脚之快超过想象。于是立即奔着山色而去。

一路行走，步步高，天幕竟然显现深蓝底色，令人想起蜡染。我揣摸这深蓝颜色是天光的残存。远山的颜色朝着浓重延伸，已然染成夜色。这时候，天幕之下的山形，没了白日里的粗砺相貌，变得浓黑而象形，譬如说是老鹰，人们便惊呼果然是老鹰。老鹰之后，那一座座山形，活脱脱像了小蛙，活脱脱像了大象，活脱脱像了硕鼠……总而言之，夜色给万物镶嵌轮廓，引发人们对小蛙、大象、硕鼠的遐想。只要有人凭借想象力喊出句什么，便引发赞同般回应，仿佛进入集体无意识的状态。拐过石阶山路，抬头望见山腰的两块石头，亚似导游身份的人大喊，快看，那是偷看姐姐谈恋爱的小弟弟。

爱情题材当然引人入胜，何况还有尚未成年的小弟弟偷偷学艺呢。

人们走到名叫"夫妻峰"的地方，亚似导游的人以诱供的口吻让你确认夜色里的这座山峰，乃是相依相偎施以热吻的爱侣。

于是再度引发阵阵惊呼，颇有原来如此的感慨。

这时候，白日里雁荡山细枝末节统统被夜色抹去，譬如白日里的那块山巅之石，夜色里便成了惟妙惟肖的小和尚。夜游雁荡的人们，一切皆以山形轮廓定性。夜色里人的思维，也随之变得随性，似乎都成了好奇的孩子。

月出东山之上，徘徊于斗牛之间。这时深蓝天幕已为夜色尽染，滑向浓黛浓黛。山的轮廓也被月光弄成另一番模样。这令我想起"意在笔先"的句子。

分明恰到好处了，貌似导游的人引领的夜游雁荡活动及时宣告结束。依然处于亢奋状态的人们走出山口，身后群山趁机融入一派混沌的夜了。

翌日清晨起床，尚有续篇。貌似导游的人引领人们再游昨晚雁荡。白日里，理直气壮的太阳毋庸置疑地成了大地主宰，毫不通融地将万物陈列于天光之下。昨夜景物，一下明朗起来。山腰有了乱石，山巅有了杂树，乱石与杂树之间，可见小鸟飞往。白日里雁荡山变得具体起来，还原为一座极具细节的景致。

回忆昨夜以轮廓取胜的雁荡山，此时没了老鹰没了小蛙没了硕鼠没了接吻夫妻，也没了偷偷学艺的小弟弟。一切皆被天光恢复为原貌。于是，人们再度惊呼，顿生白日此山非夜晚彼山之感叹。

惊讶之余放眼雁荡，白日里的山，有了眉睫，有了皱纹，有了肌里，有了令人迷乱的万般细节，摆出一副任你随意拷问的样子。只是夜景里令人惊呼的万般想象均不得见，全然判若两山。这令人怀疑昨夜步入《聊斋》了。

这正是雁荡夜景的谜底。当你专心注重事物轮廓的惟妙惟肖，只得到她的边际之美。一旦白日来临，雁荡山的肌体毕露，它的轮廓便为内涵替代。天光之下的雁荡以整体的真相令你瞠目结舌。因为，细节是雄辩的。轮廓形成的边际，则只是一种似是而非的美感了。

这正是夜的剪纸般的艺术。这种剪纸般的艺术以阴谋的方式令你陶醉，却绝不穷究事物本相。天光与夜色相比，白日则是阳谋了。阳谋，以细节的整体力量送给你一幅幅逼近真相的摄影作品。于是，白日略显残酷——该看到的她都让你看到了，绝不省略，特别周全，就像个尚未学会撒谎的小孩子。

然而这种时候，人们可能怀念夜色。因为夜雁荡是不周全不明晰的。有时候人们不注重周全不在意明晰，人们宁愿内涵从略，欣赏轮廓之美。这好比男人欣赏女人身材线条，一时忘记还有内涵呢。

如此，夜色也就很可能成为一门哲学，以轮廓取胜而舍弃细节甚至舍弃真相的哲学。这种时刻的审美，舍弃可能意味着必要的丧失。

就这样，夜游雁荡，游人如织。于是，夜观雁荡成为一门人生哲学。游人呢，不经意之间便成了这门哲学的业余信徒。

于是，我想回望夜色里的西湖，从每一滴水想起。

冶力关纪行

几年前到过甘南州合作市，当时不晓得冶力关。冶力关是个别致的地名，尽管它只是个镇。一个地方的文化内涵往往跟行政级别大小无关，比如北极村和南澳岛。

此行随团采风来到冶力关，只缘它跟中国作家协会有关。冶力关隶属临潭县，县里有中国作家协会前来挂职的领导。冶力关下辖池沟村，村里有中国作家协会驻村扶贫干部，以前的叫陈涛，现在的叫翟军，都是充满活力的青年才俊。扶贫工作的接力棒就这样传递着，不曾间断。

冶力关镇地处河谷地带，依傍冶木河而建，地势狭长，风景优美，尤其环境之安静净洁，恍如世外桃源。

清早的冶力关，时而山峦雾霭缭绕，时而雾霭隐去青山显露，场景不断变换，宛若仙境，一派青山绿水好空气。以前我对贫困地区有着"脏乱差"的思维定式，眼前冶力关完全不像贫困地方。是的，随着脱贫攻坚战即将收官，广大贫困地区必然旧貌换新颜，这是完全符合逻辑的。冶力关的变化也佐证中国作协精准扶贫工作取得的成绩。

冶力关地处甘南，当属多民族地区，却意外得知这里被称为

"草原深处的秦淮人家"，之后不断听到类似情况介绍，譬如正月初八的"晒龙像"等习俗。甘南远离东部沿海地区，龙王崇拜似乎不属"土生文化"产物，那么草原深处何来秦淮人家？这种说法令我好奇。

采风中途停车发现那座飞檐斗拱的建筑，远望形似寺庙山门，走近观看雕梁画栋，朱红门柱，金黄门钉，大门顶端镶嵌"常爷庙"匾额，匾额两侧绘有金色盘龙，抬头细看乃是"四爪龙"，这不属皇家御用。

听取讲解得知这座庙宇供奉的"常爷"正是明朝开国大将常遇春。早在明洪武初年常遇春率领明朝大军抵达甘南地区，以强大实力诏示"普天之下，莫非王土，率土之滨，莫非王臣"的铁律。天下平定，常遇春班师还朝，此地留有苏皖籍兵士屯田，他们自然将家乡生活习俗带到这里，对当地土著居民产生潜移默化的影响。

六百多年过去，当年军士后代仍然保留江淮地区风土人情，他们不忘先祖不忘故乡，捐资建起纪念常遇春的"常爷庙"，顶礼膜拜，奉若神明。

这种生生不息的文化现象，我在贵州屯堡和云南腾冲有所听闻。这均属于军垦屯田的"飞地现象"，子孙后代不改祖先生活习惯和故乡习俗，这正是文化传承的生命力，历经时光淘洗也难以割断。

我们走进冶力关国家地质公园的赤壁幽谷景区，这里属于丹霞地貌。沿着河谷行走，神猿镇关，圣旨崖，狗熊探水，三结义，妖魔泉……一路风景变幻莫测，引人入胜。这条游览路线终点是白石山，据说那是秦岭山脉起点。尽管半途而返不能抵达终点，我们还是感受到"绿水青山就是金山银山"的道理。冶力关自然资源丰富，只要科学合理开发必将带来山乡巨变。

社会主义新农村建设取得的成就，在冶力关周边乡村处处可见。八角乡牙扎村建起电子商务服务点，既便民更富民。牙扎村外河畔遍地鲜花，种类繁多，颜色各异。写作多年使用"百花盛开"词语，此番身临其境了。于是这座小村庄开发"十里画廊"民宿，打出"像当地人一样生活"的招牌，物美价廉，吸引大量城市游客前来。

那座天然高山湖泊冶海，相传是常遇春率军饮马的地方，因而得名"常爷池"。当地利用自然资源开展骑马体验和游船观光，已经成为著名旅游景点。

我们来到中国作家协会定点扶贫的池沟村。只见村前小桥流水，白地金字的影壁墙"中国乡村旅游模范村"赫然醒目。尚未进村便新风拂面。我们打起采风团旗帜进村，有"池沟村简介"展示墙，使来访者尽得其详："池沟村位于国家 4A 级景区冶海天池脚下，全村辖 6 个村民小组，265 户 1062 人。全村现在党员41 名，医疗卫生室 1 所，村小学 1 所。全村经济以种植、养殖、劳务输出与旅游业为主，现在草场面积 5923 亩，林地面积 4078亩……"不愧是中国作协定点扶贫的项目，全村概况，文字简练，数据详细，胜似档案卷宗，可见驻村干部作风严谨，爱村如家。

沿着村路行走。一面墙壁是"池沟村赋"，另一面墙壁是"池沟村村规民约"。使人感觉这是座充满汉字魅力的村庄，与自然风光相融成趣。

访问村里养蜂专业户，只见小院菜地里星罗棋布摆满蜂箱，户主热情接待，请我们品尝自产土蜂蜜。品了池沟村的蜂蜜，方晓得以往买到假蜜不少。池沟村的精准扶贫工作，已然深入人心。这户村民没有外出务工，而是留村从事养殖与种植营生，满脸洋溢着辛勤劳动的获得感。

走进池沟村小学。一幅幅中国作家题词悬挂楼道里，看着很是亲切。学校阅览室里藏有中国作家捐赠的图书。我发现天津作家秦岭的农村题材长篇小说《皇粮钟》，便拍下照片转发给他。中国作协庆祝新中国成立 70 周年主题采风团第三团，在明亮整洁的池沟村党员活动室举行赠书仪式，采风团作家们奉上自己的新书以示纪念。我觉得中国作家们应当多多捐书，让池沟村小学生们看到你。

一路采风走了几个村落，领略社会主义新农村取得的建设成就。过午时分停车参观庙花山村扶贫项目，远望幢幢崭新民居傍山而建，阳光下闪烁着水晶般的光亮。走进村民新居院落发现，二层复式楼房安装着落地式玻璃门窗，阳光普照自然产生水晶般效果。仔细观察落地式玻璃门窗材质，丝毫不比城市商品房的差。

参观完毕纷纷返回停车小广场，我意外发现鲜花田野边建有卧石纪念碑，石面勒有"天津援建"四字，阳光之下静立于此，看着挺像天津人不事声张的性格。

我不禁回头遥望那幢幢疑似水晶般的村民住宅，方知庙花山村民住宅出自天津建设者的辛勤劳动，不禁欣欣然。我给这尊卧石纪念碑拍下照片，把它带回家乡去。

有道山西好地方

寻找武乡

一连几天长治周边行走,平顺县拜谒赵树理创作《三里湾》时居住的小院,屯留区参观抗日军政大学一分校旧址,壶关县游览万里森林防护墙,长子县瞻仰唐宋古代建筑奇观,潞安集团听取煤制油项目讲解,襄垣县欣赏"非遗"艺术展演……然而我心有所属,特别盼望前往武乡的行程。

我岳父生前经常说到山西武乡,以及武乡砖壁村。他老人家没文化,只会写自己名字"王绪元"三个字。然而"武乡"成为八路军老战士晚年忆旧的关键词,饱含战争岁月的情感。

此行有拜访八路军总部王家峪的日程,我自然兴奋不已。王家峪坐落于武乡县境内。武乡正是我岳父念念不忘的地方。他1938年7月在武乡参加革命工作成为秘密交通员,1939年转入八路军一二九师三八六旅一团担任班长,后来升任十六团炮兵排长,1945年任炮兵连长,随一二九师新四旅四十九团调往陕甘宁边区保卫延安。我记得他说过:"我们行军时见过刘邓首长呢!"

不知为什么,我岳父生前多次说到砖壁村八路军总部,还谈及从太行军区到太岳军区。我推测他不曾驻防王家峪，于是对砖壁村印象深刻。采风行前我查阅相关资料，得知1939年秋到1940年夏八路军总部驻扎武乡王家峪，之后迁往武乡砖壁村。在东渡黄河后艰苦抗战的岁月里，八路军总部数经转战，先后五次进驻武乡，从而创建了晋冀鲁豫、晋绥、晋察冀以及山东等敌后抗日根据地，使之成为华北抗战的中流砥柱。

乘车离开五阳煤矿前往武乡王家峪。五阳乃是传说"后羿射落五只太阳"的地方，因此获得五阳地名。武乡则因武山和乡水而得名，历史悠久。一路上我期待尽快抵达武乡八路军总部，那是我心中热土。然而中途停车李峪村，又是参观景点，我跟随采风队伍信步走进"王来法纪念馆"，有些心猿意马。

纪念馆迎面墙壁挂着几百只地雷模型，七个横匾大字写着"地雷大王王来法"。我随即专注精神，听取讲解。

不听不知道，听了方知晓。这位被称为地雷大王的王来法本是河北省人，年幼逃荒来到李峪村。1938年日军入侵武乡，他的养父被残酷杀害，这点燃了王来法内心的复仇火焰。他挺身而出，带领村里青壮组建抗日自卫队，并担任村武委会主任，前往县武委会学习爆破技术。心灵手巧的他很快掌握了装雷和埋雷技能。

1943年日军在蟠武镇修筑炮楼设立据点，李峪村多次遭受日军扫荡，损失严重。我太行军区八路军决定发起蟠武战役，围歼蟠武公路沿线日军据点，以此孤立敌人。王来法积极参战，带领民兵自卫队不分昼夜出没在蟠武公路两侧。他们白天钻进青纱帐造地雷、装地雷，夜晚摸黑在公路上埋设地雷，以封锁敌人出击。无论日军出动大队人马"清剿",还是出动小股兵力奔袭,只要脚踏蟠武公路便无法避开王来法布下的地雷阵,经常被炸得晕头转向人仰马翻,于是有了"天不怕,地不怕,就怕李峪村王来法"的传说。

即使日本鬼子趟过地雷阵进村搜查,王来法他们早在院门里挂好手榴弹,用这种"挂雷"给敌人送上"见面礼"。

中华军民抗日是持久战。由于物资匮乏,武器紧缺,铁制地雷壳供应不足,王来法利用石头制造石雷,一举成功。我看到纪念馆地上摆着形状不同的石雷,几乎就是未经打磨的石块,那装填火药的石孔塞着木楔,看似样貌简陋,却蕴含着杀伤力。

这间纪念馆玻璃展柜里陈列着很多地雷原件,这令我想起电影《地雷战》,那银幕里的人物显然就是王来法的化身。1943年王来法获得"杀敌功臣"称号。1944年7月"太行首届群英会"受到"太行地雷大王"荣誉嘉奖,那面锦旗上写着"抗战柱石,建国先锋"八个大字,落款是"晋冀鲁豫边区"。我被"建国先锋"四字所吸引,遥想抗日战争尚未取得胜利之时,晋冀鲁豫边区军民便满怀建立新中国的崇高理想,这正是坚定初心使然。

走出王来法纪念馆,跨越公路高悬"中国魔术第一村"红色横幅,下边配以"地雷大王故乡,魔术文化兴村"的标语。当年地雷与今日魔术有何关联?我不解其意,跟随采风团走进大礼堂,落座观看"太行精神,光耀千秋"的情景剧。

赶在开演前,李峪村书记王竹红特意表演小节目,他的道具是两只瓷碗三颗核桃,变来变去好似乾坤大挪移,看得我们眼花缭乱。这时我们得知王竹红酷爱魔术,在他的带动下全村千余人口，居然有四百多人会变魔术，能够登台演出者高达二百余人。

首先是魔术表演。表演者多为李峪村妇女，竟有70多岁老奶奶登台献艺，精彩表演引来热烈掌声。

大型情景剧"太行精神，光耀千秋"开演，演员阵容多达百人，个个都是李峪村村民。这台情景剧视野开阔编排紧凑，全面展现李峪村军民不屈不挠的民族斗争精神。他们真情实感的本色出演，深深沉浸于抗战烽火年代，"抗日救国，打败日寇！"发自肺腑的呐喊。这种演出明显有别于专业演出团队，使我们切实感受到历史深处的"李峪村表情"。

李峪村在发展农业种植同时，紧紧抓住"地雷大王故乡，魔术文化兴村"的思路，将红色文化与魔术表演紧密结合，已经做成文化旅游产业。谁说红色文化不是软实力？谁说民间艺术没有吸引力？且看一辆辆旅游大巴开进村前广场，一拨拨旅行团赶来观看抗日情景剧。李峪村的文化旅游产业做得风生水起，名声远扬。

告别李峪村，我忽有所悟。魔术在京津地区称为"戏法儿"。当年地雷大王自造石雷把侵略者炸得晕头转向，等于跟日本鬼子变起"战争戏法儿"，如今和平年代硝烟散尽，地雷大王的后代们充分发挥聪明才智开发第三产业，给游客们变起"幸福戏法儿"。时代不同了，李峪村民继承红色基因，大步走进新时代。

我们到达韩北乡王家峪村，随即参观八路军总部。朱德总司令的住室，彭德怀副总司令的住室，左权副总参谋长的住室，还有北方局书记刘少奇的住室……我特意在刘伯承、邓小平的住室前留影，迅速发给微信朋友圈。

王家峪八路军总部周边，老一辈无产阶级革命家亲手栽种的小树，如今其势参天。特别那几株大杨树堪称神奇，你将小树枝的横纹轻轻掰开，树枝横断面便清晰呈现红色"五角星"图案，极像红军战士帽徽，这几株大树被称为"红星杨"。我将两截"红星杨"树枝带走，留作此行纪念。

暮色降临，我们赶往武乡县城参观"八路军太行纪念馆"，我在八路军迫击炮展台前拍照留念，意外发现八路军总部炮兵团团长武亭将军戎装照片。朝鲜籍的武亭将军是我岳父在延安炮校学习时的教官，也是他生前经常念叨的名字，尽管他只是个普通的八路军老兵。正是他多次念叨武乡地名，使我这次红色之旅收获满满……

沁源邂逅天津

终于抵达被大自然绿色包裹的地方，沁源县。这里有条河流古称沁水，郦道元《水经注》云："沁水即少水也，或言出谷远县羊头山世靡谷。三源奇注，经沍一隍，又南会三水，历落出，左右近溪，参差翼注之也。"沁水今名沁河。沁源境内有沁河源头六处，应了"不集小流无以成江河"的古训。

我们在沁源采风，参观美丽乡村建设，游览社会主义新农村，接连走过王陶乡岭上村、灵空山镇黑峪村、紫红移民新村、善朴古村民宅，处处各具特色。一路采风融身大自然深处，切实感受山林风光，接连来到交口乡合欢本草谷、花坡、沁河源头、中峪乡龙头油菜花种植基地、灵空山国家级自然保护区。处处留下深刻印象。

就自然条件而言，沁源得天独厚生态优良，全县森林覆盖率高达 60%，宛若"绿色宝石"镶嵌于晋东南大地，堪称天然大氧吧和最宜深呼吸的地方，被誉为三晋大地的"香格里拉"。

就生物多样性而言，沁源丰富而独特，这里山林盛产油松，令人惊叹的"油松之王"树高 46 米，树冠覆盖面积 70 平方米，一树派生出九枝树干，宛若九杆大旗昂然耸立林间，得以"九杆旗"美名，已被列入上海大世界基尼斯纪录之最。山林深处还有名贵的褐马鸡存在，这种珍禽羽毛异常美丽，曾广泛用于清代官员顶戴花翎，可称"官家用品"。

就经济均衡发展而言，沁源小县人均 GDP 名列晋省首位，这在增长速度普遍放缓的形势下，继续保持全省经济发展强县的势头，沁源足以令人艳羡。

就革命历史传统而言，抗战期间太岳军区司令部和太岳行署扎根沁源，具有厚重的红色文化积淀。当年阎寨村曾被喻为"小延安"。持续两年半的"沁源围困战"，全县八万人，没有一个村成立"维持会"，没有一个人做汉奸，充分体现中国人的血性与气节。自 1942 年起延安《解放日报》发表《向沁源人民致敬》《沁源人民胜利了》等百余篇文章。这种红色基因传承至今。

如此优美宜居的自然环境，如今丰厚的历史文化积淀。一处处自然美景，一桩桩历史故事，沁源县几获得美誉，实至名归。然而，远离高速公路与机场造成交通不便，沁源颇有几分"养在深闺人未识"的况味。绿色沁源的名声，红色沁源的名望，理应获得更为广泛的传扬。

一路奔波临近活动尾声，随团来到郭道镇采风，不由稍感疲急。然而，走进安静整洁的大院落，迎面望见铁青色建筑墙上镶嵌的"三线沁源展览馆"几个红色大字，这曾经熟悉的词语蓦然唤醒我的记忆。

不忘20世纪60年代，中国版图周边形成"马蹄形包围圈"，国际形势急迫，战争因素骤增。我国东部沿海地区老工业基地，首当其冲直接面临"美帝""苏修"穷兵黩武的威胁。于是中央依照全国战略地区划分，在我国中西部13个省区开展大规模的战备建设，包括国防、科技、工业和交通基本设施，统称"三线建设"。

一声令下，备战备荒为人民，好人好马上三线。从政府机关选派得力干部、从科研单位选调优秀人才、从先进企业抽调生产骨干、从名牌大学分配毕业生、从地方招收青年工人，汇集成为"三线人"的特殊群体。他们来到荒凉的大山深处，风餐露宿、肩挑背扛、白手起家，建宿舍、盖厂房，开辟祖国三线建设新天地。

中国三线建设分为"大三线"和"小三线"。山西省划为"小三线"地区。我记得20世纪60年代末，中学同学小余跟随父母从天津迁往"大三线"陕西宝鸡山区，从此断了联系。我20世纪80年代初在天津市机械工业局工作，办公室里的老王同志曾经参加山西"小三线"建设，每每谈起天津迁往山西的工厂，多次说到"长治"地方。人的记忆随着时光推移，渐渐容易淡忘。采风走进郭道镇"三线沁源展览馆"，一部鲜活的"小三线"历史呈现面前。沿着展览路线依次阅读，我从展板里寻找"小三线"天津建设者的足迹。

名称：山西东升器材厂。性质：军工企业。代号：1027厂。包建单位：天津永升器材厂。

名称：山西晋东器材厂。性质：军工企业。代号：1018厂。包建单位：天津卫东器材厂。

名称：山西长虹机械厂。性质：军工企业。代号：1010厂。包建单位：天津永红器材厂。

名称：山西开源线材厂。性质：军工企业。代号：1029厂。包建单位：天津卫东漆包线器材厂和天津工农兵电线厂。

名称：山西人民器材厂。性质：军工企业。代号：1011厂。包建单位：天津新民器材厂。

名称：山西沁河机械厂。性质：军工企业。代号：1013厂。包建单位：天津天源器材厂和天津津源器材厂。

当年沁源县总共七座番号工厂，有六座来自天津。我不禁兴奋起来，企盼从小三线建设者照片里找到熟悉的天津面孔。

一张张照片里青春洋溢的笑容、意气风发的目光、朝气蓬勃的身影，分明定格于五十多年前的光景里。我猛然意识到，他们如今均已年逾花甲甚至年过古稀，难以对照青春面容了。

尽管企业名称几经变更，我还是能够识别"天津卫东漆包线器材厂"就是坐落河西区陈塘庄工业区的天津市漆包线厂；"天津工农兵电线厂"就是坐落南开区长江道的天津市电线厂。这无疑是天津机械行业的荣耀。

三线沁源展览馆陈列着当年的机械生产设备。我能够认得二〇车床和导轨磨床，还有立式铣床和剪板机，它们无声讲述着小三线建设者艰苦奋斗的故事。当年开源线材厂生产的被服线，产品质量难以达标，他们派员到天津 609 厂接受技术培训，很快排除产品质量缺陷。这让我感受到沁源与天津的不解之缘。也使我在山西沁源邂逅不曾谋面的天津前辈。

参观即将结束时，我意外得知那张铁木结构的台案被当地称为"天津桌"，由于当时沁源没有见过这种具有折叠功能的台案，便有了如此称谓。我给这张"天津桌"拍下照片，带它重返天津家乡。

从天津来到沁源小三线的建设者，起初有南开大学毕业生，后来有天津知识青年和复员军人，他们无私奉献了青春年华。当时生活物资极其匮乏，女工在沁源商店里连卫生纸都买不到，只有草纸。许多生活日用品都是从城市家里捎来的，即便吃顿水饺也成了奢侈的事情。创业者艰苦奋斗的精神，迸发出难以想象的能量，在太岳深处小三线树起丰碑。

城乡生活确实存在差别。夏天里小三线女工穿起塑料凉鞋，竟然引起当地妇女们好奇，此前她们没见过裸露五只脚趾的鞋子，也没嗅到过小三线女工们身上散发的雪花膏味道。冬季天冷男徒工戴个口罩，穿件棉猴也会引来惊异的目光。这群小三线建设者，受到当地政府和人民的大力支持，同时影响了当地的精神文化生活与文明生活习惯。

小三线工厂举行篮球、乒乓球、象棋比赛，带动了当地村民体育运动的开展。小三线工厂的文艺节目表演、锣鼓秧歌游行、放映露天电影，上映朝鲜的、阿尔巴尼亚的、南斯拉夫的电影，给当地青年村民播下喜好文艺的种子。清晨广播喇叭里的《新闻和报纸摘要》节目、晚间食堂开饭的味道……为闭塞静寂的山村生活吹来清新空气。村民们听见了普通话，看到了广播体操，接触了海报与大标语，懂得了粮票、布票等各种票证，受到现代工业文明的熏陶。他们在工农互通有无的交往中，缩小着城乡差别，结下了深厚友谊。来自大城市的小三线职工们，在这里安家落户生儿育女，将沁源山村当作自己第二故乡。

青山犹在，绿水长流。随着国际国内形势发生重大变化，人类世界的和平与发展，成为不可阻挡的潮流。不论"大三线"还是"小三线"，顺应时代发展与改革开放气候，纷纷走上转型之路。那六座天津包建的小三线工厂，先后搬离沁源迁到榆次，几经整合完成凤凰涅槃，企业获得新生。然而，那些来自天津的小三线建设者的业绩，已然被写进那册厚厚的《三线沁源》书里，令后来人阅读与铭记。

渭水之源

驱车离开天水前往渭源，一路绿色依然。甘肃定西地区素来少雨，这沿途绿色应当来自渭水的滋养吧，于是愈发向往渭河源头风采。

渭源县古属雍州，大秦灭六国，分天下为三十六郡，于陇西郡设立首阳县，盖因其境内有首阳山而得名。首阳山正是商末周初孤竹国伯夷与叔齐隐身避居之所在，名气不亚于五岳。历史几经沿革变迁，西魏文帝大统十七年改首阳县为渭源县，凸显渭水之源的地理特征。

拜谒夷齐墓冢

夷齐墓冢位于渭源县城东南。只见山势不高，松柏环抱，拾阶而上，夷齐古冢矗立山洼间，望之肃然。依循古代礼制，墓冢为左伯夷、右叔齐。据考，伯夷叔齐墓碑始建于清末，中央有清代陕甘总督左宗棠亲笔所撰"有商逸民伯夷叔齐之墓"。逸民者，具有高尚品质和完美人格的贤人隐士也，可谓评价之高。

伯夷叔齐墓冢两侧有联云："满山白薇，味压珍馐鱼肉；两堆黄土，光高日月星辰。"横批为"高山仰止"。

建筑于山坪间的清圣祠，大殿内奉有伯夷叔齐塑像，身形清瘦、神态安然。此祠初建于唐贞观年间，修复于清同治十三年，清帝康熙、乾隆、雍正、嘉庆均为其题词楹联，现存乾隆所题"万世可风"碑文和清陕甘总督左宗棠所书"清圣祠"匾额，还有他撰写的篆书石碑《首阳山宜清圣祠辩》。大殿两侧彩绘壁画，描绘的正是伯夷叔齐不食周粟的故事。

自周秦以来，首阳山周边官绅民众自发于每年春秋仲丁日举行祭拜，后改为每年农历四月初八祭祀二位圣贤，以示缅怀追思之情。

《史记·伯夷列传》记载，伯夷、叔齐均为孤竹国王子，互相谦让君位而弃国，相偕至周，却因文王驾归，与武王道义观念相左，感叹道："今天下暗，周德衰，其并乎周以涂吾身也，不若避之，以洁吾行。"便离开周地，沿渭河西上隐身避居首阳山，耻食周粟，采薇而食，及饿且死，作歌明志："登彼西山兮，采其薇矣。以暴易暴兮，不知其非矣。神农虞夏忽焉没兮，吾将安适归矣！吁嗟徂兮，命之衰矣！"

我自幼听闻伯夷叔齐的故事，两位圣贤不食周粟终至饿死，悲壮高洁，感人至深。然而，此行讲解员给我们提供的新鲜话语，竟然改写伯夷叔齐故事的古老结局，使人感受到民间传说另有文本。

昔时有士大夫王摩子来到首阳山曰："两位贤士隐居首阳采薇果腹，这仍然是周地野菜，何谓不食周粟？"伯夷叔齐无言以对，遂坐饿待死，以尽仁义。二人此举感动玉帝，于是派遣白鹿降临首阳，以神鹿乳汁喂食维持生命。然而面对肥硕白鹿，夷齐兄弟心生食肉念头，神鹿有知隐身而去，不再哺以乳汁。伯夷叔齐坐饿而死。

这个民间传说似乎解构了古代圣贤的光辉形象，我却觉得伯夷叔齐愈发真实地存活于历史长廊里，从神坛走向凡尘。

寻访灞陵桥

渭源历史悠久，今日渭源，皆因渭河发源于此地鸟鼠山品字泉。传说远在宇宙洪荒年代，水患频发，生存艰难，便有鸟鼠同穴之说，鸟鼠山因此得名。这完全颠覆了鸟鼠不共戴天的现代常识，可见远古与当今大不相同。

渭源境内有大小 13 条河流，其中清源河流经渭源县城，城南架有著名的灞陵桥，已被国务院公布为国家重点文物保护单位。据史料记载，明洪武初年大将军徐达在渭源城东与元将李思齐展开激战，元军大败，拆毁渭河桥退守渭源城。时逢暴雨，渭水陡涨，徐达军队几度修桥皆被冲垮，无法渡河攻城。有谋士建议用木笼装石投放河底，垒成桥墩铺架桥面，果然奏效。明军破城，元军投降。此桥功劳甚大，徐达依部下"渭水通长安，绕灞陵，为玉石栏杆灞陵桥"的建议，亲笔题名"灞陵桥"，并配以玉石栏杆。那时灞陵桥"既济行人，复通车马"，被称为千里"渭河第一桥"。

灞陵桥以"木笼装石为墩"，每遇水势陡涨，桥墩易毁，屡修屡溃。光阴荏苒，时值民国之初的 1919 年，经士绅乡民捐助，由陇西著名工匠莫如珍掌尺，仿兰州雷坛河卧桥式样，在县城南门新建纯木悬臂拱桥。其间再经维修，桥身由原来单梁变成叠梁，延请著名画师曹海山彩绘，终成地方名胜。

灞陵桥为纯木结构伸臂曲拱单孔型廊桥，结构严密，气势雄伟，双坡式飞檐，四角斗起。桥身南北而卧长 40 米，桥底部以每排 10 根粗壮圆木纵列 11 组，从两岸桥墩底部逐次递级飞挑凌空握起，桥身高耸，悬妙陡险，"能容巨流，避浪击"。飞檐式廊房屋顶覆瓦以避风雪。灞陵桥两端各有宽敞雄浑的卷棚式桥台与桥身连成一体，既为通道，也是厅间，琉璃瓦顶，脊耸兽飞，典雅别致，轻风吹拂，风铃叮咚，悦耳怡人。整桥雄伟壮观，结构独具，工艺精美，构成完美的西部民族艺术风格。

灞陵桥遍布近代名人诗文笔墨，几乎可称书画诗文博物馆。左宗棠、于右任、蒋介石、孙科、汪兆铭、杨虎城、林森、何应钦、徐显时等人，均为灞陵桥题有匾额、楹联、碑文、诗词。还有顾颉刚、启功、沈鹏诸位名家的墨宝。

登临灞陵桥远眺，下游不远便是新建的白石拱桥。清风送爽，金秋如妆。只觉得置身历史与现实之间，任凭渭水流淌时光。以灞陵桥为中心建成的灞陵公园，已然成为渭源居民休闲娱乐场所，眺望夕阳下渭源城，明净而壮丽。

秦长城与分水岭

渭源境内秦长城，黄土夯垒而成。城墙饱经千年风雨侵蚀，有着高祖父般苍老的面容。它铁石般的质地难比混凝土强度，却有着无比丰富的历史文化内涵。先人筑就的长城，捍卫的正是脚下大地。此时适逢渭源收割农作物季节。只见收割过的扁豆秆捆扎成束，一簇簇晾晒田地里，形若一只只斗笠，顶着千年阳光。

这种扁豆颗粒极小，形若草籽，晾晒下竟然悄悄发芽，有着堪比秦长城的生命力。

渭源秦长城，起于临洮的杀王坡，从东峪沟延伸渭源庆坪乡。蜿蜒起伏三十多公里，大多地段残高三米，有些地段残高十米。秦长城一里一小烟燧，十里一大烟燧，远望雄伟壮观。只要沿长城脚下行走，随处可见野生中草药，悄然隐身于草丛间。同行有熟识草药者如数家珍，似乎这些药草曾经被秦人先祖采撷。渭源属于定西土地，盛产优质中草药，党参、黄芪、当归……远销海内外。有笑言称"土豆、洋芋、马铃薯"乃渭源三宗宝，殊不知渭源正是西北马铃薯良种培育基地，已经形成新型产业规模。

参观"分水岭"旅游景点，海拔 2980 米。登高凭栏鸟瞰，只见盘山公路宛若银带，蜿蜒于山间。小广场前一尊勒有"分水岭"三字的青白色巨石刻有如下文字："分水岭位于渭源县与漳县交界，是黄河两大支流渭河水系和洮河水系的界岭，因其地理位置而得名。岭北为渭河县境，地势较缓，溪流经渭源县流入洮河最终汇入黄河。岭南为漳县境，地势陡峭，溪流经漳县流入渭河最终汇入黄河。"

小雨天气，分水岭景区游客不减。我想，我们在成长过程中都曾经历抉择，可谓人生面临分水岭，选择向南向北，道路全然不同。游客们凭栏远眺，或许正是思索此番道理。

日照短笺

西狄东夷，南蛮北胡，这是古代中原王朝对偏远地区的惯用称谓，以此确立至尊地位。千年时光流转，中华民族融合，此类词语渐存故纸。然而，汉语词性毕竟积淀历史成因，还是少有诸君以"夷"自况。这犹如我身高异于常人，而不愿以"傻大个儿"自谓。就这样，当我闻知日照地方有东夷小镇之所在，傻大个儿如我者，不禁萌动好奇之心。

晚间抵达东夷小镇，暮色四合，灯火闪烁，小街两侧建筑颇具古风，难以识别真古还是仿古。只觉得东夷小镇清静不喧，倒是个行旅安歇的好地方。

匆匆投宿顿觉腹饥，幸有主家安排微澜酒坊用餐。这是我东夷小镇的首餐。厨师手艺不错，中规中矩鲁菜味道。

一连两天都是清早外出采风，时至晚间如鸟归林。故而感觉东夷小镇街宽客稀。只是采风结束那天，午后匆匆赶回东夷小镇准备返程，心急误入左近小街。忽见满街游客爆满，所见餐饮摊位异常繁忙，主客交易如流水不绝。于是顿生连日与世隔绝之感慨。好在我告辞东夷小镇之时，有缘充分感受到商旅繁华景象，看来小镇取名东夷谐音"东宜"，委实吉祥。拎起行李箱离开客栈，回首看到牌匾名曰"得驿"，客栈谐音"得意"或"得宜"，愈发觉得齐鲁文化的妙处。

上午参观莒州博物馆增广见识之后，我终于不再读错别字了，完全彻底掌握了莒字的正确发音，此乃大收获也。得知后续行程前往浮来山观赏银杏古树，我重犯望文生义老毛病：那座山是从哪儿浮来的？随即暗生小聪明，依照山东口音若叫"佛来山"岂不更好。暗暗告诫自己切忌自以为是，于是专心关注银杏树了。

记得那年恰逢银杏成熟季节，我率天津作家团访问韩国首尔。一条大道两旁遍植银杏，其势参天。只见身穿制式马甲的志愿者，几人合力摇晃树身震落银杏果实，如此原始古老的收获方式给我留下深刻印象。

登临浮来山未见银杏古树，山间小径巧遇镂刻"象山树"字迹的巨石，相传出自《文心雕龙》刘勰手笔。"象山树"下可见盘龙状古藤。多年写作常用词组，唯有见到这株九曲十八弯的古藤方知"盘根错节"词语精妙，犹如杜牧《阿房宫赋》所言宫殿飞檐"勾心而斗角"。转而定林寺拜谒银杏古树，果然巍峨高耸难以言状。低观其根茎裸露地表，其骨硬若钢筋，形似龙爪抓地。仰望树冠目不可及，堪称遮天蔽日，浩浩然荫及十数丈有余。至于这株银杏树身周长多少，则有故事流传至今。

明朝嘉靖年间秀才赶考路经银杏树下避雨，忽发兴致意欲丈量树身几搂，便放置木棍标为原点，一搂一搂丈量起来。量至第七搂仍未接近木棍原点，扭脸竟然看到原点地方站着个也在避雨的小媳妇。由于银杏树身过于粗大，互相遮挡均未发现对方。此时秀才为孔孟礼教束缚，只得以手拃方式继续丈量，丈量至第八拃恰至小媳妇身边，只得将她身体宽度计算在内，于是浮来山银杏树身周长便有了"七搂八拃一媳妇"的说法。这故事听来令人莞尔。

这株银杏树颇有来历。树下石碑两座，一座镌刻"天下银杏第一棵"金字，立于2000年5月。一座落款为"清顺治岁次甲午孟夏"，其碑文追记当年鲁公莒子会盟于银杏树下，可谓时光久远矣。另有碑文镂刻"隐公八年九月辛卯公及莒人盟于浮来"。此株古树目击两千多年前《左传》记载的诸侯会盟场景，实乃树中彭祖，堪称历史活化石。

我们游览岚山海上碑，是时海面平静，天空晴朗。三百多年过去了，无人知晓那天王铎来到岚山海边，天气究竟如何。我猜测是日天气不错，而且适逢落潮，海岸边礁石毕现，一派毫无妆饰的样貌，裸裎呈于王铎面前。遥想海水渐退渐远，天公作美，地呈祥瑞，无疑成就着安东卫非同寻常的时刻，书法家王铎给海州湾畔留下旷世珍稀的景致。

三百多年后，有当代日照文士撰写相关资料云："乡人苏京极力邀请王铎在岚山头海州湾畔的礁石上刻下了八个大字，'砥柱狂澜''万斛明珠'，共同造就名噪中华万里海疆的风景名胜——岚山海上碑。"我读罢此句顿生疑窦，该文关键词义为"王铎在礁石上刻下八个大字"，由此可见是日王铎既携墨挥毫书写，又舞锤勒石镂字，一代书法家可谓脑体并用文武兼备，此类民间传说令人忍俊不禁。

近观岸边礁岩，既镌有大书法家王铎墨宝，还有"星河影动""撼雪喷云""难为水"的书法珍迹镂刻，其字雄健与柔美兼而有之，勒石阴文填以赤色，字迹如新，煞是醒目，据传乃乡贤苏京遗墨。尽管碑文言简意赅，貌似海天景色描摹，然而字字蕴含文人情怀，则要用心体会了。

我肃立岸边观瞻先贤墨宝，不解何以称为"海上碑"，就其坐落位置而言，分明岸边绝非海上，就其镂刻技法而言，称其礁崖石刻亦无不可。然而，历代后辈坚称"海上碑"，其中必有道理。纵观岚山海上碑因势造形，既有人文构思也有地理选择。只见尊尊礁石背朝大海，赤身无字不惧海水冲刷。然而镂刻字迹的礁岩面朝海岸，足以避免海浪冲击而尽得安逸。古人匠心令后人敬佩。

日出日没，潮起潮落。这令我想象每逢潮退之时，正是大海有心掀开册页，供有缘之人欣赏先贤墨宝，领悟碑文所传达的人生况味。每逢涨潮之时，则是大海合拢册页，令有缘之人静候开悟时光。于是，这字字珠玑的岚山海上碑，便成为大海之书。有海涛声声传来，那是大自然书声朗朗，引领你阅读人间事物，引领你思索人生道理。

站在码头等候小艇将我们转运至大船，人人身穿杏黄色救生衣。这是惯例。大海偶有顽皮时候便会送你免费洗澡。因此杏黄色救生衣就是游客护身符，此时救生衣宛若亲爹亲娘的呵护，而且是水性极好的爹妈。一艘小艇坐满等待转运的游客，使我觉得小艇由一块块杏黄色积木组成，反而忽略了小艇自身。我认为身居大都市不会产生如此联想，只有大自然能够唤发生疏久矣的孩子气。大海是成年人的阳光牧场，产生积木式的联想则生发于孩子气。就这样，我也变身为杏黄色积木块，被第二艘小艇转运到大船上去了。

阳光海洋牧场是旅游景点，远远望去宛若钻井平台矗立海上，不由想起原油涨价每桶曾达 128 美元。离岸航行四十分钟，其间甲板拥满游客，满脸急迫亲近大海的表情。我似乎对大海有些冷淡，可能与身居海滨城市有关吧。

满载欢乐的大船靠驳平台缓缓停稳，一只只杏黄色积木鱼贯登临，随即发出人类的欢呼。我暗暗观察欢呼最甚者，基本来自内陆省份，他们对大海的向往犹如处子，这使我联想起文学理论"陌生化效应"，尽管未必贴切。

我于工业系统工作多年，曾经乘坐气垫船登临此类"海上堡垒"。然而此时融身欢乐群体，尽管稍显几分克制，我还是举起手机自拍起来。

这显然是大海对我的感召。我不得不承认，即使年逾花甲依然是大自然的孩子。此时阳光普照海洋，也唤醒我的孩子气。在日常世俗生活中，孩子气则是幼稚无谋的代词。只有在文学世界里，孩子气可比稀有元素，视为珍贵。

游客们来到阳光海洋牧场纵情钓鱼。我则独钓往事矣。

天气晴朗转场参观茶场。想起早年京津市民多饮花茶，谓之"香片"。电影《骆驼祥子》里车夫喝的"高末"当属花茶类。随着绿茶勃兴，使得京津地区改饮绿茶者众。当年中国版图最北茶叶产区非河南信阳莫属。似乎信阳以北地区无以种茶。

山东则成为另类。青岛日照一跃成为中国最北产茶区。日照绿茶名声日隆，渐得京津民众认同，我也成为日照绿茶的消费者。

日照茶博园坐落于北高南低的向阳坡地，乃是中国江北地区最大的有机茶示范园。俗话说南方有佳木，我曾多次在广东、福建、贵州等地茶园尝试采茶。此番采风站在日照茶田垄间，恍惚置身南国。

　　日照产茶不无来历。瀚林春茶园附近即有"驻跸岭"和"解甲庄"村名。相传唐王李世民东征归来，曾于此处引山泉冲泡桑叶茶。此类民间传说显然助长日照绿茶的种植。尤其日照茶园间种豌豆、苜蓿和金银花，以此类黏性植物吸引啃食茶树的飞虫，令我大长见识。

　　放眼茶园满眼翠绿，我突发奇想。太阳当空普照，无不恩泽遍地，可谓不偏不私。试问谁人不沐阳光，何处不见太阳。然而，偌大中国版图只有这座城市取名日照，经年不断强调着这个普世的事实——这里是太阳照耀的地方。

　　我不懂得日照地方历史志，也不晓得日照地名由来，但是我感觉此地取名日照，似乎印证着始自先祖对太阳的感恩。

　　一个对太阳心怀感恩的地方，应当出产好茶。既然日照阳光不私，但愿我此言不虚，仅以短笺记行。

第四辑

我的人物画廊

怀念一个人，往往是一生的事情。

我见到了人间天使

我平时是很少接触医院的，据说这个洁白的世界也已经受到污染，时有不良现象公之于众。我倒并不认为这是什么令人大惊小怪的事情，一个健康文明的社会，往往并不惧怕丑恶现象的出现，出现了我们将其清除就是了。你说哪个国家没有垃圾？清除丑恶现象就是依法治国。各行各业，皆同此理。

然而医院毕竟属于特殊行业。婴儿在产科病房降生，美丽的生命从这里开始；人人避之不迭的死神也时有光顾，生命的消殒令人心碎。但是无论生与死，这里都应当是一个神圣的地方，属于人类良知所苦苦坚守的最后堡垒。

这是我们共同的期望。

1997年，是我频频接触医院的年头。夏的季节，我带着孩子去北京治病，形如跋山涉水。此间我遇到了许多好人，终生难忘。然而我也遇到了商品经济社会里十分常见的情况，譬如说给医生送红包。

我说心里话，我并不反对给医生送红包。因为这毕竟是患者家属表达心意的一种方式。这种方式所期待的目的其实也很单纯，那就是希望得到医生的关照，治病保命。

商品社会里仍然存在着许许多多美好的事物，然而我也深知这个世界永远不会完美。尤其人在难中，愈发懂得了人性的美好。

在北京第一次给医生送红包，是朋友替我去的。朋友兴高采烈地回来，告诉我人家收了。于是我也兴高采烈起来，心里倍感踏实。接受红包的医生是一位老教授，我对天发誓，我对他接受我的红包，感激涕零，至今这位老教授在我心目之中的印象依然良好。

令我终生难忘的是中国医学科学院肿瘤医院的放疗专家徐国镇先生。

让我怎样向你描述徐国镇先生的形象呢？我只记得他操着江浙口音的普通话，身材清瘦而步履轻盈。我在生活之中抱有一个固执的偏见，那就是我认为身在商品经济战场上的老板们往往躯体过于笨拙沉重。这可能与他们富豪而梗阻的生活状态有关。清瘦与轻盈这两个词汇，永远与他们无涉。

由于治病是一个漫长的过程，因此我多次拿着 NIR 的片子请教徐国镇先生，抱着强烈的求援心理。他很忙，但从不拒绝我的请求并且为我的小孩儿制定治疗方案。我被深深感动了，不知如何报答。几经考虑，我还是决定依照俗理办事，那就是去给徐国镇先生送礼。

记得是冬季，我终于找到他的住宅。他在书房里热情接待我，愈发使我如坐针毡。我终于鼓起勇气拿出装着人民币的信封，放在桌子上起身就走。徐先生立即起身抓住我的衣襟，表情十分激动。他身材清瘦，居然能够发出那么大的力量，令我不得脱身。他一只手紧紧抓着我，另一只手挥动着大声说：我发誓，我是不会要你一分钱的！我真的是不会要你一分钱的！

我顿时就被徐国镇先生的高贵精神击垮了。我知道，我的行为是对他的清洁精神的玷污。我真的感到无地自容。我甚至不知道自己是怎么走出徐先生家门的。在当今这个物质时代里，他洁身自好的精神令我终生难忘。每每想起徐国镇先生，我就充满了生活勇气。

回到天津治病，经常接触天津第二中心医院的李维廉主任。关于李主任的模范事迹，已有女作家谷应著有专文，所述备矣。我只举出几个感人的细节，说明李维廉主任是一个平凡而高尚的人。

一次是检尿，我小孩儿错过了护士收集尿样的时间，我万万也没有想到，李维廉主任竟然手持尿样，亲自送到了化验室。看着他的背影，我真是感慨万千。每天清晨上班之前，我都能看到李维廉主任手持拖把将楼道擦得干干净净。此情此景，你肯定不会想到他是一位全国著名甚至在国外也很有影响的专家。他六十几岁了，天天骑自行车上班。他告诉我，即使是著名专家也应当对生活保持平常之心。

记得那是冬天，李主任来查房，为我小孩儿检听胸部的时候，他将听诊器放在自己手掌上，反复摩擦着，然后才伸入内衣里听诊。李主任走了之后我蓦然明白了，他是担心听诊器冰冷，摩擦热了才给患者听诊啊。

我孤陋寡闻，但我敢说我没有见过第二位如此为我小孩儿听诊的医生。细节之中见精神。这恰恰是李维廉主任于平凡之中所表现出来的高尚医德。

十分凑巧的是徐国镇主任与李维廉主任，同为上海医科大学毕业，是校友。他们都是著名专家，很忙，几乎没有时间与我深谈。尽管总是匆匆接触，他们仍然给我留下不可磨灭的印象。这两位先生的精湛医术与高尚医德，使我坚信人性的美好。同时我还要大声说，尽管天国离我很远，但是我真的见到了人间天使。

我见到了人间天使。因此，我对生活充满信心。

高邻小屠

一说到邻居，我总是要想起小屠。想到他的背影和笑容，想起 70 年代后期，我们一起度过的那三年辛勤时光。关于小屠，其实应当称之为我的同学。虽是同学，这些年来我所念念不忘的却是寝室，我与他上下为邻的那些日日夜夜。我认为迄今小屠是我遇到的最好"邻居"。

那时候，我们都是"带工资"去上学的。用今天的眼光来看，则属于特定历史时期之下的特殊学生了。进校时，那场骇人心魄的大地震刚刚过去三个月。我们这个班的男生，近三十人，都住在教学大楼的一间大教室里。双层铺。我长得高，一跃就选择了上铺。住在下铺的是个少言寡语的陌生人。他就是我的高邻小屠。在三年漫长的时光里，我们搬过几次宿舍，却始终住在上下铺。当时青春年少，并不懂得这位邻居的难得。如今懂了，却已皈依了家中的双人床，空空怀旧而已。

我们只在那间教室里住了半个月，就搬进一大间低矮的"临建"里。小屠进了屋不言不语捷足先登，占了上铺。我只得屈居下铺了。

生活中我是个粗心大意的人。第二天清晨我才发现，临建的屋顶太矮了，上铺的小屠根本无法坐起。他只能躺着穿衣，然后跳到地下来穿鞋。后来震情解除，我们搬到宿舍楼里，小屠才从那种"压缩空气"中解放出来。而一搬进那种屋高窗亮的宿舍里，我就住到小屠的上铺去了。

如今回忆起来，我已经知道自己当年是个什么样了。我躺在上铺吸烟，大大咧咧就将烟灰弹到下面，如降小雪。小屠无言。没过几天，我的床头就添了一个由罐头盒制成的烟灰缸。我是个有名的邋遢鬼，衬衣脏了，就往身边的绳子上一挂，像个卖估衣的。有时实在没有办法，我就伸手去摘绳子上的脏衬衣，想重新"披挂上阵"。这时往往出现奇迹，手里的脏衬衣变得干干净净。我就厚颜无耻地对同寝室的同学说："我媳妇把我的衣裳都洗干净啦。"这时候，住下铺的小屠默默无言。

冬日里遇到艳阳天，校园里就出现晒被子的高潮。举凡这种爱国卫生运动，我是从不参加的。一天晚上我从教室画图回来，爬上床钻进被窝，一股暖意立即驱散浑身的寒气。我坐起身大声问："这么暖和，是谁把我的被子给晒啦？"这时，躺在下铺看书的小屠，默默无言。

小屠就是这样一个人。相处三年，我不记得他在学习上生活上给我带来了什么不便。细细回想，倒是我给他添了许多麻烦。他是个勤快而自律的人。从寝室去教室，他总是远远走在我前面，于是留在我印象中最多的就是他的背影。当我姗姗走进教室的时候，我的课桌和椅子小屠已经顺手擦拭干净。我就顶脸皮厚坐下来听课。

小屠是个凡事都能想到别人的人。绝不像后来我遇到的那些

"自我意识"颇强而目中无人的才子们。从这个意义上说，小屠是我所遇到的最为谨慎的"邻居"。因此小屠一生都可能是平凡无奇的。我们都成长于毛泽东时代，充满理想与自甘平凡，构成了我们思想的基本内涵。

因此，与小屠这样的人做邻居，是当代生活中的最佳选择。

去年，路过一个家具店，看见那种上下结构的双层床，我蓦地又想起小屠。真想与他一起重返大学时代啊。如今时代已然大变，我们若再度同居一室，又会是怎样一番情形呢？我坚信小屠依然是小屠。因为这就是人性的基本逻辑。因此，我们才对生活充满信心。

怀念闻树国

闻树国在天津文学界和出版界，长期以来被人们称为"小闻"，至少在我认识他的时候（1986年）是这样，后来仍然是这样。然而这个被称为"小闻"的人却早早走了，走得令人难以置信。

45岁的闻树国故去后，我竟然听到关于他的多种死因，版本甚多，荒诞不经，不足以信。在导致闻树国意外死亡的关键环节上，我知道有一只该死的电度表。

如果我没有记错，树国是2001年5月初借调人民文学出版社的。那时候我正跟桂雨清给李少红导演写电视剧本《蟋蟀大师》，一住北京就是四十多天。小闻进京那天，我们恰恰交了剧本回天津了，跟他没有碰面。小闻住进人民文学出版社为他安排的一间宿舍，是平房。这间平房里装有一只电度表。就是我们常见的那种普通电度表。

树国住进这间平房便投入《文学故事报》的编辑工作。只要认识闻树国的人都知道他是个"工作狂"，无论在《小说家》还是在《天津文学》，均是如此。否则他一个没有正规学历的人也不会早早被百花文艺出版社提拔为副总编辑。在"百花"工作期间他给很多作者出了书，有一次他给河北省一位名气不大的作者出了书，据说铁凝同志曾称赞他"有文学的良心"。

小闻在《天津文学》工作一段时间，然后进京主编《文学故事报》，给人家打工，敬业精神有增无减。短短半年时间，报纸面貌大为改观，印数一路攀升。每次我在北京地铁里看到他主编的《文学故事报》都要买上一份，那心情就跟看见颇有成就的老朋友一样。后来我听说，人民文学出版社视小闻为特殊人才，决定将他正式调入。

然而，他的居住条件并不好。住在那间老式平房里。他白天在出版社工作，晚间经常在办公室加班，因此在宿舍的用电量并不太大，可电度表读数却很高。树国是个极其认真的人，他将电表异常的情况及时反映给出版社后勤部门，还请来了电工师傅。经过检查确认这只电度表转得过快。于是社里对他说，电度表咱们也修不了，这个情况我们知道，您该怎么用电就怎么用电吧。

可闻树国却不是这样的人。他的性格深处有着与生俱来的拘谨。这种拘谨，有时候会变成严于自律的绳索——自己成为自己的看守。如今回忆起来，小闻这个人留给我的最深印象就是不说谎话。生活中每逢必须以谎话为自己开脱或开路，他往往选择沉默。

闻树国遗孀朱耀华告诉我，有一天小闻给她打来电话，说天冷了打算安装一只煤炉取暖。小朱说烧煤炉很麻烦你还是用电暖气吧，反正电费由社里担负。小闻说现在电度表就转得飞快，一旦使用电暖气恐怕电费极高，还是烧蜂窝煤吧。

就这样闻树国在这间平房里安装了一只煤火炉，而且买了几百块蜂窝煤以备取暖之需。我猜想，那只蜂窝煤炉子也确实曾经给小闻带来了冬夜温暖。那跳跃的炉火曾经照亮他清瘦的面庞，将他修长的身影映照在墙壁上。他临死前的那个夜晚打给爱人小朱的电话里说，我感冒了想煮些稀饭喝，一会儿就点着炉火。

不知为什么，夜里就出事了。那是2002年1月14号深夜，杀人的一氧化碳窒息着他的生命。我到医院太平间探望小闻遗体，发现他脸上留有因爬行而擦破的伤痕。我想象，小闻翻身下床挣扎着朝门口爬去，最终却没能越过那道求生的门槛。

我要诅咒那只杀人的煤炉。我更要诅咒那只该死的电表。我不知道如今它是不是仍然挂在人民文学出版社宿舍的那间平房里，反正我认为那只电度表早就该死了，然而它却抢先谋杀了一个名叫闻树国的优秀编辑家。

小闻啊，我真不明白你为什么把那只转得飞快的电度表看得如此重要。我国电力事业发展迅猛，日常生活并不缺电，况且人民文学出版社也从未吝惜过那几个电费，你怎么可以被这样一只该死的电度表给谋杀了呢？

你的这种结局留给我们长久的疼痛。无论是煤炉还是电表，一个人就这样被一件简易的器物给毁灭了。而且身后还引出几种不同的死因。

然而只有我知道，你死于内心的自己。

闻树国生前写了十几本书，第一本叫《传说的继续》，显得深奥难懂。后期著作多与神学有关，其实闻树国是个小说家，发表于1988年的中篇小说《黄雨》是他的成名作。后来我们还合作写过电视剧《三不管》。他却博得了编辑家的名声。由于说来他属于两栖人物，既能编也能写，确实是个难得的人才。

北京文学界朋友们普遍为闻树国的意外死亡感到悲伤。十月文艺出版社副总编辑顾建平先生带头为小闻家属捐款，多人响应。

云南的《大家》杂志社为了纪念闻树国，决定授予他红河杯·文学特别奖。初春天气里，我冒着寒风一大早儿从天津赶到人民大会堂为亡友领奖，见到了很多小闻生前的作家朋友。我听见坐在我后排的作家莫言小声说："我要是知道今天给闻树国发奖就不来了，心里多难受啊。"坐在旁边的池莉女士也是默然无语。陈可雄先生激愤地对我说："怎么能让小闻住在没有暖气的房子里呢。"

为了纪念亡友，我站在领奖台上发表简短致辞，我说："作为闻树国的生前朋友，我代替他的家属前来人民大会堂领奖，内心感慨万千。一个作家、编辑家的英年早逝，确实令人感到悲伤。《大家》杂志社于闻树国身后将'大家·红河杯'文学特别奖授予他，又确实令人感到欣慰。我认为这就是文学的力量，我将永远记住今天这个时刻，我将永远不忘今天这份文学亲情。是的，我们在生活中有时表现得很怯懦，然而今天我切实感受到文学的勇敢精神，同时我还感受到文学的道义。因此，我要说真正的文学精神仍然是投射在我们平庸生活里的一缕阳光，每逢大晴天她便照耀着我们的良心。今天正是这样的晴朗天气，因此我要感谢地处彩云之南的《大家》杂志社，还要感谢谢冕、余华、王干、金庸、李潘五位评委，感谢今天出席发奖仪式的各界朋友们。我相信，我的故去的远在天堂的朋友闻树国先生此时正在微笑着，他的微笑里仍然含有几分可爱的羞涩。"

致辞之后我接受了记者们的拍照。在闪光灯的照耀下我终于明白生离死别的含义，而怀念一个人，往往是一生的事情。

金陵有吾兄

静下心来回想，我是何时认识本夫兄的呢？说实话我想不起。只觉得认识很多年了。时光如梭，我的记忆返回2007年暮春时节，我俩站在壶口大瀑布陕岸旁，身后是呼啸的黄河飞溅起的水花。我们聊着什么，伴着哗哗的水声。

壶口大瀑布之后三个月，又是中国作家采风团走进军营，我与本夫兄同在团内，走了二炮、陆军、空降兵、空军、海军……这就是我记忆里2007年的他——在济南战区一二七师身穿迷彩服卧倒打靶的赵本夫。

几年来，又有2008年的海南三亚、2010年的四川资阳、2012年的山东栖霞……然而，让我牢牢记住的还是站在壶口大瀑布旁的赵本夫。他给我留下刚直仗义的印象。

说本夫兄仗义，并非我凭空赞美。记得那次四川资阳采风，一路行走诸多市县，每逢有人求字，他有求必应，从不摇头。我不敢说他的字多有市场价值，但毕竟是名人书法，也是不可多得的墨宝。那次在简阳他挥毫写下几幅，仍有求者。我只得上前将"中华"送至嘴边说，本夫兄别写了，歇会儿吧。当时嫂夫人也在场。

认识一个作家的品性，往往见于细节之处。其时采风团里有个作家，显然以大书法家自居，一路行走惜字如金，全程未落点墨，令求字者颇为难堪。

本夫兄则不然，他就是这样的黑脸汉子，外表严肃，内心良善友睦。他说话也不高声，却是有力量的。

说他良善友睦，并非为人处世没有原则。无论笔会还是采风，他的开会发言从无阿谀奉承之辞，总是直抒胸臆，袒露自己真实感受。有时给活动主办方提出建议，也从不敷衍了事。

他在中国作协全委会小组讨论发言，并不因身处京师而虚以委蛇。他的这种品质在有些也被称为大作家的人的身上，我是没有看到的。

我不记得本夫兄说话有多么幽默。只记得文友雅集非要他表演节目，他便表演"模仿某人讲话"的桥段，至于模仿何人，我忘了。只觉得他的模仿不是特别好笑，远不如他小说语言精彩。

本夫兄是秉承现实主义写作的小说家，33 岁时小说《卖驴》获得全国优秀短篇小说奖，那时我还是个初学写作的业余作者。多年后他的中篇小说《天下无贼》被冯小刚搬上银幕，更使他名满天下。

本夫兄出生在苏皖鲁三省毗邻的丰县，那里有着悠久的历史文化积淀。听他讲当年参加"四清"工作的故事，我惊叹作家生活积累如此深厚。他的长篇小说《地母三部曲》，便是出自他深厚的消化文学素材以及再造文学世界的功力，可惜没有引起文坛的足够重视。

回想他多年主持江苏作协工作并担任《钟山》主编，多少挤占了他的时间与精力，这并没有使他停笔，却使他有了更多的文学积淀时间。文学时间的积淀，会使一个作家跑向文学马拉松。

本夫兄的2017"开年大戏"是他的长篇新作《天漏邑》，甫经人民文学出版社推出，便引发评论界关注。被评论为"诗性虚构与叙事的先锋性"的佳构，可称为小说家赵本夫的"巅峰之作"。

有评论家认为，《天漏邑》这部"小说所作的叙事变革，不止体现于它在坚实的写实主义基础上，含有东方哲学与文化、带有文明演进和神秘色彩乃至存在主义的多重格调，更体现在它既继承了中国古典传奇小说的叙事传统，又吸纳了20世纪80年代以来的叙事经验，在叙事结构、叙事策略等方面都体现了先锋性"。

我因本夫兄而感到鼓舞。他尚未步入"文学老年"，却迈开"文学变法"的步伐，令我钦佩令我欣喜。写作多年，成就辉煌，有多少作家固守自家"文学自留地"，怀"志在千里"之情，作"老骥伏枥"之状。然而本夫兄并不是这样，儿孙满堂的他，却在文学世界里大刀阔斧变革自己。

这是他丰县人性格使然，也是他家国情怀的真实体现。我认为他是个有着强烈文学理想的作家，始终没有忘记当年走出家乡踏上文学之旅的初心，因此，他用自己的文学大脑思考，用自己的文学心灵写作，这便将他与别的作家区别开来了——使我看到一个不一样的赵本夫。

我期待中国文坛不要像忽略《地母三部曲》那样，忽视了赵本夫的长篇力作《天漏邑》。

这次《天津文学》推出赵本夫小说《村口一棵白毛杨》，乃是新作。我通篇拜读，一时竟然难以概括。

这是篇寓言小说，还是篇传奇小说，我说不清楚。只觉得这是从赵本夫文学乡土里生长出来的一株小树，几经文学之水浇灌已然大树参天。我从这部小说里读出"年轮"，更读出赵本夫式的中国小说气派。

如今很少有作家这样懂得并且描写植物了："节节草、富苗秧、抓抓秧、马蜂菜、苦苦菜、灰灰菜、扫帚菜、扁扁墩……"真是如数家珍，令人嗅到青草的气息。至于那株幼小白毛杨的描写，引出这段入肌入理的文字。

"它（小杨树苗）大概把自己和野草混为同类了，互相缠绕在一起，勾肩搭背，在微风中摇头晃脑，很开心的样子。……其中一棵抓抓秧已经攀上小杨树苗，把它细小的腰杆弄弯曲了。唐家爷爷小心摘下抓抓秧，又逐一拔除周围的各种野草，小杨树苗一下变得清爽而挺拔了。小东西，你以为你也是一棵草啊？傻瓜，你是一棵树！懂吗？你的名字叫毛白杨。"

这既是客观景物描写，也是唐金爷爷的主观视角。小说文字突然转为人物内心独白，让我感受到中国农民的仁慈之心。我们通常所说的优秀小说恰恰有这种特质，它将客观呈现与主观情绪相互融溶，于不知不觉间感染了读者。

这篇小说最终落脚于唐氏三兄弟，老大唐田不离乡土做过村里干部，老三唐银消失几十年，终于发财而归，坐着高级轿车拖着病身子回到故乡。只有老二唐金毫无业绩可言，一介农夫而已。然而，他却爬了二十多年的树，而且是先人栽下的如今"要三人合抱，四十多米高"的大杨树。我以为，这恰恰是赵本夫小说深意所在。

一个人的执着，却体现在默默无闻攀爬生涯里。他的目标只是攀到树顶，从而看到"另一个村庄"。

我掩卷沉思，赵本夫的"另一个村庄"意味着什么。可能意味着某种生存状态，也可能意味着某种精神取向，当然也可能意味着"无为"——仅仅是爬到树顶而已。这对固守乡土的唐金来说，用二十多年时光爬到树顶，可能比唐银在外闯荡发财更有意义。

人生拥有多重选择，同时具有多种可能性。以从不停歇的攀爬到达树顶并看到"另外一个村庄"，这无疑充满个性人物意义。

这正是《村口一棵毛白杨》带给我的思考。一篇内涵丰富的小说，可以让人从中受到鼓动从而发力奋进，也可以让人从中读出人生况味从而散淡放达。这就是赵本夫写作的意义吧。

文学路漫漫，金陵有吾兄。吾道不孤——赵本夫的存在也是我至今没有放弃写作初衷的原因之一。当然，这也是我欣然写出这篇小文的真心所在。

老王同志

在工厂坐办公室的时候，是技术科室。一张张绘图桌并排摆着，很像学生时代的教室。我的对面是一排明亮的窗。后来调到局里工作，情况就变了。我与一位黑脸庞的老同志相对而坐。没了窗子。这是有生以来我的第一次"面对面"。他就是老王同志。

机关的生活，不比工厂。人与人之间，总有一种壁垒的感觉。一天八小时工作，除了办公，却很少谈及与工作无关的事情。在这种环境里，我也变得深沉起来。

其实，人与人之间的壁垒是可以被阳光穿透的。记得我到局里工作的第一次下厂，就是与他同行的。这次下厂，使我对老王同志产生了好感。

我印象里的机关干部，下厂往往是走一走，看一看，无须什么真情实感。而老王同志下厂，却是一派谦和的样子，发言的时候也很实在。老王同志的这种表现，给我起到一个榜样作用。

在后来与企业打交道的时候，我都努力保持着这种作风。我想，这是应当感谢老王同志的。

与他走近，是因为我发现他是个热爱阅读的人。记得有一次他从发表在《天津日报》上的文学作品里读到一段好句子，脸上的表情兴奋得像个孩子。这令我感到非常惊讶，觉得生活中终于有了风景。不知为什么，从那以后，与老王同志面对面坐着办公就成了一件非常舒服的事情。他的存在，对我是一个极大的安慰。

有时候我的心情苦闷，也愿意悄悄与他说上几句。这在当时那种环境中，如遇甘露。后来一次偶然的机会，我到他家里去了一次。记得那是一个美满的家庭。他有儿有女，已经尽享天伦之乐。这再次令我感到惊讶：一个在家里已经做了爷爷的男人，在处室里工作起来依然自甘人下，这不是每个人都能做到的。由此，我敢断定，即使有朝一日老王同志当了处长，也不是那种颐指气使的人物。

记得一次家里要来客人，我不善烹饪，就向他请教。他颇费思索的表情，看样子倒像是他家里要来客人。第二天上班他给我带来一只紫砂汽锅，说："你不是不会做饭吗？用它做菜最省事，蒸鸡蒸鱼蒸肉，蒸什么都行。"我如获至宝，拿回家去果然派上了用场。

后来，我调到另一个机关工作了。老王同志也退了休。见面的机会越来越少了。偶尔相遇，他总是嘱咐我注意身体。说起文学上的事情，他由衷地为我感到自豪。我知道，这个世界上由衷地为我感到自豪的人并不多。而老王同志为我感到自豪时的那种目光，乃是真正的热忱。

每次见面，我都不愿告诉他文坛上的风风雨雨。让一个善良的老人知道太多的丑陋，是一种罪过。

我就告诉他，我现在混得很好。他显出非常高兴的样子。

虽说老王同志是我记忆中难得的好人。但只要在文坛这个名利场上忙碌起来，我就很难再想起他来。一晃，几年过去了。

记得我刚刚使用电脑不久，一天早晨门铃响了。我无权无势，平时几乎无人登门造访。这是谁呢？开门一看竟是老王同志！

他就朝我无声地笑着。虽然笑容依旧，但我还是看出他明显地老了。他说要看看我住的房子。我不知道怎样招待他。看了看我的电脑，他连声说："打扰你写作了。"那表情，蕴含着一种真正的惶恐。在他心中，我仿佛已经是一个终日繁忙的大人物了。

他拎着一只沉甸甸的提包。有那么一个瞬间，我觉得他是有什么事情要托我办。这个瞬间足以说明我已经变成一个市侩，尽管我根本无能力帮别人办事。

老王同志从提包里拿出一只紫砂汽锅，接着又拿出一只冷冻的母鸡。然后他很是难为情的样子对我说："也不知道该给你拿些什么来……"我连忙说："您这么大年岁了，怎么还大老远地跑来看我呀！"之后，我就说不出话来了。

他果然担心误了我的写作时光，只坐了一会儿就匆匆走了。我将他送到公共汽车站，看着他上了车。老王同志的确是老了。

他为什么要送我这只紫砂汽锅呢？回到家我一直这样想着。从一个磕痕上我认出，这正是当年我找他借过的那只紫砂汽锅。岁月悠悠，我终于明白了，这些年来，真正怀有念旧情绪的是老王同志而不是我。在他心中，肖克凡永远是那个与他同处一室相对而坐的小伙子。这个小伙子需要紫砂汽锅。而我，却已将那间办公室忘却了。我的所谓怀念时光，只不过一时情绪而已。

我记得老王同志的年岁，比我父亲还要大。我将那只紫砂汽锅珍存起来了。

龙一其人其文

好多年前，龙一写过一篇《肖克凡其人其文》，那是天津市委宣传部委派的任务，后来这篇文章编入《未来之星》一书。悠悠岁月，漫漫时光。今天，我终于有机会写龙一了，文章自然取名《龙一其人其文》。

那一来一往，这一还一报，我以为是很好的缘分。

说其人道其文，首先介绍龙一其人。龙一本名李鹏，20世纪80年代初期毕业于南开大学中文系。起初，我以为他"避尊者讳"才取了龙一这个笔名，其实跟尊者毫无关系。龙一就是龙一。

他大学毕业的时候大学生还是香饽饽，就业绝无问题。于是，走出南开校园的李鹏同学被分配到天津市教育卫生委员会，简称"教卫委"。

这可是一个挺不错的单位，政府机关，铁饭碗，工作清闲，是很多大学毕业生向往的地方。报到之后领导告诉他，好好干吧，咱们单位出国机会很多，有短期访问，也有长期深造，你有什么想法尽管提出来。

他说："好的。"

就这么工作了一年多时光。

终于，他向领导提出要求了："我想调走……"

领导当然感到惊诧。这么好的工作单位，这么好的个人前程，竟然拴不住新来的大学生李鹏同志的心。看来，只能以人各有志加以解释了。

于是，他离开那所政府教育机关，竟然去了一个名叫天津市作家协会的地方。而机关干部李鹏同志，也就变成了文人龙一。

就这样，龙一开始了。

龙一来到天津市作家协会，进入简称"创研室"的创作研究室。虽然来到天津作家协会，然而文人龙一似乎并不醉心于文学创作。我认识龙一之初，也看不出此君有什么远大追求与奋斗目标。他上班时间手里捏着一只宜兴紫砂壶，显得挺散淡的。当时，我身边有一大群急于成名成家的业余作者。龙一与他们相比，形成鲜明对照。

我第一次走进天津作家协会，它处于流离失所的状态。堂堂天津作协租借坐落在河西区气象台路新港船厂招待所的几间房子办公，也就是当今经济适用房的水平。我心中的文学圣殿竟然如此这般境地，心头不由掠过几分惊诧与迷惘。

第一次与龙一打交道是参加蓟县笔会。上海的《萌芽》主编曹阳先生带着几位编辑来津，积极筹备"天津青年作者小辑"的稿件。龙一是这次笔会的工作人员，代表天津作协接待上海客人。初次见面，他对我没有表现出过多热情，我对他也没有表现出超常友好，就这样认识了。

那应当是公元1986年初春季节。那时龙一小我八岁，如今龙一仍然小我八岁。这样的年龄差距，今生是铁定了。

他留给我的印象比较好，似乎并不急于获得什么，当然也不急于放弃什么，一派通达随和的平衡状态。他有几分酒量，因此得到《萌芽》编辑孙文昌先生的好评。当时的龙一与身边的几位业余作者已经混熟了。这几位业余作者也以与龙一称朋道友为荣。于是，酒喝得也就比较畅快了。

蓟县笔会留给我的最深印象就是业余作者们争强好胜的进取精神。由于《萌芽》以发表短篇小说为主，于是发表中篇小说便成为几位作者的努力方向。我只在《萌芽》发表了短篇小说《我那亲爱的玻璃》，心里挺知足的。那是我第一次在上海地区的文学杂志上露面。

蓟县笔会结束，业余作者们作鸟兽散。我回到单位上班。那时候我是一所工业机关的干部。至今我仍然记得，我坐在办公室里给龙一写了一封信，内容则是"别来无恙"式的问候。至今我仍然记得我给龙一写信的动机，无外乎是想跟他搞好关系。当时在业余作者队伍里已经出现急功近利的风气。我也不能免俗：一个普通的业余作者向一个作家协会"创研室"的文学干部表示友好，其用心不言自明。无外乎是想多参加一些文学活动而已。这就是 20 世纪 80 年代一个业余作者的心态写照。

后来，我与龙一几乎没有什么往来。有时候见面，也没有什么印象留在记忆深处。这是我与龙一相识的初级阶段。

我 1988 年离开天津市经济委员会，调入天津市作家协会文学院。这样，就与龙一成为同事。那时候天津作协仍然蜗居在新港船厂招待所。由于地方狭小，低头不见抬头见，接触的机会渐渐多起来。后来天津作协搬到天津京剧院招待所。这期间，我与一些青年作者接触颇多，鸡鸣狗盗浪费了许多大好时光。与龙一的接触则很少。

进入 20 世纪 90 年代初期，文学创作处于比较低迷的状态。就在这种时候，天津文艺大楼终于落成。天津作协也结束了多年的流浪，有了稳定的处所。

我与龙一的交往，也跨入新时代。

搬进新的办公大楼不久，天津作协文学院就彻底完成自身转化，从文学机构变成经济实体，办学习班，开印刷所，生意做得颇为红火，令人羡慕。在这种激动人心的经济热潮中，我自然成为无用之人。于是，天津作协资料室便成为我与龙一经常会面的地方。

如今，那间资料室已经成为天津作协创联部的办公室。我还是怀念那间屋子。记得窗外有一株大槐树，后来一夜之间消逝了，去向不明。我与龙一正是在这间资料室里开始了旷日持久的闲聊。所谓闲聊，主要是谈读书方面的事情。我的所谓读书，也是从那时候开始的。

龙一好像对唐朝的事情非常了解，他还给我看过一张唐朝长安城的地图。坊间与坊间，标得清清楚楚。关于晚清与民国，他也说得头头是道，好像是前朝遗民。

在此之前，我大多读的是小说，基本属于骑着驴看驴的状态。然而龙一读得很杂，与他聊天儿涉猎范围也比较广泛。渐渐，我也开始读得杂了，这样与龙一就形成对谈，乐趣遂即浓厚起来。

有时候想念自己

龙一读书，从来不标榜什么学问。他声称自己读书之目的是
"以助谈资"，也就是说他读书是为了跟朋友聊天儿的时候拥有谈
话内容。这种关于读书的用处，我从来没有在别人那里听到过。
以前听过"读书做官论"或者"读书无用论"。然而，龙一的读
书"以助谈资"论——我以为是一种通俗意义上的绝妙境界。因
此，读书便有了品酒的味道。

当然也去买书。坐落在烟台道上的古籍书店，那是我们经
常去的地方。龙一与这里的店员稔熟，俨然一派旧式文人逛书
店的风采。古籍书店的小郑，曾经是大学中文系的"工农兵"学
员。只要龙一迈进店门，小郑便迎上前来热情接待，宛若今天的
VIP。

大约是1993年吧，我们相中一套《北洋画报》，总共好几百
册，定价人民币700多元。我的工资当时只有100多元，面对天
价很是犹豫。虽然龙一购书从不吝惜金钱，面对《北洋画报》也
是踌躇不已。

有那么一段时间，我与他好似两条猎狗，屡屡窜入古籍书
店围着那一堆"猎物"转圈儿，目光紧紧盯着价值700多元人民
币的《北洋画报》，贪婪而无奈。我们当然知道，放过这个机会，
它二十年之内也不会再版了。

最终还是买不起《北洋画报》。我花54元买了一套清代编纂
的《渊鉴类涵》。然后眼巴巴看着那一套套当年由奉系军阀资助
的具有史料意义的《北洋画报》销售一空。

从此，烟台道上的古籍书店成了我与龙一的伤心之地。后来
它一度停业，我与龙一则丧失了一个好去处，就好似酒徒没了酒

馆儿，呈"绕树三匝，无枝可依"状。

人生在世，不同阶段遇到不同的朋友。我与龙一的交情，就是这样开始的。我不记得他怀有什么目的，我也不记得自己怀有什么目的，应当是互相没有什么目的。多年之后，我们终于确认了当年建立的友谊，那就是四个字：君子之交。

我们俩聊天儿，从来不谈女人，从来不谈钱财，从来不涉及个人私密，聊的内容都是能够摆到桌面上的。譬如风物人情，譬如历史沿革，甚至包括皮簧鼓曲以及奇闻轶事。总而言之，前五百年，后五百载，皆为毫无经济效益的清谈。偶尔有人旁听几句，随即兴味索然起身离去。

倘若有一段时间没有见面，他有什么心得往往立即告诉我，我也同样。譬如对当年天津的"潮不过杨"，不得其解。我从一老者口中得到答案，见到龙一立即倒卖给他："大沽口涨潮，南运河不过杨柳青，北运河不过杨村，子牙河不过杨汾港。"

龙一听罢，满脸破译天书之后的快乐表情。这种快乐，与基金分红和股票反弹毫无关系。这是一种纯粹的快乐。

说起炒股票，龙一也有一段故事。十年前他买了一只股票，严重套牢。他就将此事扔到脖子后边去了。去年，文学院的李大姐告诉他，你的股票大涨啦。

他去查了查，果然赚了一万多块钱。回家翻箱倒柜找到股票交易卡什么的，卖掉股票兑成现金，之后径直走进水产市场拎着几只大海蟹回家解馋去了。

我以为，他是中国股民里为数不多的成功者。无招胜有招。他的成功秘诀就是忘掉股票。遗忘，有时候胜过牢记。

龙一其人，多有不同凡响之处。譬如他的春秋两季衣着，很是老派。早在中国兴起所谓"唐装"之前，20世纪90年代初期他便身着"对襟疙瘩襻儿"，堂而皇之出现在天津作家协会。别人眼里的奇装异服，那是他的寻常衣裳。我知道，这一身寻常衣裳里确实包裹着一颗寻常之心。

有一年我出访香港置装，龙一主动为我提供整体形象设计。平素，他不是一个主动替旁人拿主意的人。他的本意是不强加于人。对我，他破例了。生活之中他很少破例。

那天，他先是陪我去天津估衣街上的老字号瑞蚨祥绸缎庄购买衣料。那一种种料子，无论春绸还是缂丝，没有百年阅历是不认识的。我傻子似的看着他替我选定衣料：古铜色的，宝石蓝的，皆为暗花儿。我感受着老绸缎庄的老派气氛，只懂得数票子付款。

之后，龙一骑着摩托车嘟嘟嘟载着我，一路冒烟找"他的"裁缝做衣裳去了。后来，我穿着这一身行头出现在香港街头。从地处中环的著名华服店"上海滩"门前走过，径直走进"周大福"。店员们看到我的奇装异服，纷纷投来惊诧的目光。由此叫见龙一给我的古典形象包装有多么一鸣惊人。

是的，龙一是个老派的人。他喜欢的东西，基本不属于新鲜事物范畴。有一次他在家作画，据说画了几只葫芦。

画了自我欣赏就是了。他还其乐陶陶地拿去装裱，人家裱画店师傅实无颂辞，只得呃呃称赞道："您的纸真好啊！"

龙一将这个故事讲给我，哈哈大笑。这是一种老派的乐趣。我专程去他家看了挂在墙上的葫芦，那纸确是好纸。

说起老派，其实龙一也新潮。从前几年开始，他居然迷上摄影。花大价钱添置设备，屡屡出手毫不犹豫，令我这个中国版葛朗台几度汗颜。龙一添置了设备，经常与津门著名"老顽童"林希先生切磋摄影技艺，我一旁呆呆听着成为陪衬人。

我与龙一，属于君子之交淡若水的朋友。然而，1997年我遇到困难，这种君子之水散发出有别于"小人之交甘若醴"的芳香。

那年夏天，我陪孩子从天津到北京治病，住在厂桥附近一家招待所里。孩子得了重病，炎热天气里心情极度压抑。一天，龙一来了。

他好像还是老派衣着，满脸轻松表情。人处困境食欲不振，不知龙一从哪里买来酸豇豆，还有其他开胃的东西。他的到来，立即改变了我的委顿心境，有了几分笑容。当天，龙一返回天津，临别之时他告诉我，他回去处理一下家务，到时候可以来京陪我十天。我挺舍不得他走的，他还是走了。

果然，龙一按时来京了。他的确说到做到，令我感动。这些年由于文坛受到社会风气影响，朋友之间说话算话的人，渐渐少了。我身处逆境有龙一这样的朋友相伴，感到慰藉与温暖。

有人说，一个人可以改变一个环境，此话在龙一身上得到验证。他热爱生活的态度深深感染了我，使我重返家常生活。

我去菜市场买菜，俨然居家过日子状态。那天买来羊肉，龙一笑了。宛若大画家看见好宣纸。他立即动手精心制作了一种小丸子，颇为得意地取名"眼儿媚"。这道菜令犬子胃口大开。平常人称龙一美食家，我终于领教了他因地制宜的厨艺。

住在招待所里，他竟然买来面粉和肉馅包饺子。我不记得他在哪里找来菜刀，只记得工具不齐，他居然洗净一只空酒瓶子充当擀面杖，快乐地擀着饺子皮儿。至今，我仍然记得他蹲在电炉前煮饺子的背影。如今，我已经能够从他的背影上看到一行大字：人要快乐地活着。

有时候，龙一给人以慵懒散漫的印象，然而，他的性格也有极其规整的一面。到了第十天他对我说："哥，我要回天津了。"

于是，当天下午他就走了。后来我才知道，他平素与岳父一起生活。这次来北京陪我，他是将泰山大人送到妻姐家里，说妥了，十天。

龙一的性格，其实属于内向型的。他不是广泛交友的人，我甚至认为他的朋友很少。正是在这种情况下，他认为我是他的朋友。我也认为他是我的朋友。

公元 2002 年，我获得首届天津青年作家创作家，奖金十万。这样我就脱贫了。那天发奖大会上，有些人为我高兴。会后有人告诉我，龙一看着我站在台上致辞，流下眼泪。

后来通电话，龙一感慨地对我说："你这些年，有多么不容易啊。"

龙一善解人意。有一次，北京一家机构购买我小说的改编权，我叫来龙一助阵。他骑着摩托车来了，毫无怨意地充当我的"马仔"。我敢说，当时请龙一出场是我唯一的人选。别人，恐怕是做不到的。

我蓦然想起，多年以来我们坐在天津作协资料室里聊天的情形。那是一段与名利毫无关系的美好时光啊。

我知道龙一长期研究中国古代生活史，很有几分学问。有一天我郑重地告诉龙一："你积累了很多东西，是可以写小说的。"

之后，我又说："写小说依靠直接生活积累与间接生活积累，你积累了这么多东西不写小说，挺可惜的。"

过了很久，龙一开始写小说了。从此，龙一成了真正的龙一，没有愧对他给自己取的笔名。

此前，他多年研究中国古代生活史，出版了唐代生活史专著《后宫艳事》以及近代史的专著《租界里的老公馆》，似乎要走学者之路。

进入小说创作领域，龙一的写作姿态依然与众不同。我所见到的青年作家，绝大多数异常勤奋，夜以继日，笔耕不辍，产量高得惊人。龙一毕竟是龙一，即使投身小说写作，依然故我，不紧不慢，不急不躁，有时候一天只写几百字，好像并不急于成名成家。

如果我没有记错，龙一是1997年开始写小说的。由于对古代历史比较了解，他以唐代生活为背景写了几部中篇小说，出手不凡，譬如发表在《中国作家》上的《我只是一个马球手》。这种历史题材小说的构思，龙一给我讲过几篇，那是很有趣的。

譬如有这样一个细节：古代一位制作毒药的高手为了研制一种高效无味的毒药，先是用一种气味极强的烈性毒药毒死一个大胖子，然后将尸体悬挂起来。经过风吹日晒，这具中毒尸体腐败流淌的汁液浇灌培育出一种毒蘑菇，这种毒蘑菇经过秘方焙制，便成为攻无不克的天下第一毒药。

我以为他还是很有想象力的。他发表了《另类英雄》和《在传说中等待》等一批小说。尤其《在传说中等待》这篇只有五六千字的小说，阅读之后给你带来的扑朔迷离的不确定感，使你重新思考事物的因果关系。我们所认识的世界，很可能是另外一番模样。

龙一从写唐代题材的历史小说，转入清末转入民初，进一步赢得写作空间。说起清末民初，他对天津这座大码头的了解，那是比较透彻的。手里甚至掌握着一些独门材料。天津文坛以天津为写作背景的作家，不少。然而，在青年作家队伍里刻苦读书者，龙一显得非常突出。

生在新社会，长在红旗下。龙一是从书本里了解天津的。我曾经回顾自己的津味小说创作，概括为依靠间接生活经验与间接情感积累，也是可以写出好小说的。无独有偶，进入新世纪以来，龙一发表了中篇小说《没有英雄的日子》获得中国作家大红鹰文学奖，还发表了短篇小说《屋顶上的男孩儿》获得《上海文学》短篇小说奖。

龙一的小说写作，已经将目光瞄准了这块充满故事的地方——天津卫。

天津这座城市，颇有几分独特之处。自古漕运，天津便是大码头。地近京畿，乃是首都前台，九国租界，华洋杂处，尤其开埠百年，中国社会发生重大政治经济事件，几乎都与它发生关联。天津的近代史，成为文学创作尤其小说写作的重要资源。

但是，龙一关于天津题材的小说写作，已然不同于前辈作家了。他对历史采取解构的手段，创作了一批有别于别人的"天津小说"。从所谓"看山是山，看水是水"进入"看山不是山，看水不是水"的阶段，最终构筑了一个"龙一的天津卫"。

就这样，他不声不响出版了长篇小说《纵欲时代》和《迷人草》。

他在以天津租界为背景的《迷人草》的开篇这样写道："下午，竹君去学院讲授她的'性玄学'，美美则是去了律师事务所。两个女友都不在家，便给香川留下一个完整的下午来享受独处……"

这种叙述，显然走出了前辈作家所谓津味小说的疆域，换代了。

《纵欲时代》与《迷人草》这两部小说，集中体现了龙一的小说观念，只是没有引起文坛的充分注意罢了。

龙一对此并不介意。他不慌不忙地写着，着手长篇小说《忠勇之家》的准备工作。这部内涵丰富的长篇小说，在2005年被选为中国作家协会重点扶持作品。这在天津是第二部。他的低姿态的长篇小说写作，终于得到认可。

从写古代历史题材小说开始，龙一进入近代史。最令我感到意外的是，他进入现代史，而且开始了对中国革命史的研究。这两年，他将目光瞄准早期中国共产党人的故事，并且开始了写作。这类题材的小说中，有共产党人，有国民党人，有日本人，也有身份复杂与来历不明的人，显得丰富多彩而且充满新意。前辈作家们，或许不会像龙一这样如此处理此类题材小说的。这显示了龙一的意义，那就是对历史的解构。

龙一还写了七十年前的红军故事。譬如他发表了短篇小说《长征二题》和中篇小说《长征食谱》。这都是我们通常所讲的

"革命历史题材"。然而，这种革命历史题材小说在龙一笔下，有了不同以往的新面貌。

我认真阅读了他获得"中国作家百丽小说奖"的小说《长征食谱》，颇有耳目一新的感觉。同时，我也觉得自己落伍了，应当认真向青年作家们学习。

《长征食谱》这篇小说以一个小厨子出身的有着几分药膳本领的炊事兵的目光，见证了红军通过草地的艰苦历程。倘若依照传统的小说创作观念评判，这是一篇有着明显"毛病"的小说。譬如小说叙述缺乏人物身份语言，譬如小说没有在"典型环境中再现典型人物"，譬如小说缺乏革命题材的宏大视角，等等。我以为，龙一的小说恰恰以自己独特的想象力和文化视角，将革命历史题材小说写得新意扑面。江山代有才人出。龙一的革命历史题材小说写作，既给他自己开了一个好头，也给此类题材的写作带来新的思考。这是值得祝贺的事情。

龙一的小说我读得不多，然而也不少。我有一个突出的读后感，他的小说无论现实题材还是历史题材，都充满了一种亦浓亦淡的文化情趣。这种文化情趣不是强加的，更不是我们常见的"小说味精"。我以为它来自龙一特有的文化情怀。他年龄不大，却深深浸染在中国传统文化之中，其阅历其见识其学问都超出他的同龄人，时常令我感到惊讶。譬如他的京剧清唱，"骑马离了西凉界"那是很有几分味道的。还有河北梆子，高亢激越含有银达子的余韵。

龙一不光写小说，他还注重对小说理论的研究。我在《天津作家》杂志上看到他关于小说理论的连载文章，认真阅读之后，颇有收获。他站在中国传统文化平台上,大量研读西方文化理论,譬如符号学什么的。据说,这一组信息量极大的小说理论文章连载之后,在天津青年作者中引起强烈反响,使很多人意识到学习小说理论的重要性,一时趋之若鹜。

说人说文,不能不提到龙一的善吃。我早就认为一个人的善吃与好吃,那是不一样的。好吃只是爱吃而已。善吃就不一样了。从龙一身上可以看到善吃的具体含义是钻研厨艺。龙一曾经说过,他对自己喜欢的朋友的最大愿望就是做一顿好吃的东西,共享。当然,促使龙一善吃而且钻研厨艺的最大的动力是他嘴馋。在有些人眼里嘴馋好像不是一件雅致的事情。我则持不同见解:一个人如果对吃都丧失了热情,也就没有什么可说的了。

前几天,龙一给我打来电话,带着感冒未愈的鼻音告诉我,他的女儿然然考上了加拿大的多伦多大学,第一个向我报喜。这时我蓦然意识到,其实文化人龙一还是一个居家男人——衣食住行,操持着家务。是啊,他还是一个合格的父亲。

龙一生在天津,长在天津,是天津娃娃。他自幼生活在天津河北区,那里是当年袁世凯督直施行"新政"开发的"新区",得风气之先,同时也是保持天津地域文化比较完整的地方。著名的扶轮中学就坐落在河北区,我国当代作家邓友梅先生就是"扶轮"的学生。我预祝龙一也能够给他的出生地带来荣耀。

我也是土生土长的天津人,从文化角度根本无法抽象这座城市。它是沿海城市,又是滨河城市,同时还充满华北腹地味道。这里发生的事情,有时深奥得犹如"哥德巴赫猜想",有时家常得好似白菜豆腐,有时浅显得胜似 ABC,有时复杂得令人匪夷所思。无比丰富与乏善可陈，高度清晰与低级迷乱，不事张扬与极端自得……总而言之，只有天津这样的城市才会成就龙一这样的作家。

这就是龙一其人存在的最大理由。这就是龙一其文呈现的最大趣味。

后来，龙一在《人民文学》发表小说《潜伏》，改编成为引发轰动的电视连续剧。再后来的故事，大家就都知道了。

如爝之火不熄

公元 1997 年 7 月 12 日，我站在北大医院收费窗口前办理住院手续，无意间看到旁边窗口有位长者。我立即认出这是陈玉刚先生，就轻声问道："您是陈伯父吧?"他一时认不出我，略显迟疑。我说出自己的名字并询问他给谁办理住院手续。陈玉刚先生语调低沉地说，给你陈伯母啊。

我称陈玉刚先生为陈伯父，称他夫人陈玢先生为陈伯母。那是从公元 1977 年开始的。

我开始练习写作是 20 世纪 70 年代初期，正在地处远郊的一座大工厂里当工人，身边多是些目不识丁的"三条石"老工人。工余时间我偷偷阅读文学书籍，唐诗宋词什么的，还有外国小说，往往为求教无门而感到苦闷。记得我每逢公休日便四处拜师，在同学介绍下曾经前往塘沽的新河船厂向一位业余诗人求教，还去了汉沟的轧钢二厂，向当时经常在报纸上发表作品的一位工人作者学习。这种心情比作久旱禾苗企盼甘雨，一点也不过分。我在学步路上跟跟跄跄地走着。还是井中之蛙。

我有两位小学同学也爱好文学。一天他们告诉我，拜师学习了。我问拜谁为师。他们说出一个名字。当时我并不知道此公是谁，心里却很是羡慕。他们拿出老师写的一首诗，我惊了。我不懂书法，却能看出那位老先生的学养绝非一般学者。我提出参加拜师行列一道学习，他们却告诉我那位老先生已经迁居北京了。多年之后我从报纸上看到那两位小学同学所拜老师的名字，终于知道那是一位国学大师。

1976 年我离开工厂外出上学。在杨柳青的一所学校里念工科。读高等数学、金属学、电工学、机械制图、流体力学等，我还是开阔了眼界。令人高兴的是，这座学校的团委副书记竟然是我五年前打篮球结识的陈余，他出身书香门第，是陈玉刚先生的公子。可能是出于文学缘分吧，我与陈余兄渐渐成为好友。他知道我喜欢写作，还特意给我提供了显露文才的机会。后来我到陈府拜访，有幸见到了陈玉刚、陈玢二位先生，终于有了向文学前辈求教的机会。

那时候，陈玉刚先生在百花文艺出版社主持《红楼梦学刊》，不但精通外语而且汉学功底深厚，是一位深受尊敬的资深编辑，曾经编辑过郭沫若、茅盾、叶圣陶、冰心、巴金、老舍等一代文学大师的书稿，很有学问。陈玢先生则出身名门，曾在河北大学外语系任教，讲一口地道的北京话。结识了这两位先生，没有受过多少教育的我，愈发对文化产生强烈向往。

我记得那时陈玉刚先生正在编辑《论凤姐》，与王朝闻先生住在海南修改稿子，因此见面不多。多年后我与薛焱文兄交谈，得知当年他也参加了《论凤姐》的编辑工作，颇有相见恨晚的感觉。后来，我与陈玉刚先生接触多了，经常趁机向他请教。

认识陈玉刚先生之前，我对文学的认知仿佛是一团乱麻，毫无头绪。经过他的指教，我终于懂得要从文学史着手，弄清何为源，何为流，以及中西文学的相互比较。他给我讲过《郑伯克段于鄢》，我也向他请教过《阿房宫赋》，收获颇大。他还告诉我，文学创作想象力非常重要，一定要多多读书。他的教诲不啻一缕阳光，照亮了一颗年轻求知的心。后来我在《新港》上读到他翻译的苏联小说《一瞬间》，方知老一辈编辑家的学贯中西。陈玉刚先生的学者气质，给我留下难忘的印象。

其实，我接触更多的是陈玢先生。她是一位很有文化教养的前辈，令我获益匪浅。我成长于红色革命年代，对西方文化几乎一无所知。有一次录音机放音乐，我就问陈伯母这是《延安颂》吧。陈伯母温和地对我说，这是小夜曲。我不好意思地笑了。

1978年"五一"节居委会送来海蟹，说是慰问军属（当时陈家三公子陈樾在海军服役）。陈伯母热情留我吃饭，计划经济年代里，这海鲜令我好生解馋。

20世纪80年代中期，陈玉刚先生奉调北京，先后在几家大的出版社担任社长和总编辑，同时他还参与《中国新文艺大系》的编撰工作。尽管公务缠身，他仍然笔耕不辍。1988年深秋我去北京电影制片厂参加会议，抽出半天时间去陈先生在北京红庙的寓所看望他。那时候出租汽车尚未兴起，我从北太平庄乘坐公共汽车中途在西四倒车，一路走了三个小时。

他正坐在书房里写作《中国文学通史》。记得那天天气很好，书房里阳光灿烂。我再次产生了情绪记忆——我与陈玉刚先生交往，总是伴随着明媚而令人难忘的阳光。我因此而怀念他。

陈玉刚先生著作勤奋，他的《中国文学通史》，洋洋百万言，上起先秦，下至现代，在对浩繁的中国文学遗产按照科学体例进行编述的同时，又突破了一般文学史难见评述的范例，采取中外文学对比的方法，每章均设有中国本时期文学与同期外国文学的比较，成功地将这部中国文学通史放置于世界文学史的坐标系中，一经出版即被学术界誉为"文学编年史的重大突破"。人生晚年，淡泊名利的陈玉刚先生老当益壮，古稀之年日以继夜地伏案工作，注解"三字经""百家姓""千字文""千家诗"，出版了中华传统启蒙教育读物《三百千千》，为全中国的孩子们做了一件大好事。

　　后来，陈玢先生在北京去世。不久，陈玉刚先生也返还道山。他一生编辑文稿近千种，总计九千余万字，成就卓著。他以鞠躬尽瘁的精神，走过了一个出版家、翻译家、文学史家的一生。好在二位先生留下了著作，令我们得以长久怀念他们。

　　如今，百花文艺出版社出版二位先生合译的《马克思诗选》，这真是一件功德无量的事情。从炎文社长在任上，立华社长继之，终于使这部伟人诗集得以面世。捧读这部译稿，往事浮现眼前，我仿佛看到陈玉刚陈玢二位先生，慈祥地站在远方——那里正是天堂。

　　如今，陈氏长孙陈玳玮继承家学，正在攻读博士学位。我以为，这是足以令陈玉刚陈玢二位先生在天之灵为之欣慰的事情。一个家族的文化传承，宛若汩汩泉水而永不干涸。它无声，却滋润着人们心田。

　　陈玉刚陈玢二位先生的译作《马克思诗选》的出版，好像一朵散发着幽香的花朵，重新绽放了。在多元化社会的今天，这可能不是一部多么引人关注的书籍，但是深知其内涵的读者们，必然懂得它的价值。因为，如爝之火不熄。

同乡何申

本地作家与本地作家见面，往往是在会议上。外埠作家与外埠作家见面，往往也是在会议上。由此说来，会议已经成了作家与作家之间的桥梁。这种会议通常是杂志社啊出版社啊举办的笔会，也包括青创会啊作代会啊什么的。当然，利用会议间隙勾搭成奸者除外。

概莫能外，我跟何申也是在一次会议上认识的。那是1996年初春的抱犊寨笔会。如今回忆起来，人面依旧笑春风。

那次笔会好像是关仁山操持的，规模特大，那场面好像是在倒卖人口。从北京从天津来了一大群编辑，不下一个排的兵力。我被裹挟其间，一行人在石家庄下火车的时候，我还找不着北呢。

正是在那次笔会上我认识了何申，同时也认识了谈歌，都是一见如故的样子。在此之前我读《文艺报》上的文章，说何申是"从塞外基层拱上来的作者"云云，就以为他是土生土长的热河人。这次抱犊寨笔会我结识何申，才知道他是"天津知青"，我的同乡。

我这人有个狭隘的毛病，就是比较注重地域情感。尽管我对天津这座不伦不类的城市没有什么太多的好感，然而异地遇到同乡还是挺热乎的。我们毕竟自幼同饮一河之水嘛，这就是缘分。

那次抱犊寨笔会的地点在鹿泉市，何申留给我的第一印象是什么，至今我也说不清楚。反正他不是一个一见面就给人以"出位"感觉的人。不急不躁，不卑不亢，不冷不热，相处起来，彼此都挺舒服。他的魁梧身材使我猜测他的祖先是山东人，大头大脑的，一派福态。他的性格则是典型的北方人。我喜欢北方人，不论男女。

散了抱犊寨笔会，离开鹿泉市我们回到石家庄。那时候文坛好像尚无"三驾马车"之说，因此我不记得关仁山跑到哪里去了。我和何申一行人去河北宾馆的金燕都餐厅去吃"粥宴"，记得何申毫不做作，一共吃了十几碗各式各样的粥而被我们誉为当日"粥王"。后来他好像跟谈歌一起去了嶂石岩，参加另外一个笔会去了。

初识何申，往往不是特别容易深交。因为他不速溶，属于慢热型选手，这就跟谈歌很不相同。谈歌这人见面儿就熟，刚刚认识五分钟就仿佛多年老哥儿们，甚至前世就有缘分。何申则多了几分应有的矜持。何申的这几分矜持，我看他当个部委级干部，有富余。（可是他后来偏偏主动辞去了承德日报社社长的职务，由此可见何申骨子里还是一个文人。）

就这样，我在抱犊寨的那个春天里认识了何申兄。如今屈指一算已经八年时光。八年时光不短，可回忆起来我与他的交往几乎集中在1996年。在我的对外交往史册里，公元1996年成为名副其实的"何申年"。

春去夏来秋又至。1996年秋，我与河北的"三驾马车"一起前去湖北参加由刘醒龙和邓一光发起的"三峡笔会"，东道主则是武汉的《芳草》杂志社。

我从天津赶到北京西客站，火车就要开了。我跑进二楼大厅抬头看见墩墩实实的何申手里拎着纸箱子（里面是他买的方便面、火腿肠和二锅头）站在候车室里等着我。我快步走上前去，不曾寒暄他就递来一只手机，说克凡快给天津家里打个电话吧，省了弟妹惦念着。

我一下子就被他感动了。何申——绝对兄长形象。他那敦实仁厚的气质，使我想起了小时候年画里的"天官赐福"。是啊，戴花要戴大红花，交朋友要交何申这样的朋友。用我们天津话说，交何申这种朋友，既踏实又补人。我在文坛游荡多年，一连数年为损友所伤。自从认识了何申我才明白，什么才是文坛兄弟。

1996年秋天的这次三峡同行，使我对何申有了更深层次的了解。他家早先住在天津东门里，后来搬入英租界的黄家花园，属于和平区。20世纪60年代天津还是大地方，黄家花园在天津当属高档地区了。住在这地方的人，有一半儿都说普通话，行走坐卧，又文明又规矩，身上很少天津卫的码头习气。是啊，何申兄就是这种地方长大的。他本名何兴身，在天津市第三十四中学读书。这所中学坐落在天津的河北路上，旧时也属英租界。记得我们航行在长江上聊天儿，何申问我三十四中当年是不是一个什么大军阀的公馆。我立即有了显摆学问的机会，大声告诉他那是北洋大总统曹锟的公馆。

何申听罢，脸上流露出虚心向我学习的表情。我则窃喜，又趁机使用他的手机给天津家里打了个电话。那时候我很穷，置不起手机。心里特别羡慕拥有手机的承德日报社的何社长。

天津卫的破事儿，何申确实没有我知道得多。因为他18岁就告别父母离开天津，上山下乡去了河北省承德地区农村插队。何申上面有五个姐姐，他属虎，是家里的"老末"（末发"咩"音，这词儿如今天津人已经不说了）。何申跟我讲过他在农村吃苦受累的事儿，譬如说有一次他拎着一根扁担，越界进入人家的地盘打柴，因此引起不满。他才不管那一套呢，吭吭吭砍了一捆荆条子扛起来就走。应当说何申兄是个非常乐观的人，回首往事的时候，他从来没有流露任何悲苦表情，总是乐呵呵的样子——好像这个世界处处都是美好的。

在承德地区农村插队落户的日子里，他喝了五年的高粱米粥。后来何申被选调河北大学中文系念书，毕业分配回到承德市，当过党校教员、宣传部干部，从而进入仕途。他很快就升了官，当过承德市文化局局长、市委宣传部常务副部长、承德日报社社长。应当说何申的仕途，并不坎坷。

说老实话，尽管都是天津人，但何申比我更热爱天津这座城市。为什么这样说呢，因为有一段时间他曾经努力争取调回天津。后来老娘亲仙逝，他才断了调回天津工作的念头。（谢天谢地。他要是真的调回天津，兴许就不是今天这个样子了。）

何申当官儿当得挺顺溜，可怎么写起了小说呢。俗话说，穷途末路才当文人嘛。我问何申兄，他笑了笑说："当年我成家之后，没什么事儿，你嫂子看见院子里的邻居们，有会打家具的，有会盖房子的，还有会走后门儿买便宜东西的，就问我会干什么。我寻思了寻思，说干那些事儿我都不在行，干脆我写东西赚点儿稿费吧。我就这样写起了小说。"

我认为这是笑谈。到如今我也没见过那位嫂夫人。但我却看到了一位贤惠妻子的细微之处。何嫂担心何兄参加三峡笔会胃寒，就给他买了一只"热宝"，说是焐焐肚子。一路上这只"热宝"被何申紧紧抱在胸前，圣旨似的。那热乎劲儿确是令人羡慕的。

一定就是这只"热宝"吧，一下子焐出了一大堆优秀作品。不熬夜不拉晚，何申却写了一篇篇小说力作。什么《乡镇干部》啊《年前年后》啊《穷县》啊《奔小康的王老祥》啊等小说，数不完；还有一大批电视剧，《一村之长》啊《青松岭后传》啊《男户长李三贵》啊《山乡女法官》啊等，多啦。写小说吧，何申为自己赢得了文名，还获得了首届鲁迅文学奖；写电视剧吧，何申不但为自己赢得了文名而且还赚了不少银两。我认识的作家里，何申兄绝对属于精神物质双丰收的楷模，而且不论旱涝。

1996年的三峡笔会，使得我有了一个快乐的秋天。在巴东漂泊神农溪那天，我拍着他腆出的肚子说他"有宝"。他开心地笑了。据我所知，中国文坛敢于跟何申同志肆无忌惮开玩笑的，只有我和谈歌。无论我们的玩笑开得多甚，他都不急。当然，这也说明了他身为兄长的宽厚。

何申嗓子很好，有龙音儿也有虎音儿，无论唱歌唱戏，都摆得上台面儿。三峡笔会一路上他指挥大家高唱土家族情歌："一个凤凰呀一个头……"这首歌儿，竟然成为这次笔会的"会歌"。多少年了，我有时候哼唱起那首乡土歌曲旋律，不知为什么心里还是热乎乎的。我想，这一定是因为那次三峡笔会的同行者都是真正的文坛兄弟吧。是啊，怪不得国内有的大作家参加笔会总要挑挑拣拣呢。原来这跟孟母择邻是一个道理。（前年参加作代会，一天黄昏散会之后我在人民大会堂门口遇到邓一光。他的视力已经很差了。我大声喊他。邓一光竟然听出我的声音，第一句话就问："克凡，孩子怎么样啦？"我紧紧握着一光的手，蓦然想起1996年秋天三峡笔会的情景。）

1996年的三峡笔会结束，何申、谈歌、关仁山从宜昌乘火车北返，我则去武汉搭乘航班飞回北京。记得在宜昌分手的时候，我心里挺伤感的，主动跟何申握了握手，说再见。何申兄人家是见过大世面的人，仍然呵呵笑着，没说话。谈歌看到这场面便朝我挥了挥手，然后张开血盆大口说，我们走啦，克凡你会想我们的！

果然，一连几天我经常想起乘坐火车北归的那三个家伙，其中就有穿着一件蓝色上衣的胖胖墩墩的何申兄。我在天津文坛混日子，多年以来很像一个外埠民工，不受待见而且难以抵挡那一帮这一伙的势力，经常被人家欺负，心里挺孤单的。记得有一次何申突然对我说，克凡，明年我们哥儿几个给你开个作品讨论会！

我知道何申兄说这话是看我可怜，40岁了还没混出个人样儿来，很想支持我一把。可他老兄哪里晓得，那作品讨论会对我这种人来说不但毫无意义，而且还要招来更大麻烦。

1996年冬天，在北京召开第五次全国作家代表大会，会议住在京西宾馆。从三峡笔会到北京的作代会，时隔一个多月我又见到了何申兄，心里特别高兴。这次天津代表团有幸跟人家河北代表团一起被安排在同一楼层。这下子可方便啦。报到之后我背着皮包径直走进何申房间，坐下就侃，我好比一杯速溶咖啡，一遇见热水就行了，跟河北的弟兄们越聊越起劲儿。我突然转脸问何申，"这次来北京嫂子又让你带热宝来了吗？"何申笑了笑，说感冒了。

何申跟谈歌一屋。何申感冒了，原本打算早一点儿上床休息。他看到我们聊兴大发，没办法，为了不扫小兄弟们的兴致，他悄悄跟别人换了一个房间，吃药睡了。这就是何申的兄长的风度——不声不响就把事情做了。

就在这次作代会上何申当选中国作协全国委员会委员。我私下里说，看人家何申哥，在地方吧当报社社长，来到中央吧当全国委员。无论走到哪里都是受重用的人才。人家就是上等材料。

这次作代会结束之后，我将以何申为首的"三驾马车"请到天津，玩了几天。我很得意，忘形地自称是"马车夫"。这三位作家听了，也不反驳，好生给足了我面子。谈歌和关仁山无官一身轻，何申则很忙。我记得他只住了一晚就要赶往省会石家庄，说是参加什么投票。后来我才知道，人家何申兄不但已经享受了国务院专家津贴，而且还是河北省"享受国务院专家津贴资格评审委员会"的委员。这一次我终于明白了我与何申同志的真正差距，那就是即使我再努力十年也难以享受国务院专家津贴，而人家何申此时竟然已经是专家评委了。

这就叫天渊之别。有道是：不到石家庄，不知道什么叫官小，不认识何申，不知道什么叫大佬。

说心里话，我认为何申无论从政还是为文，都是一个成功者。这首先来自于他的文化背景，一言以蔽之，生长于大城市英租界而又拥有"知青"历练的何申懂得什么是"有用之用"，什么是"无用之用"。其次来自于他的文化性格，稳稳当当从从容容的何申，深得中华传统文化之精髓，不事声张而且不乏精明，他很"家常"，同时也很"文化"，既有适度的聪明更有足够的智慧。我以为这在中国作家堆儿里，并不多见的。中国作家堆儿里，平时抖机灵儿的太多。其实那才浅薄呢，一只聪明的小猴子而已。你见过老虎上蹿下跳吗？没有。这就是小猴子与大老虎的本质区别。

我所说的 1996 年，就这样以何申同志在文坛上的高官厚禄而胜利度过。这一年里我与何申频频接触，由初识到渐渐深交而成为"君子之交淡若水"的朋友。

如果我没有记错，那应当是几年之后的一个春天，我突然接到何申打来的电话，说他这几天就来天津，到时候一块儿吃饭。好朋友来了，我从心眼儿里高兴，就等待着他的电话召唤。因为平时本埠没人搭理我，心里比较自卑，我就像小孩儿等待过年一样等待河北省作家协会副主席何申同志的大驾光临。

我就回忆我的"吃饭史"。嗯，何申确实是一个合格的兄长。一般我们聚在一起吃饭，往往是他"埋单"。这一定是因为他认为自己年长我们几岁吧，当哥哥就要有当哥哥的样儿。那年在北京他率领我们前往宣武门内的"烤肉宛"吃烤肉，也是事先他就说好由他付账。他的"饭风"是多么端正啊。

我在家里等着，何申终于又打来电话，通知我在"狗不理"

见面。我暗暗笑了，这真是"天津情结"啊，一回到家乡就要先去吃一顿包子。何申毕竟是何申，他在电话里告诉我，这次由他外甥李青请客，只有四人出席云云。这就是何申的风格，他认为事先应该说的话，都跟你说了。他认为事先没有必要说的话，那一定是留在饭桌上说的。记得有一年何申从北京给我打来电话聊天儿，那是他刚刚见过赵本山。他没有寒暄，开门见山就在电话里给我讲了两个新鲜出炉的段子，引得我哈哈大笑。然后他说了声再见就挂了电话。这就是何申话语——不穿鞋也不戴帽，光拣有用的地方说。

我们终于在一个狗都不理的地方见了面。他老兄西服革履竟然站在饭店门口等我，让我空着胃口就感动了一次。何申毕竟是天津人啊，回到家乡仍然讲究外场礼节，因此而西服革履。走进饭店落座我才看清楚，果然只有四个人：何申、他外甥李青、《小说月报》的小董，还有我。确实是这样，何申不是一个滥交朋友的人。他像大革命低潮时期发展秘密党员一样，筛选着朋友。喝酒的时候我问他这次回到天津还想见见什么人。何申呜嗯着吃了一个包子。我知道他的秉性，最不愿意麻烦别人。

吃着狗不理包子，聊啊聊啊，还讲了不少笑话。何申是一只笑话篓子，批发兼零售，具有幽默仓库的规模。每逢这种时候，何申说话也明显有了天津口音。吃完了狗不理，我意犹未尽，就请他另订一时间我们再聚一次。何申毫不犹豫地谢绝了。他的意思是说，我们今天既然见了面，就可以啦。我也不好勉强他，但心里挺失望。走出狗不理大门我又说，这几天我陪你走一走吧。他又坚决反对，说最愿意自己走一走，这里瞧瞧那里看看，谁也不惊动。

我知道他说的是心里话。因为我了解他的性格。

天色晚了，我们分手。我看着何申沿着山东路朝着滨江道走去，西服革履的背影，渐渐远了。

我就站在便道上注视着他的背影，想象着他独自一人西服革履行走在儿时天津街道上的情景。是啊，一个自幼成长于天津的人，寻找着他记忆深处的一处处景致——也不知道是街道老了还是人老了。

就这样又被他感动了一次。何申的"热河系列"小说，什么《热河大兵》啊《热河少爷》啊《热河傻妞》啊什么的，我以为骨子里其实写的都是天津人。一个作家的童年情结是永远不可消磨的。

何申是一个通达而乐观的作家。同时何申也拥有通达乐观的资本。他的女儿已经出嫁，而且他已然见到了隔辈人。这就是说何申同志光荣地当上了姥爷。如此说来他身上又多了一份职务。肩上担子更重了。这很好。我敢断定，"姥爷"这崭新的职务一定有益于他的文学创作。因为人类什么时候都不会离开亲情。

何申兄尤其是这样。

我怀念 1996 年的时光。我想念 1996 年的长江三峡和京西宾馆。因为这一处处都有我和何申的足迹。此时是 2003 年初夏，我已经下欢迎何申返回故乡省亲的食谱。早餐：锅巴菜。午餐：狗不理包子。晚餐：贴饽饽熬小鱼儿，浆浆汤。

何申兄，这就是留存在我们记忆深处的一生也难以磨灭的世俗生活啊。于是，我以同乡的名义写下这篇文章。

我说孙犁先生

纪念孙犁先生诞辰100周年，这是盛事。我写纪念孙犁先生的文章，其实并不恰当。如今孙犁先生远在天堂，我仍然只是他的普通读者。尽管我是土生土长的天津人，从小学到中学几乎每天都从天津日报大楼门前经过，却从来无缘得见这位文学大师。我唯一见到的作家孙犁静静仰卧在鲜花丛中，那是他的遗体告别仪式。2002年7月，热天。

告别仪式结束，人流退出吊唁大厅，远避暑热，尽快散尽。四周静寂无声，空气里弥漫着虚无般压力，令人腿沉。我无意间回头看到大厅外走廊尽头，一个孤独而抽泣不已的背影。我走过去拥抱了她——天津日报专刊部主任孙秀华。她继续颤抖着，我感到这是真正的哀伤者。

这是我唯一见到孙犁先生一次，却是他灵魂走向天堂的时刻。于是我的怀念文章肯定是不及格的。然而我还是要怀念尊者。

我是1988年3月调入中国作家协会天津分会的，当时天津作协主席正是孙犁先生，小字辈儿的我没有机会见到他。人们提及孙犁往往与《天津日报》联系起来。天津解放后，1949年

3月24日孙犁先生创办《天津日报·文艺周刊》，新中国成立初期便培养了刘绍棠、从维熙、房树民等青年作家，包括天津的阿凤、万国儒、董廼相、张知行等工人作家。记得多年前曾有业余作者兴奋地说收藏有孙犁先生墨宝，竟是"文革"后期孙犁先生恢复工作后用毛笔正楷写给他的退稿信，落款为天津日报文艺部，自然是文学大师的真迹。可见孙犁先生在广大业余作者心目中的分量。

从1949年3月创办到2013年5月，《天津日报·文艺周刊》已然持续出刊2420期。在文学并不热门的当下，它的接班者继续培养着新生代文学作者。这也是孙犁先生留给我们的重要文学遗产。

20世纪80年代，我有幸在《天津日报·文艺周刊》发表作品，不过那时孙犁先生已然退休在家了。我还在孙犁先生主编的《文艺·双月刊》多次发表小说。这份刊物也是他培养青年作家的园地，发表过铁凝小说《灶火的故事》。同时也是老作家们展示不老宝刀的阵地，有冰心奶奶的散文《紫竹林怎么样了》，还有舒群先生的小说《美女陈情》。如今《文艺·双月刊》编辑邹明、李牧歌夫妇早已仙逝。我感激他们对我的培养，怀念早已停刊的《文艺·双月刊》。

其实，我知道孙犁的名字，还是比较早的。大约在20世纪60年代中期，不知为什么家里有《新港》和《延河》两种文学杂志。我在《延河》上读到张贤亮的诗，如果我没记错的话，好像是诗人躺在稻草垛上，遥望星空。我在《新港》上读到孙犁先生的《风云初记》，这是长篇小说连载。

我读到的《风云初记》章节里，变吉哥当了八路军，行军途中驻扎小山村，战士们蒸了一锅小米饭。房东媳妇的小女孩儿感冒发烧，昏睡醒来闻到饭香，弱弱地只说出一个字："香——"

变吉哥问房东媳妇这孩子怎么啦，她怀里抱着孩子低头轻声说："发热。"

那时候我是个 10 岁的男孩儿，一下便被这生动传神的文学语言吸引了。于是我牢牢记住《风云初记》作者的名字：孙犁。从此我开始了自己的文学阅读。后来，我知道文学界有个"荷花淀派"，河北省不少青年作家比如韩映山、周洣等人都是孙犁先生的追随者。长大以后，我读了他的其他作品，比如小说《铁木前传》，文论集《文学短论》。

通过一次次阅读我看到，孙犁先生非常关注青年作家的成长，而且尽是素不相识者。比如当年陕西青年作家贾平凹、山东青年作家李贯通、部队青年作家莫言，孙犁先生读了他们的作品，然后写了评介文章。孙犁先生同样关注天津青年作者，他给袁玉兰、黄淑兰写信，鼓励她们的散文创作。

后来我成为文学从业者，更多地阅读了孙犁的散文。他的《秀露集》《晚华集》《尺泽集》《澹定集》《老荒集》《远道集》《陌巷集》以及《曲终集》等，使我受到强烈震撼——那是多么拙朴的文字啊，直入心脾。由此我认识到孙犁的散文成就。有时候我甚至这样想，当代文坛对孙犁的文学成就之评价，并未到位。尤其是孙犁后期的散文创作，被文学评论界称为"新孙犁"，理所应当受到更为充分的关注。

我没有直接与孙犁先生打过交道，这可能与我孤僻的性格有关，面对文学大师怀有自卑心理。但是，我以为有几次间接地与他打过交道。那是 20 世纪 90 年代，总有孙犁的信件寄到天津作家协会，日久成堆。看到这种情况，我便打捆装包，骑着自行车顺路交给孙秀华，由她转给住在鞍山西道的孙犁先生的邻居。我敢断定，孙犁先生不会知道这些信件是我送到天津日报社的。那时他年事已高，远离浮躁而势利的文学界，独自在家写着炉火纯青的散文随笔。去年，我在百花文艺出版社《耕堂文录十种》首发式上说出这件事情，不怕有人诟病我沽名钓誉，我只想告诉大家，对一个无权无势的老作家，应当保持基本的尊重。

后来，我随团参观孙犁先生在河北省安平县孙遥城村的故居。他屋后就是一条通往县城的土路，蜿蜒而去。我想象他在白洋淀，想象他在安新镇，想象他在北平做小职员，想象他在延安窑洞里读书，想象他在油灯下编辑"冀中一日"征文，想象他新中国成立初期在青岛养病，想象他晚年隐于闹市……

有人说孙犁先生性格冷淡。我记得读过他的诗歌《柳絮》。诗中流露的情愫，令我想起他在忆旧怀人文章里提到早年保定教会学校女生王淑。我喜欢具有真性情而不轻易流露的个性化作家，不喜欢冷漠而不断评点社会现象的宏大型作家。

我只是孙犁先生的普通读者，可惜无缘目睹他生前的风采。我没有资格评论他的作品与文学成就。如果必须让我表达敬意，我认为孙犁先生是一位风格独具的作家。在中国当代文学史里，著名作家宛若灿烂群星，耀人眼目。然而能够在这庞大星系里创立自己文学风格的作家，并不很多。我以为，孙犁先生的独特意义就在于此。如今，文学大师远行十年了，我只能说孙犁永在。

他留给我们的那些风格独到的文学作品，无疑使他能够长久地存活在读者心里。

如今，很少孙犁先生这样耐得住寂寞的作家了。他的汉白玉雕像立在天津日报大楼前，表情依然。逝者远去，我们认识他的最好方式就是阅读他的作品。我们今天纪念孙犁先生，就是对文学的尊重。因为我们已经变得不那么懂得尊重了。

我已经将孙犁的文学作品推荐给我的孩子阅读。我在十年前孙犁先生逝世时接受记者采访时说过："孙犁是一面迎风也不招展的旗帜，即使是在暴风雨来临的时候。"

今天，我仍然这样认为。

有时候想念自己

想起李景章

初写小说的时候，我认识的编辑很少。李景章呢，就是我所认识的编辑之一。这些年来，我牢牢记住了他，尽管如今是一个健忘的时代。

第一次见到景章记得是在当时的一个文友家里。偶然相见，他与我只说了几句话，纯属客套性质。后来我发表了《黑砂》，多少有了几分文名。景章从北京写信来，向我约稿。看来他还是记住了我的。当时他是《青年文学》的小说编辑。我给他回信，说如有稿子一定奉上请益。没出几天，他竟从北京来找我了。那时我在市政府所属的一个委员会里工作。下班时分景章突然出现，令我感到意外。他说下了火车连家都没回，过了解放桥直接找我来了。我受到感动，骑自行车驮着他，一路回家去了。

至今我还记得那个冬日晚上，我们穿小巷过短桥，躲避着交警。我们喝酒，他醉在我家，清醒过来就拿走了我的小说《别墅》。很快就发表了。当年，《文汇报》举办"一九八八中国文学新人"评选，我有幸入围。入围的近作就是《别墅》。当时我看不到《文汇报》。事后别人告诉我，说前八名的时候还有我。最后一榜只取五名。尽管没能当选1988年文学新人，但毕竟够风光了。这个风光，应当说是景章带给我的。是他发表了我的《别墅》。

景章是天津娃娃，考入北师大中文系。毕业留在首都。他的妻子，就是他的大学同学。后来，我将 W 君、G 君、N 君介绍给景章。这样，他在家乡就多了几位相识。

我与景章成了朋友。我还到王串场新村看望过他的父母，都是老实巴交的人。我公干北京，每次都住景章家。那时他的妻子到外地上学去了，只他一个人过日子，天天喝酒。有一次赶上他当值班编辑，第二天三校必须下厂。我与他校了整整一夜，第二天他迷迷糊糊去了印刷厂。我则躺在他家呼呼大睡。记得那期的稿子里，有傅绪文的小说《宝盖丁》。同时我也知道景章善写诗，是一个外表粗糙内心细致的男人。

后来中青社给景章分了房子，他搬了家。很长一段时间里，我与他失去联系。一天，我在教堂附近遇到闻树国兄。小闻说刘震云打听李景章在天津的近况。我这才知道景章回了天津。同时我还知道了景章已经离婚，回天津做了水产生意。我与刘震云也认识。朋友寻找朋友，我自然不能袖手。第二天一早，我骑上车子就去找他。没有地址只能凭印象去找。转了三个多小时，我也没能找到。我又到王串场市场，还是打听不到。我知道景章是个极其自尊的人。他回津多日不与我联系，肯定是觉得自己混得不好，羞见故人。我只得怏怏而归。

在我的印象里他是很爱妻子的。是不是因为他饮酒无度，妻子才离他而去呢？我从心里盼望早日见到景章。

全国青创会在北京二十一世纪饭店召开。天津代表团刚走进大厅，就有人喊我的名字，远远一看，是景章。他形象依旧，肤色黝黑，身体粗壮，脸上毫无表情。我告诉他到王串场寻他不遇的事情。他则小声嘱我，离婚的事情没有告诉天津父母。我知道他是暗示我切莫宣扬此事。当天在饭桌上，他就直言我的小说这几年毫无进步。在我所认识的人里，没有第二个能像景章这样坦诚。有时我甚至想，如果我身边能有几个景章这样的朋友，或许情况会大不相同的。

记不清是缘于一件什么小事，青创会期间我与景章发生龃龉。我永远也不会忘记他说的那句话："克凡，我已经混得够微的了，你就不要再挤兑我了。"

回津之后自我反省，我给景章写了一封道歉的信。他很快回信，说朋友之间不用客套。信中，他坚称我们是朋友。看来我与景章，绝对拥有做朋友的缘分——因为他能容忍我的暴躁。

后来，听说他在中青社附近承包了一家名叫金铃当的饭馆，生意还算红火。我总想到首都去，看看金铃当饭馆是个什么样子。终是没能去成。后来，饭馆赔钱，景章又没了踪影。去年参加黄山笔会时遇到刘震云，我问他李景章有没有复婚的可能。震云笑了笑告诉我，景章的前妻早已再婚，孩子都满地跑了。

虽然不通音讯，但是我一直没有忘记景章是我的朋友。无论景章死去还是活着，我都这样认为。

那年的10月3号，我正坐在电脑前敲字，电话响了。是我的文学同行N君。N君告诉我，今天上午，李景章死了，死在连云港。目前中国青年出版社急于找到死者在天津的家属。

我懵了，说我要冷静一下就放下了电话。放下电话之后我就觉得湿了眼角。我的孩子走过来问我为什么哭了。我说，是爸爸的一个朋友死了。你小的时候，他还到咱家来过，每次都喝得大醉。

是啊，景章的醉倒好像就在昨天。酒醒之后，他穿着一件绿大衣，背着一只蓝色尼龙提包，就匆匆走了。我知道这几年景章内心是极其苦闷的。失去家庭，下海经商屡屡赔钱，只得远走连云港谋生。他开了一个小餐馆，取名"李大秀才"饭店，虽然他在将届不惑之年穷困潦倒，却还是不甘失败，一步步朝前挣扎。据说他与一位当地女子同居，经常在夜间偷偷哭泣而从来不将内心痛苦向她倾诉。景章的自尊表现为他从来也没有忘记自己是个知识分子。我不知道这是他的悲剧还是时代的悲剧。至少我敢断定，景章客死异乡之时，内心一定是极其孤独的。这是一个独来独去的灵魂。

景章父母的住地已经拆迁。我打电话给 G 君。G 君曾在公安局工作。他立即通过户卡找寻。令我感动的是，这几位与景章生前并无深交甚至只有一面之缘的人，于文坛清冷之时，却表现出文人的可贵品格，那就是我们通常所说的责任与道义。N 君负责与北京方面联络，一天长途电话不断。他无权无势，当然要自己花钱。众志成城，两条线索在事发当天下午同时找到景章的家属，我们终于放心。当天晚上，几位平时貌合神离的文友聚在一起，共进晚餐。在当今中国文坛，我们可能都是小人物。但这是一次难得的聚会。席间，大家只字不提景章的事情，表现出情感不溢于言表的男人风格。是啊，在如今这个礼崩乐坏的时代，我们共同做了一件事情。真好啊。

夜晚回家路上，我深感自慰，觉得我们的灵魂还能够获救。我深信，李景章在天之灵正注视着我们。我们呢，也以自己的行动告诉远在天国的李景章：在人间，我们这几个人还没有变得太坏。

我说的是实话。因此，我任何时候都敢与鬼神对视。

仰望天堂

关于 1997 年的夏天，我曾经写下这样的文字记录当时的情形："我带孩子来北京治病，已经两个多月了。人到中年，我遇到了人生严重的挑战。炎热的天气里我东奔西突跑遍京城，为孩子求医问药。我完全忘记自己是一个写小说的作家，我只知道自己是一个父亲，一个身处逆境险关的父亲。有生以来，我所热衷的文学事业第一次离我如此遥远，我甚至完全忘记了她的存在。我唯一的身份就是一个父亲。"

进入秋季后，经杨志广介绍我借居北京和平里，这是高叶梅的房子。借到房子，仍然处于惴惴不安状态中。孩子病得很重，我几乎不知所措。一天，我突然动了给人写信的念头。

平时我还是有几个朋友的。我给他们写信倾诉心声，也在情理之中。可不知为什么，我在夜深人静之时所写的两封信，一封是给天津 T 先生的，一封则是给《上海文学》主编周介人。至今我也弄不明白为什么会给这两位先生尤其是 T 先生写信。关于 T 先生，我平时几乎与他毫无往来，只是十几年前他写过我的一篇评论而已。至于周介人先生，素常我与他也无更多联系。可能这是我自己认定的缘分吧。

我在这两封信里，倾诉了自己的心情。记得那天夜里是有月亮的，我被镀了一层银色。我写在纸上的文字也被天上月亮抹上了光泽。

第二天下午，我去和平里东街上的邮局寄信。我将这两封信投入邮筒之后，突然看到文学评论家雷达，然后就聊起来。就在即将分手道别时雷达不经意告诉我，上海的周介人突然查出肾癌，已经住院治疗。我惊了，继而十分后悔，周先生已在重病之中，我竟然写信打扰他，这真是罪过。

然而信件已经发出了。

至今我也没有收到 T 先生的回信，据说他活得非常健康，已然淡出文坛而步入仕途，蛮好的。T 先生对我置之不理，其实是极为正常的，因为双方本来就不是什么朋友，冒昧写信的只是我。今我感到意外的是周介人先生的回信很快就寄到我的手里。周先生在信中只字不提他的病，使人觉得他的肾癌纯属误传。他不但不提自己的病，反而对我的处境关心备至。他在信中告诉我："人生很长也很短，很平也很奇……人的一生犹如四季，春夏秋冬会有不同的感受，结出滋味不同的果实。您在最困难的时候要想到还有多少同您在一起的人，能够在心灵上感应您的人，您或许会有一丝安慰……这里有许多双眼睛关切地等待着您，这里有许多双手，如果您感到冷，随时可在这里取暖。"信中，周先生还问我经济上是不是遇到了困难。读周先生的回信我完全可以看出，他是真心实意想帮助我的，尽管他患了绝症。

周先生这封写于 1997 年 9 月 15 日的回信，给我以极大鼓舞。我在难中，愈发懂得友谊的分量。后来我才知道，他给我写信的时候病体已经很虚弱了。他在信中表现出来的深沉爱心与超人坚强，令我泪流不止。

重病之中的周先生是完全可以不给我回信的，就像心宽体胖的 T 先生那样。

然而周先生却给我回了信。我懂得了人心的分量。

后来，我与周先生通了一次电话，那是他出院回家过中秋节。他仍然只字不提自己的病情，却为我的小孩儿推荐了最新药物。我不敢多问他的病况，只能在心中默默为他祈祷。祈祷他对死神说不。

后来，我收到了周介人先生的讣告。

周介人先生病逝的时候只有 56 岁。我是从讣告里了解到他的生平的，在此之前我对他并不了解。我不敢给他的夫人打电话表示慰问。不知为什么我害怕听到她的声音。我到邮局拍了鲜花唁电，我说我真的感到心痛。

记得那年我们游览古镇同里，车过青浦时周先生轻声告诉我这里是他的故乡。如今，他返回故乡前往天堂了。他平时就很瘦弱，我想他一定是朝着天堂飞翔而去的，很轻盈，脸上还带着温和的微笑。

如今，周介人先生生前主编的那本文学期刊，仍然每期赠我，可是我从这本刊物上再也见不到他的名字了。一个优秀的编辑家就这样走了。命运有时候真的不公平。

我是个粗人，平时没有保留朋友来信的习惯，但是周介人先生的这封来信我小心翼翼保存起来，视如家珍。我认为他是我的挚友。他在人生的最后阶段所表现出来的人的高贵精神，令我终生难以忘怀。

　　我为自己能够拥有周介人先生这样的朋友，而感到莫大荣幸。

　　周介人先生的微笑，使我得以仰望天堂。

也想起罗洛先生

读诗人张洪波的《怀人随笔》，正是深夜时分。这是一组怀念文坛前辈的文章，末尾谈到已然仙逝的罗洛先生。张说当年他在《诗刊》工作有幸当过一次罗洛先生的责任编辑，遗憾无缘谋面，至今还保留着先生的一封来信和照片。读到这里我激动起来，起身下床翻箱倒柜连夜找寻罗洛先生的名片，还有那桩往事。

我早在诗集《白色花》里读过罗洛先生的诗，譬如《我知道风的方向》里面的句子"我知道风的方向，风打从冬天走向春天，我知道风的方向，我们和风正走着同一的道路啊……"印象很深。我还晓得他是著名的"胡风分子"，经历了大半生的坎坷岁月。

那是1997年4月间吧，我去上海参加周介人先生主持的《上海文学》的笔会。至今我也没有忘记周介人先生亲自接站，立在出站口朝我招手的场景。其实与会者并不多，只有五六位青年作家。那时浦东已经崛起。上海人渐渐拥有了日趋广阔的胸怀。据说，时任上海作协党组书记的徐俊西先生动了将刘醒龙和谈歌引进上海体验生活的念头，只可惜后来未能做成。我正是在这次笔会期间见到了当时的上海作家协会主席罗洛先生。

我是个缺乏见识的人，平日多与本埠粗通文墨的人士打交道，基本没有什么文化氛围。因此罗洛先生高贵的知识分子气质以及敦厚儒雅的长者风范给我留下终生难忘的印象。有时我甚至想，罗洛先生可能是我今生接触的为数不多的真正文化人了——尽管我与他只处了短短两天时间。

在中国举凡大地方的作家协会主席往往是名重一时的大作家。外地来了青年作家出来接见一下，就算是很给面子了。身处大上海的罗洛先生则完全不同。他年逾古稀却丝毫没有文坛大师的架子，总是笑眯眯的表情。我记得冰心老人描叙早年梁实秋先生也曾用"笑眯眯"来形容，令人备感亲切。

那次晚宴是在上海外滩老牌国际饭店。罗洛老人竟然出席了，这令我感到意外。席间，年富力强的叶辛先生坚守滴酒不沾的人生立场。于是难以出现对酒当歌的局面。我记得是谈歌率先起身向罗洛先生敬酒并称他为老爷子的。老爷子笑眯眯地一饮而尽。

我坐在罗洛先生一侧，也端起一盅白酒敬他。老人家照样二话不说，一饮而尽。就这样我们的豪饮开场了。我记得那天晚上刘醒龙和邓一光不在，被《收获》编辑请去吃饭了。于是几个来自北方的青年作家轮番向罗洛先生敬酒，一轮又一轮，他老人家有敬必干，从不拒绝，表现出大诗人的真正随和。我担心他饮酒过多，便故意向他请教保养身体的秘诀，他脱口说出九个字：不戒烟、不戒酒、不锻炼。听罢这"三不主义"满桌人哈哈大笑。我愈发觉得他有着儒雅的外表和放达的胸怀，真是一个可敬可爱的老人。

通过交谈我得知罗洛先生是四川人，当初"发配"边疆青海，二十多年中止写作转向自然科学研究，不声不响竟然成为生物学方面的专家。中国知识分子的坚忍与不屈，在罗洛先生身上得到充分展现。落实政策之后他担任中国大百科全书出版社副总编辑，后来还担任中国上海笔会中心书记，是一位集翻译家、出版家、评论家、领导者于一身的学者型大诗人。

酒至微醺，我向他讨要名片并且请他签名。他拿起碳素墨水笔对我说，是啊，我这么大年岁了就给你留个纪念吧。就这样我有了罗洛先生亲笔签名的名片。

晚宴之后我们去新锦江饭店顶楼的旋转餐厅饮茶。天色已晚。罗洛先生仍然一同前往。记得我们一起喝了咖啡。他对我说，你们这么年轻应当好好写作啊。我看出罗洛先生是真心关爱青年作家的，也是真心愿意跟青年作家在一起的。尤其他的恬然与达观，真的令人难忘。

罗洛先生 1998 年 9 月 12 日在上海病逝。如今，这样的大文人走一个少一个了。多年以来我一直认为自己没有资格撰写怀念老人的文章，便珍存着他生前送给我的名片。他亲笔写下的"罗洛"二字，仿佛镌刻一般。

远观近瞻温亚军

认识温亚军不是很久，大约六年时光吧。那是河北省作家协会组织的采风活动，我忝列其间。我不是获得国家文学大奖的当红作家，深知被邀请乃是河北作协与关仁山主席的特殊关照，暗暗感激河北朋友的情谊。

记得那次采风还有诗人汪国真先生。我与他相识多年，见面便谈起当年参加笔会的往事，彼此感觉很好。我知道当年有些人诟病汪国真的诗歌。其实文坛应当宽容，也不要妒忌。毕竟汪国真的诗歌曾经产生非常广泛的影响。

正是那次河北采风活动，我结识了温亚军，此前知道他是鲁迅文学奖获得者。

其实，早在十多年前，我就见过这位来自武警部队的作家。那是四川作协组织的采风活动，我们乘坐电瓶车游览成都武侯祠（也可能是草堂），中途景点停车，身旁徐坤突然叫了声"温亚军!"

我循声望去，不远处一辆电瓶车上有个五官端正的青年男子正在回应徐坤的呼唤。看来这便是传说中的鲁迅文学奖获得者了，一派目光炯炯的英武气质。

我不认识他，自然不能贸然前去寒暄，只是趁机去售货摊前买了两斤"花生米炸红辣椒"，带回天津供家人分享。如今回忆起来还要感谢温亚军的。若不是徐坤下车与他搭讪，我也不会赢得购买"花生米炸红辣椒"的时间，家人也就无此口福了。对了，当时叶广芩大姊也趁机买了"花生米炸红辣椒"。

此时写这篇文章正是机会，我郑重感谢亚军："由于您的在场，无意间促进了成都'花生米炸红辣椒'的销售，从而直接起到武警作家拉动内需的功用。这种正能量不是每个鲁迅文学奖获得者都能做到的。"

当然也要感谢徐坤女士。她的发声"温亚军！"使我得以远远瞻仰着这位武警作家——他的小说写得那么好。

时光流水。就这样到了2013年夏天。我真正结识了亚军。那次河北作协组织的采风走了好多地方，让我们大开眼界。先是易县西陵，然后夜宿青山关，游览承德外八庙，还到了北戴河海滨"鸽子窝"。

令我难忘的是参观丰宁县凤山镇郭小川先生故居。我与诗人的长子郭小林是多年未见的好友，因此参观那座面积不大的小院备感亲切。

之后参观九龙松，那真是大自然的奇迹。一株古老松树竟然生出数量众多的枝桠，几乎覆盖超过篮球场的面积。九龙松附近庙里还供奉着小黑龙的神位，这令我想起儿时"秃尾巴老李"的传说。

我之所以不厌其烦回顾当年采风景物，并非人老笔荒文章跑题，而是要说此行采风温亚军处事低调为人谦和，我几乎不记得他说过什么话。这与我的夸夸其谈相比，他的性格明显具有"贵人话语迟"的特征。

记得那次采风前往滦河源头的湿地，到达蒙古大营气温骤降，一行作家纷纷添加御寒衣裳。只有亚军身穿短袖 T 恤置身低温环境里。我不禁弱弱问道："亚军，不冷么？"

武警军官温亚军大校正色道："不冷。"

我暗自思忖，他那些年在新疆当兵，没白当，很可能给部队节省了好几件皮大衣。

这几年参加活动与亚军相遇，渐渐熟络起来，得以加深了解。其实他并非是个寡言的人，只是严格选择谈话对象而已。

外出参加文学活动，晚饭后我俩经常外出散步，一路上无话不谈，包括他曾经受到贪腐上司的挤兑，还有对文坛风气的看法。他的性格有着西北汉子刚直不阿的内涵，甚至疾恶如仇。有时我俩对某件事情看法各异，也能做到开诚布公，并不避讳不同观点。我混迹文坛时日不短，近年遇到亚军这样能够深入交谈的作家，不多。

我认识的作家朋友，彼此和睦相处，大多不谈对方作品，于是呈现君子之交的趋势。我与亚军也是淡若水的君子之交，但是情况有所不同。这两年我恢复中短篇小说写作，偶有作品发表，只要亚军见到拙作必读，然后将阅读感受反馈给我，总要具体谈谈作品的得失，有时还把我的作品推荐给有关选刊，甚至与选刊编辑讨论我的小说。这令我非常感动。因为我没有做到像他那样，如此认真阅读朋友新近发表的作品。

从这个意义上讲，我与亚军是难以相比的。我必须反思自己缺乏担当的问题，尽管如今文坛已经不大讲究人品，而是讲究品相了。

我平时说话随便，有时喜欢跟同辈作家开玩笑，以相互攻击为乐子。然而对待那些年龄小我许多的作家，我是不开玩笑的，唯恐落得为老不尊的嫌疑。

但是——我与作家温亚军是开玩笑的。尽管他小我十几岁，彼此开起玩笑很是纵情，甚至极尽讽刺挖苦之能事。

这是很好玩的事情。每逢开玩笑反击别人时，亚军语速急促，且不高声，于是他的表达我只能听懂百分之九十，这样就削弱了他的反击力度。

前几年云南采风他在酒店大厅遇到江湖术士，对方以面相测得他"刚愎自用"，于是这便成为我多次评价他的依据。

其实，他是个刚而不自用的人。我们彼此开玩笑无论多甚，那都是很放松很惬意的事情。这方面我曾有过历史教训，比如跟有的作家开玩笑，人家突然不高兴了，甚至把玩笑当真，多年对我耿耿于怀，令我难求谅解。

若从可以彼此开玩笑这方面讲，温亚军是我难得的朋友，而且属于市场稀缺型的。

就我理解而言，温亚军是个遵循现实主义传统写作的作家。他的作品关注现实生活，不曾改变文学初心。他的小说里有"我"，这是非常重要的。有"我"才有鲜明的爱憎立场与人文情怀，从而绝少温吞水。

亚军是陕西岐山县人，有着一双褐色眼睛，我怀疑他有西域匈奴血统，当然这是不可考证的。

其实也没有考证的必要，温亚军是汉语小说家，这就足够了。我还记得这位汉语小说家告诉我，饮苦荞茶可以降血糖，我已然邮购了两罐，以验证他的言论是真理还是谬误。

关于温亚军，我只能如此远观近瞻，写了这篇浮光掠影的印象记，好在我们还将继续交往下去，让我继续怀疑他有西域匈奴血统。

指　路　人

　　我学习写作的初期，只在无名小报上发表了几篇小小说，内心对文学充满敬畏，从来不敢奢望自己今生以写作为职业。那时候专业作家的称谓分量很重，它不单证明着你的写作成绩，同时还证明着你的尊贵身份。我正是在那时候认识肖文苑先生的。一个小若砂砾的业余作者能够认识一位《新港》文学月刊的大编辑，这对我来说是一件非同小可的事情。我写了两首"顺口溜"，经肖文苑先生修改发表在当时的《天津文艺》上。那时候他住在解放南路的一间临建房里，我曾经前去拜访，其目的当然是为了发表作品。在我的印象里，肖文苑先生平易近人，既是编辑又是诗人，但不擅交际。

　　后来我在工厂当技术员，偷偷学着写小说。记得一旦写出一篇小说，我就装入一只剪去一角的信封里，贴上一分五的邮票，投给肖文苑老师并附信请教，其实是谋求发表。

　　可能是我的作品写得实在太差，很长一段时间里我的作品都不能在肖文苑先生供职的《新港》月刊发表。这说明肖文苑先生是一位严师。他的严格，使得我在投稿的道路上不像别人那样一帆风顺，而是显得跌跌撞撞，一派灰头土脸的样子。如今回忆起来，我从内心里感激肖文苑先生。倘若他轻易就将我的作品发出，那么我极有可能成为后来的"文学独生子女"，弱不禁风而且自高自大。

公元1982年秋，我将一篇小小说投给了肖文苑先生，然后等待着消息。后来我才知道肖文苑其实并不主管小小说专栏。等到转年4月，这篇东西终于发表，之后居然荣幸地被《小说月报》转载。我当时的感觉是耀祖光宗了。

这件事情之后，我跟肖文苑先生见过一面，谈话内容已经忘记了。

我如果没有记错那就是1984年，我有幸参加《新港》组织的一个活动，见到一大批天津青年文学才俊，大开眼界的同时又见到了肖文苑先生。那时候我已经是工业机关干部了，心情比较苦闷，一时不知道今后的人生道路应该怎么走。尽管那时候肖文苑先生只是个普通编辑，我还是视他为师长，真心向他请教。那天下午，我们站在新华路与泰安道交口的边道上，交谈着。

我问道，肖老师我不喜欢现在的工作，您说我这个人做什么工作最合适呢？

肖文苑先生想了想，说写作。他似乎意犹未尽，重复说了一遍，你最适合的工作是写作。

我内心一惊。据我所知，肖文苑先生这样严谨的知识分子，是从来不说过头话的。尤其对我这样的无名小辈，他更不会不负责任地说出带有误导倾向的话语。然而，他却明明白白告诉我，最为适合我的工作是写作。

这就意味着他认为我能够成为专事写作的人。当今时代，写作这门行业已经没有什么价值了。然而放在文学尚未贬值的 20 世纪 80 年代，肖文苑先生对我的评价无疑具有很重的分量。时至今日我也不知道他为什么那样坦率地指出最适合我的工作是写作。然而我却知道，时至今日也没有第二个人对我如是说。因此，我牢牢记住了肖文苑先生的这句话。有时候，一句话就能改变一个人的一生。

我从事写作以来，认识了许多编辑，也见过许多作家，他们的言辞或睿智或幽默，或尖锐或风趣，统统属于过眼烟云，记不住。只有肖文苑先生对我说的那句话，令我此生难忘。他那带有明显广东口音的普通话，时时在我耳边响起。

学识渊博的肖文苑先生去年仙逝，享年 69 岁。我怀念他，他是我文学道路上第一个指路人。尤其他伸手指出我写作前景的时候，我还是那么弱小，那么没有主意。

真的，肖文苑先生是我此生难以忘怀的人。

仁者乐山

我认识关仁山是在1991年5月的全国青创会上，地点在北京二十一世纪饭店。当时天津与河北同组讨论，一个西服革履的小伙子迎面走来，神态谦和地跟我打招呼说："我是关仁山。"他可能担心我的回应冷落，主动提了几个人的名字，以此表示他是天津青年作家们的老朋友。

这是仁山给我留下的最初印象：性情温和，谈吐稳重，年轻英俊，可谓一表人才。后来，他将第一本小说集寄给我，再次使我感受到他的友善与谦和。很久以来，我的性格挺急躁的，内心却充满卑微。因此仁山的不卑不亢给我留下深刻印象。那时他生活在唐山丰南市，那里是我外祖母家。我小时候坐落在京山线上的丰南县叫胥各庄，旧称"河头"。河头就是煤河之头。煤河是李鸿章下令开挖的人工运河。因此，我知道唐山那地方开化很早。唐山人锐意求新的精神，远远超过盛产锅巴菜的天津卫。

中国人特别重视地缘观念，"乡亲"二字分量很重。对仁山我心中暗生亲切，很想跟他深入交往下去。然而不知如何深入，也就浅尝辄止了。

仁山的写作，很勤奋。20世纪90年代我不断听到他的好消息，譬如一篇小说获得《亚洲周刊》大赛总冠军，譬如频频在《人民文学》上推出新作。我远在天津似乎也能够听到他拔节抽穗的声音——从冀东大地那边传来。

我挺高兴的——尽管我没有在《亚洲周刊》获奖，尽管我没有在《人民文学》亮相，我还是替仁山感到高兴。同时，我认为他是幸运的。至今，我仍然认为他是幸运的。

第一次在天津见到仁山，应当是 20 世纪 90 年代在一个与小说有关的年会上。天津的某甲杂志和某乙杂志联合宴请与会著名作家，竟然不约而同地规定绝对不请本地作者参加，好像筷子不够。那时候的关仁山还不太著名，所以没有接到某甲杂志和某乙杂志的饭局邀请。面对这座城市文坛沾染的世俗怪癖，一贯吝啬的我竟然自掏银子请包括关仁山在内的七八位作家去宴宾楼饭庄吃了顿饭，似乎故意跟谁赌气似的。如今回忆起来觉得自己实在小家子气：人家不待见你那是人家的权利，你心理失衡跟自己较什么劲呢？

后来我跟仁山渐渐熟络起来。丰南市成立文联，他请了天津一拨人前去助兴，我忝列其中。至今我还记得早晨大家坐在丰南街边小食店吃早餐的情形，与如今豪华大酒店相比，当时的亲切与质朴令人怀念。

我外祖母的父亲王介臣先生是清末民初冀东一带的名医。那次笔会我在丰南打听他老人家的情况，事隔多年竟然有人知晓，这愈发让我感到丰南的亲切。之后我在仁山嘴里听到"稻地"啊"宣庄"啊这样儿时外祖母经常提起的地名，跟仁山的感情愈发亲切起来。

仁山第二次邀请我参加文学活动是去河北省鹿泉市的抱犊寨。我平时囿于斗室，画地为牢，这次跟随天津百花文艺出版社朋友们一路乘车情绪不错。正是这次笔会结识了乡党何申兄，也与谈歌兄成为好朋友。

然而这次笔会期间我并没有见到仁山。他好像有什么急事返回唐山去了。后来知道那是一场虚惊。

在后来的日子里，我和仁山一起去过上海参加笔会，也去过武汉参加三峡笔会。河北省作协在北京为"三驾马车"召开作品研讨会，我还在会议之外跟仁山他们吃过饭。席间我戏称自己是"赶大车的"。

仁山为人温厚。其实他也是成长于强调斗争哲学年代的"六〇后"，性格却显得有些绵软。我是在谈歌嘴里得知仁山身世的，譬如他是独子，譬如"文革"期间父亲遭受冲击，这种经历无疑影响了仁山的人生观念与处世原则，甚至影响了仁山文学作品的基本风格。

仁山是"六〇后"作家里坚持现实主义写作的青年作家，他对自己的家乡怀有强烈的情感，曾经在海滨地区挂职担任副镇长，催生了长篇小说《福镇》。20世纪90年代他的"雪莲湾系列"小说，有的被改编成话剧，也有的被改编为电视剧，还有被改编为广播剧获得了"五个一"工程奖。仁山终于在河北省成为成就突出的青年作家。

有一件事情令我难忘。大约十年前我带着大病初愈的晓雨去内蒙古赤峰市参加公安系统的笔会。草原上气候变化很大，一次雨后降温晚间阴冷。我身为人父解下外衣给晓雨。一旁的仁山毫不犹豫地脱下自己的棉毛衫和棉毛裤让小雨穿上御寒。我极受感动。我与仁山的兄弟情谊，就这样在心里扎了根。

早在晓雨患病期间，仁山夫妇表现出极大爱心。他的妻子刘英质朴热情，那乡情给我们全家留下深刻印象。

与仁山相识多年，我坚信他的好人品。我印象里他没有说过谁的坏话，更没有过什么怨艾。我知道他在成长道路上曾经遇到许多波折，却总是不言不语承受着。有人诟病他的小说，也不见他有过激反应，继续一门心思写作着。

仁山小我十岁，却经常关照我。使我这个生活在"文学洼地"的普通作者感到温暖。我深知，活在如今这种功利社会里，我既无文学资源也无官场权势，其实对他是没有什么"利用价值"的。因此，我相信仁山对我的友谊是纯净的，他是真心希望我好的。有时候我出了新书他表示祝贺，我相信那是发自真心的。

据说，人品不端的作家也能写出好作品，尽管人格行为与人格理想不相吻合。然而我还是倾向好人品写出好作品的。我以为仁山就是这样的作家，因此他写出许多好作品。当然，仁山可能不属于才华横溢的作家，却是脚踏实地专心写作的作家。我读他的小说，总是能够看到他的一颗文学之心。

其实仁山很有才华，能写能画，内敛而内秀。我收藏了他的一大串紫色葡萄，还有两幅字儿。我们天津作协的几位司机师傅都有他写的字。提起河北作协关主席，一致称赞好人品。

是的，仁山当选河北作协主席之后，没添什么毛病。去年春天我去了一趟石家庄，他仍然是老样子。尽管身边工作人员口口声声"关主席"，我觉得他还是当年的关仁山，为人谦和，举止得体，绝对没有丝毫官场习气。有的作家当了官甚至即将当官就原形毕露了，自私自利，绝不成全别人。仁山当了作协主席，抱以公心。他主持成立了河北作协影视文学创作委员会，大力开展工作。虽然身份变了，依然不忘"众人拾柴火焰高"的道理，仁山真是一个明白人。

处江湖以远，做一个明白人，容易。居庙堂之高，做一个明白人就难了。我看着仁山依然故我的样子，越来越厚而不是越来越薄，心里为他感到高兴。

仁者乐山。我以为山就是一堆巨大的石头。仁山的家乡唐山有山，如今身居省会石家庄依然有山。这是多么符合逻辑的事情啊。这些年，我与仁山见面机会很少，甚至电话也不多。然而一旦想起他，无论什么季节我心里都感觉踏实。这就是仁山给我带来的快乐和吉祥。

这是《张艺谋的作业》

在我的印象里，张艺谋是不会写书的，他不是不会写，他是不愿写。他认为自己是拍电影的，影像表达才是本职工作。至于写书，他谦逊地认为那是作家的事情。那两年因电影《山楂树之恋》剧本，经常与他接触，感觉他对作家是尊重的，不像某些影视导演那样拿着作家当牲口使唤，而且还是没有生育能力的骡子。

然而，张艺谋还是出书了，取名《张艺谋的作业》。收到新书我立即读了，知道这是张艺谋口述，方希撰文。方希是"七○后"，属于就城麻辣型才女，我在张艺谋工作室与她曾有一面之雅，后来也读过她的博客，被她的文字吓住了。不是有句"口蜜腹剑"的成语嘛，我看方希女士是"腹蜜口剑"。那份文字杀害力，不是寻常老爷儿们能够扛得住的。即使写张艺谋这种人物，方希文风依然，生生把张艺谋写成了艺谋张。这活儿，干得相当别致。

《张艺谋的作业》这本书，张艺谋作了自序。这也是极为少见的事情，因为我知道他挨骂多年，从来不曾回嘴，这次却主动说话了。对我这个读者来说，想起"哑巴说话"的民间俗语。

张艺谋在自序里说："2010年底，要拍《金陵十三钗》，将在南京待半年多。出发前几天，我都在整理东西，意外发现几十年前拍的照片。正巧两位作家肖克凡、周晓枫在，便拿给他们看，不免感叹一番。不料两位作家更为感慨，建议我干脆为这些照片出本书。"

我不由想起那个冬夜，在工作室张艺谋拿出当年当工人时拍摄的照片，还有码放整齐的一沓沓底片。我和晓枫被这一幅幅照片震动了。晓枫年轻，连连赞叹当年张艺谋超前的艺术视觉。同样有着工厂经历的我，则颇有感同身受的触动。

四十年前，插队知青张艺谋从农村选调咸阳市国棉八厂，成为一名青年工人。他身负家庭出身不好的压力，却迷上摄影，攒钱买一台相机是当时的梦想。他的工资从一级工36块，涨到二级工40块零2角，每月积攒10块钱，就这样攒了三年多，还是不够买相机的钱。适逢工厂组织献血，他去了。献了血工厂给营养补助金20元，他把这份营养补到相机上，加上母亲的赞助，终于凑成186块6角，买了一台海鸥4型双镜头反光相机，又添了几块钱买了中黄滤色镜。

张艺谋就这样开始了。他回忆说："我端着相机在渭河边转悠，心里想着摄影前辈薛子江的话，用眼睛发现美，心里感觉那个不一样，我不正向大师看齐吗，搞创作吗？"

我之所以感同身受，因为40年前我在工厂也怀有梦想，那就是偷偷学习写作。人在逆境中的梦想，永远是记忆里的黄金，无论什么时候都不会贬值。

当年的青工张艺谋学摄影，同样是黄金般的梦想。然而在文化荒漠年代里，学摄影不是容易的事儿。学摄影不光要摆弄相机，还要有理论基础。张艺谋借了摄影理论的书，看了必须还。他没辙，却深信"眼过千遍不如手过一遍"的古训，硬是一本本把书抄下来。

去年那个冬夜，我在张艺谋工作室看到他当年的抄写，已然泛黄的纸上，字体横平竖直，工工整整，规规矩矩。他就这样抄了三年，足有几十万字。

如今，张艺谋成了国际大导演，他将这些"古董"展示给我们看的时候，那表情却像个大孩子。是的，这些当年的照片当年的文字，记载着青工张艺谋当年的梦想，然而如今他却坦白地说："人是要有梦想的，不过我也要想，什么是梦想。我总觉得，梦想是很入世的、很具体、很现实的，梦想是你在某一个生存阶段，可以做点什么改善自己的状况，梦想是最切实的想法，它不能在天边，因为那无法作用和影响你的行为。"这就是张艺谋对梦想的实实在在的解释，一点儿也不矫情。

方希在这本书里，详细记载了人生不同阶段的张艺谋的梦想与挫折，比如当年他因为给文化部部长写信被"特招"入学以及大二那年几乎被"劝退"的传奇经历，以及他在北京电影学院读书是怎么"夹着尾巴做人的"，还有北电毕业分配到广西电影厂，心情悲愤拍摄《一个和八个》的故事，我认为方希向我们转述了一个真实的张艺谋，张艺谋恰恰因为对梦想的世俗解释而愈发真实起来。

不知为什么，人们普遍认为张艺谋是农民，其实，他父亲毕业于黄埔军校，母亲是皮肤科医生，他生于典型的知识分子家庭，却多年被公众误读。他觉得被认为是农民也没什么不好，毕竟他当过几年知青嘛，那应当就是农民。

其实，我并不真正了解张艺谋，读了《张艺谋的作业》，却觉得我可以对他做出几分判断：他从来没有真正满足过自己，他从来没有主动辩解过自己，他从来没有出位炫耀过自己，他从来没有切实快乐过自己，他从来没有刻意伪装过自己……尽管他在我心目中已然初步拥有光辉形象，我还是从中品味出几分旁人难以发现的东西，这可能正是他与众不同的地方。

你可以去骂张艺谋，因为他确实拍过被公众诟病的"烂片"，但我还是认为他是一个真实的普通人。如今，在这个普通的时代做一个普通的人太容易了，做一个真实人却颇具高难度，起码要空中转体三周半。我从《张艺谋的作业》这本书里，再次看到这个真实的人。因为，才女方希果然调准了真实的焦距，啪地一下就把张艺谋拍成一个张艺谋。

我在阿谀方希的同时，也谄媚了张艺谋以及他的人品——但愿不是这样。请看看《张艺谋的作业》吧，这至少是一份真实的记载，我以为没有弄虚作假。

第五辑

我的寻常生活

愿我们依然保持当年启航的信念，

朝着前面驶去。

淘书者说

打从有了周六旧书市场，我的淘书活动便有了规律。首先是文庙，后来增加了南开文化宫。南开文化宫早先曾是军阀李纯的祠堂，如今院落依然宽敞。文庙和南开文化宫平日里也有书摊儿，只是每逢周六规模最大。我的淘书活动，也以周六为主。当然，我希望还有周七。

从前天津没有固定的旧书市场，我的淘书活动主要围绕在马路两旁的书摊儿，基本属于游击队性质，没准儿，打的全是"遭遇战"。有时一连几日，骑着车子天天遇到旧书摊儿，就暴饮暴食；有时一连串的日子过去了，大街两侧全然不见书贩子身影，这好比往死里饿你。淘书之徒的悲惨命运正是如此。其实呢，这种人生的被动状态恰恰体现了淘书的乐趣。我以为沿着地摊儿淘书绝不同于走进书店买书。书店里买书好比机械行为，高雅而呆板。地摊儿淘书呢颇有回归大自然的感觉。淘书，它使人想起小时候爬树摘枣、田头逮蛐蛐、小河沟里摸鱼……我终于懂得了沙中淘金的含义。一个淘字最传神。倘若将沙中淘金改为沙中寻金或沙中找金，那就没劲了。

我的淘书初期没有经验，地摊儿上一旦见到喜爱之书，往往耳热心跳，目光迷离，其特征与发情者极为相似。书贩子多精啊，一看你这份德性，张口就要高价。记得我那次在地摊上见到70年代群众出版社的《日特祸华史》正是这样。因此，淘书初期我花了不少冤枉钱。后来我渐渐有了经验，喜不形于色，书贩子便不大宰我了。我与书贩子的斗智斗勇从此进入新的阶段。

淘书的内容挺丰富的，譬如说补缺。我手里有人民文学出版社20世纪80年代出版的《静静的顿河》，可惜缺少第三册。其实书店里有《静静的顿河》，只是不拆售。于是多年以来我也没有凑齐，总觉得这个问题必须解决。因此每逢淘书之时，我心里便想着那条流淌在俄罗斯境内的大河，脚步也是轻轻的，那神情分明就是一个探寻地雷的工兵。可多少年过去了，我却距离那位名叫肖洛霍夫的苏联作家越来越远，尽管我与他是同姓而异国的本家叔侄。于是寻找空缺的第三册，成了我的一块心病。

终于，有一天我接到一个书贩子电话，他说他知道我是干什么的，因此要收购我家里的旧杂志。我对他的要求毫无兴趣，当头便问他手里有没有人民文学出版社80年代版的《静静的顿河》第三册。对方想了想，说有。我不禁连声说好，立即约定了成交时间和地点。

我按时赴约，终于拿到了多年求之而不得的第三册《静静的顿河》，喜不自禁。我忘了付账转身就走，书贩子喊住我，说给钱呀。我问多少，对方说十五元。我知道这个数目当年足以购买全套《静静的顿河》了。没办法，为了却一桩心事，我只得如数结账。

回到家里，我立即打开书柜，将新近加盟的第三册放入空缺已久的位置，这条静静流淌的俄罗斯大河一下就完整了，上游中游下游，无一空缺。我高兴万分，当晚还破例喝了一盅白酒，那心情真好像是娶了媳妇一般。

我淘书的另一大乐趣，那就是跟书贩子讨价还价了。其实生活之中我并非精雕细刻之人，平时购物，也很豪爽。可淘书之时我却总在价格上斤斤计较，即使遇到心仪久矣的好书，仍然乐此不疲。那次在文庙的书摊儿上见到南宋周密的《武林旧事》，心儿乱跳。当年我写作长篇小说《尴尬英雄》急于了解宋时菜谱，正是找朋友借阅此书而获益匪浅的。此时面对如此好书，书贩子开口只要五元钱，我硬是以三元成交而且心中窃喜，好像捡了狗头金似的。我想我并不在乎几元钱。以极小面额的钞票而购取极大价值的书籍，这也属于淘书者追求的心理业绩吧。当然，有时遇到原则性极强的书贩子，我只得灰头土脸屈从于人家的价格，那次购买民国版本的《尺牍》和《中国教案史》，就是如此。我虽讨价不成，可付款之后抱起心爱之书，转身便走，然后找一个没人的地方，偷着乐。是啊，淘书者没有失败之说，你得到的永远是收获的快乐。

周六去淘书，就是为了寻找一本书。她的最大魅力就在于你其实并不知道自己究竟寻找一本什么书。这很像我们生活本身。寻找的过程就是价值所在。当你找到她的时候，正是价值的终极。

你在生活中寻找一个人，那是很劳神的，往往引来意外烦恼，令你始料不及。你在生活中寻找一本书则不同了，尽管费神却往往得到无穷乐趣。

书，是君子。人呢，未必皆君子。

梦里梦外

很久以来我都不曾有梦了。清晨醒来对一夜睡眠作一个小结，总是觉得毫无业绩可言，显得特别空洞。转念一想，能够拥有如此太平无事的睡眠，也算是一派祥和了。不禁窃喜。真应了时下京城的一句熟语：没事儿偷着乐。

我这个人就是浅薄得很，一有什么得意之事便要流露出来的，似乎毫无城府。前几天我遇到一个老朋友，就将自己长期无梦的情况说给他听。老朋友听罢大惊失色，连连啧啧摇头。我就以为自己的长期无梦取得了轰动效应。自从文学失却轰动效应以来，作家确实处于不冷不热的状态。

出我意料的是这位老朋友用致悼词的口吻说，你完啦你完啦。你穷得已经连梦都没有了。一个从事写作的男人怎么能没有梦呢？这真是太可怕啦。

听他这么一讲，我的窃喜心理顿时烟消云散，感到问题严重了。

是啊，写作多年我怎么堕落成为一个无梦之人呢？

老朋友见我情绪低落下来，立即安慰我说，其实梦有两种，一种是醒来能够记起的，一种是醒来记不起的，你显然属于后者。

无论前者还是后者，反正我失去了梦境。其实那也是一个无比博大的世界啊。甚至远远大于我们的现实世界。

我感到失落。

只有在这种时候，我才感到梦境的可贵。此时，我切肤地感到梦想之于人类是多么不可或缺啊。我甚至认为打从孩童时代，我就是靠着梦想一天天长大成人的。

于是，我偏激起来，认为一夜大睡而全无梦幻乃是人生的一种麻木状态。白日的麻木状态加上夜间的麻木状态，我真称得上是一位全天候麻木者了。

我开始在心中祈求梦境。是不是我对现实生活已经非常满足了，才不再有梦啦？是不是我已经对未来无所希冀和向往啦？是不是我认为梦境只是现实生活之不满足的可怜补充，便放弃了这种自我慰藉？我不得而知。我希望自己能够重新拥有梦境。

盼望梦境的心情几乎是一种不安的期待。这真是印证了存在主义哲学的那句名言："过程具有意义。"等待梦境的过程之中，我特意查了查辞典，知道了做梦是"睡眠中大脑里的抑制过程不彻底，在意识中呈现种种幻象"。能够聊以自慰的是，我的期待梦境的心情，其实本身就是一个白日梦。于是，梦的含义终于有了扩展。

一天夜里，我终于有了梦！清晨醒来我对这个梦境的内容记得异常清楚。如果以电影来比喻，我的这个梦无疑是一部黑白片。在梦中，我重新回到大学时代，依旧住在学生宿舍里。我睡上铺，下铺是小屠。小屠是个优秀的学生。说是明天就要考试了，考高等数学。我慌了，告诉小屠这个学期的高等数学我根本没去听课，小屠宽厚地笑了笑。我只得向他求救，说明天考试我从头到尾都得抄他的卷子，否则我肯定零分儿。小屠还是宽厚地笑了笑。

这是一个主题明显的梦——我陷入了考试之前的困境之中。醒来之后，不知道为什么我竟然体味到一种快感。这是困境之中的快感。这也是走出困境之后的欣悦。

事情到此并没有结束。后来，这个梦竟然成了我的保留剧目，在短短的不到半年的时间里，这个梦我又重复做了三次，而且绝对原版，就如同今天的电视台重播一部当年的老电影。

这令我感到震惊。我将这个奇怪的现象讲给我的那位老朋友。人的梦还能重播？他也觉得不可思议。

看来人的梦是能够像电视剧一样重播的。我知道这个重复出现的梦境一定是要暗示着我的某种焦灼心态。还有一个令我不解的问题就是我从未梦见进入考场，每次都是考试前夜我躺在宿舍里惴惴不安的情景。

我希望自己能够换一个梦境——从内容到形式统统更新。

一连串的日子过去了。我无梦。春天来了，许许多多作家都在文章里将春天比喻为勤奋的季节。其实春天往往使人懒洋洋的。我正是在这样一个懒洋洋的春季里做了一个梦。当然又是重播。明天考高等数学，我肯定要得零分儿，我向睡在下铺的小屠的求救，等等。

与以往完全不同的是，这个梦境在长度有所延伸，朝着连续剧的规模发展——似乎出现了第二集。

第二集的场景详。只记得我坐在洒满阳光的窗前，心情颇为安稳。临近中午时分我抬头看了看墙上的钟表，啊地大叫一声。今天上午 8 点钟考高等数学呀！这是我要考的最后一门功课，过了这一关我就永远不再面临考试了。可是，已经中午 12 点钟了，一切都已经晚了。

醒来，我躺在床上静静品味着这个已经生出了尾巴的梦，试图从第二集里品咂出几分新意。我开始分析剧情：我是在中午时分突然想起早晨 8 点钟的那场十分重要的高等数学考试的。如此重要的考试竟然遭到忘却，这足以说明在我内心深处隐藏着多么强烈的逃逸心理。无论结局如何，反正我躲过了这一次考试。看来，我在梦中的角色已经由一个考试前夜惴惴不安的大学生变成一个闲坐窗前心情安稳的大闲人。

剧中角色的思想内涵出现了深化的倾向。

过了几天，我猛然想到这样一个问题：在梦中，我是不是存心装成忘记考试的样子，一派悠闲地坐在窗前，临近 12 点钟的时候故意大叫一声以表示自己确实忘记了那场考试？

我开始拷问自己。

如果我在梦中果然伪装得如此逼真并且蒙混过关，那么我真是一位狡猾的大师了。无论是梦境还是现实，这都很可怕。

这时我听到一个声音似乎是从旷野传来，声声洪亮字字入耳：你可不要忘啦，后边还有补考等着你呢。

我哈哈大笑。无论是梦里还是梦外，这一次我笑得明明白白。

思念米兰

那时候我是一个机关干部。不知什么缘故，机关大楼里兴起了养花的热潮。楼道里的窗台成了百花园，一派郁郁葱葱。后来我才知道，这里的花草大多是机关下属企业赠送的，虽然不乏谄媚之意，但或多或少体现了"美化机关人人有责"的方针。于是我受到全民绿化的感召，也想栽上一盆略表寸心。我是一个无职无权的小公务员，自然没人送花给我。我就去花卉市场买了一株米兰。抱着米兰走进机关大门，我的自费绿化活动就这样开始了。那是1985年秋天，我已经学作小说了。

应当说这是一株少年米兰。然而她的年龄正合我意。将少年培养成人，这个过程具有无穷乐趣。工作虽忙，我还是时时关心米兰的成长。一天下属公司的一位通讯员看见我在楼道里为米兰喷水，就告诉我这株米兰属于优良品种，开花极香且不易退化。听了方家的评价我非常高兴，就盼望米兰早日开花。这时候的米兰，无言看着我。

久而久之，我与米兰有了感情。至今我还记得她的样子。体型不算出众，但挺拔而修长，随我。有一股勃勃向上并且急于证明自身价值的劲头，稍显几分冒失。这也正是我当时心境的写照。因此，我总觉得这株米兰乃是我投在地上的身影。记得当时我已经读了几本弗洛依德，自我诊断这种情愫与恋物情结无关。其实她只是我当时的情感寄托罢了。冬天的时候，楼道里气温不高，我便担心她会夭折。天冷了人要加衣防寒。花呢？花没有衣裳。这是毫无办法的事情。嘉木自有天相。春天来临的时候，米兰活转过来了。

渐渐进入盛夏，米兰终于露出小小的花蕾——那一颗颗细小的黄色米粒。我知道米兰已成青年。开花的时候她果然不同凡响，那香气扑面而来，勇猛有余而含蓄不足。我知道，这米兰平生首次开花，必然奋不顾身，全然不谙世故，虽然情真意切却显得咄咄逼人。正因如此，她才显得分外可爱。从这株花开花落的米兰身上，我也懂得了几分人生的道理。

或许因为人生道理懂得过多，自我意识在心底渐渐苏醒。便开始有了所谓痛苦。于是我换了一个环境，调到市政府下属的一个委员会里工作。记得调动之际正是隆冬，那株不耐寒冷的米兰难以挪动，仍然留在原处。就这样我与米兰，劳燕分飞。

新的工作单位，我办公的房间狭小而终年不见阳光。我后来把这个罕见的房间写进一篇小说里并将其比喻为潜水艇。在这种环境里工作有害身心，我也就不想延请米兰到此定居。我与米兰，就这样两地生活着。

我回到原单位看望米兰，她总是枝繁叶茂的样子，意气风发。该开花的时候必然开花，暗香浮动，绝不轻易罢休。这种情形，更使我坚信米兰品种的优良。殊不知在我调离之后，邵大姐和老杜同志立即成为无名的园丁，专心照料着这株一时失去主人的米兰。花开季节，邵大姐还专门买来"育花灵"，精心养护。花落季节，老杜同志更是不忘剪枝修顶。他们的行为，使我深受感动。于是我将这株米兰放在原来的单位，迟迟没有挪动。

后来，我离开"潜水艇"，搬进一间宽敞明亮的大房间里办公。环境变好了，我就想起了米兰。一天下午我找了一辆汽车将米兰接到身边。这时的米兰在邵大姐和老杜同志的呵护之下，长势极好。这就是人们通常所说的善良环境。

我在新的工作环境里，继续与米兰为伴。这时我再次感到身边有了可心的朋友。那时候我的写作正在爬坡，白天在机关里上班，回家伏案熬夜。我的米兰与我的文字，共同生长着。一起工作的几位青年同事，并不知道这株米兰对我来说意味着什么。在他们眼里这只是一株普通植物而已。后来我进入了文坛。米兰依然默默开花，似乎成熟了几分。

我终于调到一个文学机构里去了。那时候我功名心切急着写作，一时忘记了米兰而将她留在那间虽然宽大却未必温暖的大房间里。大约一个月之后我去搬迁米兰，一进门就惊呆了。昔日生机勃勃的米兰，此时已然枝叶枯槁。我不言不语看着她，心中充满对人类的失望。这株无辜的米兰，就在她的主人调离此处的三十多天里，经历了一个漫长的旱季。其实这里并不缺水，办公室里的同志们整天都在悠哉喝着香茶。我无话可说，立即动手剪枝浇水，做着最后抢救。这时我蓦然明白了，我犯了一个不可饶恕的错误，那就是我忘记了这个世界上除了撒哈拉大沙漠，还有更为严重的"心灵旱区"。它虽然龟裂万顷却又无影无形，使人类成为冷漠的动物。

我抱着米兰走出那间"心灵旱区"，骑着车子将她驮到附近的一个熟人家里。我要争时间抢速度，救活这株米兰。

米兰的悲惨遭遇使我不得不承认，自己为人处世的失败。因为这个世界上不可能处处都有邵大姐和老杜同志那样的热爱植物的好心人。

后来我的那个熟人打电话给我，用治丧的语气告诉我那株米兰已经死了。从此，我再也不去那间"心灵旱区"了。对我来说那里就是一个恶梦。

如今我仍然居住在中国北方这座因缺水而著名的大城市里。前几年夏天，我又在街上见到叫卖米兰的花农。物去人非，我也过了不惑之年，激情不再。这时我仿佛听到一个温暖的声音说，再养一株米兰吧。此时我的心情也变得平和，就掏钱买了一盆，抱回家去。我知道，这是我对那株死去的米兰的怀念。

享受尴尬

自打做了文学这行营生，我从来不敢斗胆以作家自居。我习惯于称自己为作者。光阴似箭，这么多年过来了，我依然还在写作。很少去考虑自己究竟是属于"家"呢？还是属于"者"呢？当然，评定职称的时候还是希望晋级的。人总是难免怀有市俗的奢望。

关于这种心情其实与那年外出参加了一次笔会有关。返程路经南京，我与一位山东作家去会议主办单位设在这座大城市里的办事处领取火车票。走进办公室，我俩说明是来取票的。记得我当时的表情，很是谦恭。

负责订票的先生伸出目光审视着我俩，突然问道："你们这么年轻就乘坐软卧呀，到底是什么级别？"此公说话南方口音，听起来非常尖刻。

与我同行的那位山东作家郑重答道："我是一级作家，享受正教授待遇。"说罢就要掏出工作证，自愿验明正身。对方只得默然。

我则缩在一旁，不敢言语。我怕人家一眼就看出我是一个赝品。就这样，我内心享受了一次尴尬的滋味。

从此我愈发觉得作家这个字眼，是轻易动用不得的。如果这是一个清洁的世界，那么她应当由德高望重的大师所拥有。如果这个世界变得肮脏起来，那么她只得归极少数文学寡头垄断才是，别人不得随意动用。关于作家签名售书，我也大多是从报纸上读到的。譬如说×××作家于×年×月×日在×处签名售书。之后，该作家就写一篇文章登在报纸上记叙此事。内容无外乎签名售书之时，购书者众已达到人满为患的地步。读了这些文章，我非常羡慕那些颇受读者拥戴的主流派旗帜作家。羡慕之余，就更加崇拜了。

但是，我从未做过签名售书的美梦。因为我知道，我若是怀有签名售书之梦想，显然是不自量力的。

可是有那么一天，签名售书的机会一下子就出现在我的面前。

这天黄昏时分，我接到一个电话。本市一所颇有名气的大学的学生会，要在校园里举办一次签名售书活动，结果选中了我。同时我也得知，之所以选中了我，并不是因为我写得好，而是由于文学院的推荐。人家文学院重点推荐，这所大学的学生会也就不便将我作为退货打回了。

我开始思想斗争。想一想自己所读过的那些关于作家签名售书的文章，没有一篇是记叙作家如何失败的。千篇一律都是大获全胜。常听人说文学的生命是真诚。那些大获全胜的作家，不会是写文章骗我吧？于是我就答应了那所大学的学生会干部的邀请。

学生会的干部对我说，肖老师，签名售书那天，您打算带多少册书去呢？

我鼓了鼓勇气，想说带五十册去。学生会干部说，您带二百册吧。听了这个数字，我一阵眩晕。

我认为这是一个天文数字。人，其实大多具有好大喜功的天性。尽管我对二百册这个数字很是怀疑，但还是照办了。

签名售书的前一天晚上，我坐在桌前手握钢笔练习写字。我已经改用电脑写作了，久不写字手法便显得十分生疏。正读初中的儿子见我练习写字觉得十分奇怪，就问我。我不好意思说这是签名售书的彩排。我就对儿子说，练习写字有益健康。

是的，文学的生命是真诚。

签名售书那天，我不好意思找作家协会要车。于是文学院派了一辆红色桑塔纳将那二百册书送到大学校园。看着这辆红车，我以为是吉兆。有广告词云：拥有桑塔纳，走遍天下都不怕。

那我就没得可怕了。难道还怕这二百册书被大学生抢购一空不成？可是心里还是非常紧张的。

签名售书的现场设在一个高台儿上。这里地处要冲，是大学生们中午走向食堂的必经之路。我在此打坐，立即体验到守株待兔这句成语的意境。我的头顶之上，已然扯出一幅横标：《黑色部落》作者签名售书。这条标语深得吾心，称我为作者而不是作家。至今我也不清楚是不是因为这条会标没有"炒我"才使我处境不妙的。反正在开始签名售书的时候，我迟迟不能开张。大学生们将我的书摊围得密不透风，但就是没人掏钱来买。我只得故作镇定。

这种难堪的时刻，一秒长于百年。

看客之中还是有人道主义者的。一位中年男子一定是看我身处逆境，顿生恻隐之心，他打破僵局掏钱买了我的中篇小说集。我终于开张了。我在《黑色部落》的扉页上给他写道：写小说与读小说，其实都是在寻求生活的多种可能性。

他留给我一张名片。我看到他是一位从事陶瓷研究的博士。

在这位博士的带动下，大学生们开始买书了。我就一一为这些衣食父母们签名。中间一遇冷场，我就故作镇定。

电台的一位记者来现场采访了我。她问我："如果没人买你的书，你是不是觉得很尴尬？"我想了想，说人生如果就是一个尴尬的过程，那么尴尬一时与尴尬一世又有什么区别呢？

记者同志走了。我的生意愈发冷清。这时我心里反省道："天啊，我宁可尴尬一世，也不愿意尴尬这一时啦。"但是有一点我敢保证，本人始终处于被围观的状态之中。只是购书者寡，经济效益不高罢了。

我带去的那二百册书，只卖出很少一部分。于是我有了表现豪爽的机会。大笔一挥开始签名送书。当然，是送给学生会那些可爱的学生干部们。之后我没有立即逃走，又到一间会议室里去与那些文学爱好者座谈。发言的时候，我仍在心中告诫自己，一定要洁身自好，别在这里号称作家。我果然做到了这一点，心中一派清凉。

这就是我有生以来的首次签名售书活动纪实。我不知道今后还有没有这种场合，等待我去"练摊儿"。就在我大败而归的第二天，我的一个熟人给我打电话，说他的一个熟人目睹了我在大学校园里的尴尬处境，心里很是难过。听了这话，我就在电话里说了一声谢谢。除此之外，我还能说些什么呢？

真的，我充分享受了尴尬。

好在我还有勇气写这篇文章。好在我身上还保持着那种一贯的自嘲意识。这可能是 20 世纪末，我的最后一笔精神财富了。

关于稿费

平生首次得到稿费，是一首小诗《创造》，人民币三元。我买了一只烧鸡，吃了。从那时候我就知道文学是一项美好的事业，至少有烧鸡可吃。这并不亚于苏联人民的土豆烧牛肉。于是我坚持写作至今。

记得在郑州的《百花园》月刊上发了一篇小小说，稿费二十元。那时我的眼睛开始近视，就用这笔稿费配了一副眼镜。这副眼镜我用了十几年。那一年与林希先生一起参加《中国作家》的沙家浜笔会。晚上我去天津站购票。掏出眼镜去看墙上的时刻表。啪！掉在地上摔得粉碎——《百花园》发给我的眼镜终于完了。

第一次收到海外汇来的稿费，处于无知状态。收到一张外汇领取通知单，上面印着中国银行的地址。我去了，递上通知单。银行小姐问我取什么外汇。我说不知道。她又问我外汇是从哪里寄来的。我仍然说不知道。银行小姐一定认为我是弱智，就不再发问。我终于体味到刘姥姥的滋味。

后来才弄明白，美国加州大学比较文学系郑树森教授主编的《八十年代大陆中国小说选》，收入我的短篇小说《白羊》。因此才有了这笔从天而降的稿费。收入此书的还有苏童、叶兆言、格非以及杨争光、查建英、谢友鄞等十余位作家。有一次我在天津见到苏童，得知集子里的中篇小说与短篇小说稿费一视同仁，就窃喜，以为自己占了便宜。后来见到叶兆言，谈起这本书。兆言笑着告诉我，当时他与苏童曾打算找对方要版税，经过计算才发现那将是一笔小得可怜的数目，于是哈哈大笑作罢。这就叫人算不如天算。

在本地的报刊发表作品，稿费往往不经过邮局，有时候作者自己到报刊会计那里去领。我所遇到的编辑都是好人，总是替我将稿费领到手里，省去作者许多麻烦。也有时来不及替我领取，编辑掏自己的腰包垫付，就是不愿误了我的稿费。这种编辑与作者的关系，是很好的朋友。有这样的编辑，报纸也提高了自己的声誉，赢得了作者的心。

有时刊物通过银行寄稿费，作者就受罪了。偌大一个银行，钞票如潮，流来淌去的。为了领取一笔小钱，楼上楼下跑来跑去，很像一只在大象阵容里穿行的小老鼠。据说有的作家"写而优则仕"成了一方码头的文学权贵，万般琐事皆有下人伺候，就另当别论了。我说的只是像我这样的无权无势的普通作者。

前几年我在本市一家文学杂志上发了一篇散文。半年之后，不见稿费消息。我天生财迷，就到那家刊物的会计屋里询问。会计是一个目光向上的小伙子，沉着面孔带搭不理。等他打完扑克，才极不情愿地打开抽屉，寻找我那张旷日已久的稿费单。当时我想，如果我不来查找，这笔稿费会是怎样一个下落呢？很难说。文化单位真的成了文化沙漠。领到稿费之后，我感觉自己分明是一个前来领取救济款的灾民。为了避免此类遭遇重演，我再也不给那家文学杂志写稿子了。

一次给北京一家文学杂志写中篇小说。稿费寄来，那数目明显不符最低标准。我不好意思写信询问，只得认头吃亏。这就是死要面子活受罪的典型表现。

那年取到一笔稿费，那数目真的能买许多烧鸡。我将钱装在兜子里，骑车回家。路过一家饭馆，走出一位先生与我打招呼。停下车子细看，乃是本市一位老作家的公子。他请我走进他的饭馆，聊兴很浓。其间我顾左右而言他，显得心不在焉。对方惊异起来，不明白为何我谈兴不佳。只有我自己心里清楚，是为兜子里的那笔稿费担心。于是，我起身告辞，拎着兜子骑上车，匆匆回家交柜去了。

有一次，本市一位大型杂志的主编告诉我，调整稿费了。每千字达到数百元。我听了非常振奋，同时也产生出只有股民才拥有的心理：切勿仓促入市，等新的稿费标准实行了，我再将稿子"抛出"，以获大利。可见，我已经是个颇有经济头脑的作者了。

近来听说堪称本市"第一编剧"的 G 君半年时间就赚了近百万稿费，还买了辆好车。我心中很为他感到高兴。劳动光荣，写作致富，应当是生活的正常逻辑。清苦的日子渐渐过去，凭写作而不是凭特权吃饭的作家，心里永远踏实。

关于稿费的诸种现象，我想也是时代生活的一缕折光吧。

旅中杂记

与鼠为伴

我不愿意提及那家宾馆的芳名是怕坏了它的生意。公允地说这家位于九江市郊的宾馆还是蛮不错的，尤其是房间客厅里为旅人备下的那一竹筒绿茶，令人难忘。我于归途之中的船上发现与我同行的上司的茶叶盒里装满了这种茶叶，才知道他比我更热爱这种东西——趁退房之机下手纳为己有。此公向往美好使人起敬。

房间很讲究：大客厅里铺着墨绿色地毯，卫生间每日更换一应用品，空调机使人忘记了伏天溽热；除了软床另备有竹床；除了沙发另备有竹椅……可谓无微不至。我得意，就作高等华人状，抱怨餐厅离居室太远——吃饱饭踱回房间就又饿了。江南的水，化食甚速。

是来参加一个十分重要的全国性会议。会议重要得使我全然忘记了白天遇到过什么干扰，印象颇深的却是入夜。我在夜间最清醒。

房间很大，我的床临近空调机，全是深秋的感觉。我上司的床离我很远，处于春境之中。凡与上司出差我都见困难就上见方便就让，换来一个太太平平的处境。

关灯之后，静了一会儿，房间里有了响动，玻璃茶几一颤一颤的，好像是有什么东西在走动。

我问："什么东西？"其实我是自问。

上司没搭理我。他可能已梦入家园。

天色大亮，我们起床去吃早饭。我又问上司，他茫然。看来他在夜里是个比较麻木的人。

总是要有夜晚的。我在那个据说当年周瑜操练水军的湖里游了泳，回到房间洗了澡就上床酝酿做一个美梦。

失眠。与我形成鲜明对照的是上司如雷的鼾声。我当然不敢提出抗议来，任声波蹂躏。

又有了那种响动——震得茶几一颤一颤的，时起时伏。我终于想弄个明白了。

趁着上司熟睡我便无须向他请示了，就伸手捻亮床头台灯，屋中的景物就凝固了一个瞬间。

七八只动物，儿猫一样大小，不紧不慢走动着，渐渐远我而去，钻入客厅。

硕鼠！只见它们浑身皮毛油亮，很健康的样子，走动起来显出几分不甚灵活的拙态，近乎从容。就在我捻亮台灯的一霎时，一只硕鼠居然抬头与我对视。这是有生以来我与人类之外的眸子的唯一目光相遇。我被那目光彻底打败了。

几天来我们始终与硕鼠们共屋而居。

这个发现令我久久不能平静：从来没有见过如此雄赳赳气昂

昂的大鼠。清晨，我见上司已从美梦中归来，就报告了夜间发生的事情。

他极镇定：看看咬坏了咱们的东西没有？

我遵命，首先去看放在床下的那只手提包。我出差有一个坏习惯——爱将提包放在床下。

床下墨绿色的地毯上摆着我那只十分普通的黑色人造革手提包，就是工人们上下班常用的那种大众化样式的，如今已少见了。

手提包没出什么大问题，只是侧面拉锁下边被咬出了一个窟窿，硕鼠的齿痕十分真实地留在上边，说明着它的锐利。

提包侧面拉锁里装着差旅费和粮票。

我十分惊慌地打开拉锁。天！老鼠的齿痕已经咬到了人民币的边缘，处于似啃非啃之间。如果硕鼠多一次错动牙齿，那一叠人民币便开始遭难了。多亏我当时捻亮了台灯。

我向上司汇报："没出大问题。"

我再一次描述那些鼠的巨大。

上司说："你去买一个新手提包吧。"

又是夜晚，我早早上床等着硕鼠们的到来。我的上司开始"坚壁清野"，将所有的用品都转移到床上，与他一起安眠。

我耐心等着。不知何时我睡着了，天亮之后才醒，也不知夜间硕鼠们是否来了。

至今我也说不清楚。我猜想是来了，因为它们本来就同我们住在同一宾馆或同一房间。

我上街找了个南方口音的皮匠，补好了手提包侧面的那个窟窿，耗资三角。

皮匠问我窟窿之来历，我说妙不可言。

如今新潮迭起，我依然提着那只手提包登堂入室奔走于社会上，谋着生，一点儿虚荣心都没有了。我早已离开那位上司了，却忘不了那一次的旅伴——硕鼠。今安在哉？

住了半宿招待所

调到大机关工作之前我是工厂技术员，一年总要外出几次。由于夫妻两地生活被人们称为"准光棍"。我妻子在石油部物探局下属一家工厂，它坐落在华北平原的青纱帐中，若在公路上远远望它，总觉得它比我还要孤独。

这一次外出是与我单位的一位材料员同行，去河北省的一个县和一个市，了解器材与设备情况。这位材料员本来是个工人，因头脑机敏口才出众才成为材料员的。我与他同行，一路上很是愉快。

我们到达了那个县，已是晚上8点多钟。正是隆冬，我俩在雪地上走，他兴致高涨。我问他住什么地方。他说先吃饱了再说。就进了一家临街的简易小饭铺。先迎上来老板娘，笑得似一朵菊花："上炕上炕。"

我被这邀请上炕的声音吓了一跳，以为遇见了操持贱业的下处。抬眼向深处望去，就笑了。果然，屋内是一条大炕，很长。炕上，一拉溜摆着几个小炕桌，有人正在吃喝。我的同伴是个出差的老手，已脱鞋盘腿坐在炕上，说吃饱了不想家，小肖你快脱鞋呀。

盘腿坐在小桌前，喝着一种叫"半亩泉"的白酒，屁股就热乎起来，油生归家之感。

不知为什么这顿饭我吃得并不欢畅。

住在城关一家旅馆里。四个床位的房间我俩包了下来。清晨，他躺在被窝里高叫"服务员快来续煤呀"，果然就来了一个小伙子往炉子里添了一块蜂窝煤。等炉火旺了，他才起床。

他说这家旅馆是县城里最好的旅馆。之后他又说："今天抓紧办事情，下午咱们就奔徐水，怎么样？"

我问去徐水干什么呀，又没有任务。

他说去看看你老婆，这叫公私兼顾，你真傻。

我一下子就认定这材料员是个好人。

就去了。我们是傍晚下的火车，离我妻子的工厂还有二十多里。吉人自有天相，我们搭上了一辆卡车，到了工厂大门口。

我们就直奔单身宿舍楼。我的出现，使妻子惊喜万分。她忙忙乎乎为我们操持着晚饭。

妻子住单身宿舍，同屋是一位年轻的姑娘，据说是个干部子弟。干部子弟中不懂事体的人不多。

我们刚刚吃罢晚饭，那姑娘就从别处回来了，与我们简单打了个招呼，就做出要歇息的样子——明天还要抓革命促生产。

我知趣站起："咱们去住厂招待所吧。"

妻子说："是啊是啊是啊。"

她领着我俩走出楼道。我的旅伴说："我是让你来团聚的，去住什么厂招待所？"

我说可惜没有团聚的条件呀，单身宿舍里那位姑娘怎么办？

这家工厂的招待所很特别，由一中年女人主持，她却无论黑夜白天都在家里办公，是客人太少的缘故吧，反正她不在岗似成法定。

我们十分曲折地找到那位中年女人的家，主人已经睡下。我妻子隔着门说："有两个人要住招待所，劳您起床吧。"

主人似乎已经适应了这种时常有人夜半叫门的生活，很快出了门，十分曲折地领我们去了招待所。只有那么两三间房子，全空着。她打开一间："睡吧。"就打算扬长而去。

我问："什么时候交住宿费？"

她想了想，说："算了吧。走时别忘了碰上锁就行。"果然便扬长而去了。

妻子将我们安顿妥当，颇含深情地看了我一眼，也扬长而去了。我的旅伴躺到床上，说："不收住宿费的招待所，少有少有！她八成是嫌收钱呀开票呀怪麻烦的，就发扬了一次共产主义风格。"

我很快就钻进被窝，准备睡了。

我们的材料员起身出去了。

我从暖瓶中倒了一杯水，凭水温我断定这开水是一个月以前为客人备下的，超前的好客。

这真是个"朴实"且"潇洒"的招待所。于是，一切缺欠都被"不收住宿费"给抵消了。

不知过了多久，我的旅伴回来了。进门他就嚷嚷："起床起床起床！"

我说："你这是半夜鸡叫呀？"

他说："起床——找你媳妇睡去吧！"

我当然不敢贸然前去——因为同屋另有一位姑娘。就向这位材料员问个周详。

他说："你去就是啦！保证只有你媳妇一人。"

我就离开这只住了半宿的招待所，曲折地在黑夜中走着，找我媳妇去了。

果然屋中只有妻子一人，正冲我笑。

原来她和同屋的那位姑娘正要休息，我们的材料员就敲门进来聊天儿了。他聊兴大发，像是发了洪水，全然不顾姑娘连环式的哈欠。

终于，那姑娘抱起被子说："我去别屋睡了。"

那姑娘走后，我们的材料员哈哈大笑："毛主席的论持久战就是英明伟大！我赢啦。"

于是我也就只住了半宿招待所。

第二天我去招待所给他送早饭，这老兄正躺在被窝里哼哼京剧呢，还是一段青衣。

他说："这招待所虽然不收住宿费，下次我也不来了，这一夜我屁股都冻了！"

我说："你是个伟大的人道主义者。"

他说："评价过高。吃五谷杂粮呗。"

误入高层会议室

人活在世上，难免落入尴尬境地。然而尴尬又往往因人而异，你觉得尴尬的事情，他可能会毫不介意。尽管这样，尴尬仍然是人生的普遍窘境。这种窘境，使人觉得无所适从，傻笑着或苦笑着站在人生单行道上，进退两难。记忆里，还是颇有那么几次尴尬的经历，令我难忘。我总认为生活中人们走入尴尬的原因往往是由于误入模糊境地，因此自我价值与非我世界产生了不和谐共振。这种尴尬，有时表现为喜剧，有时表现为悲喜交加。颇有几分人生况味。尴尬境地的自我解脱法，我认为首推自嘲。自嘲也是一种境界。

20世纪80年代初，我调入一个局的机关工作刚刚几天，处长就通知我下午两点到对面那座老楼的会议室开会。我就按时去了。我知道开会的时候，只有大人物才拥有姗姗来迟的权利，小人物们必须早早到会。我是一个标准的小人物，大约1点40分的样子，我就到会了。

会议室里空无一人。从小我姥姥就教育我，要眼里有活儿。因此走进会议室我立即去拎桌子上那一只只暖瓶，可惜都已经打满了开水。东顾西盼，看来是无所作为了，我选了一个角落，坐下等着开会。这时候，我又觉得应当去一趟厕所，这样才能全身心投入会议。我就去了厕所。厕所很讲究。

当我回到会议室的时候，宽大的沙发上已经坐了一位长者。见我走进来，这位满头银发的长者抬起深邃的目光，看了我一眼。我本能地朝他微微一笑，然后就坐在刚才选中的那个位置上。

他又抬头看了我一眼，目光里充满了疑问。在他眼里，我肯定是一个陌生的面孔。

我拿出本子和钢笔，准备开会。

会议室里的沙发渐渐坐满了人。我数了数，已有十二个人。

这时候我才发现，这是一间高雅古典的会议室。坐在这间高雅古典的会议室里的，也都是一些具有超凡脱俗气质的人们：有的凝眸思考，有的翻阅着文件，有的闭目养神，有的微笑端坐。我肃然起敬，脑海一片空白。就这样，我忘记了自己的存在。

一个令人敬仰的声音说，开会吧。我仍然无动于衷。

总觉得会议室里的气氛有些异样。我初到机关工作，当然不知道此时应当是个什么气氛，更不知道此时的气氛异常是由于我这个异型的存在。这时，角落里站起一个中年男子。他步履稳健缓缓走到我身旁，声音很是和蔼："你是哪个处的？"

我立即回答了他的提问。

他又说："是谁让你到这里来的？"

我说："是我的处长要我 2 点钟到这里开会的。"

他摇了摇头说："你知道这是什么会议吗？"

我固守着说："我的处长没有告诉我这是个什么会议。"这时候我渐渐觉出，这个会议此时正是由于我的在场而不能按时召开。

中年男子为了让我尽快离去，十分平静地对我说："告诉你吧，这里是局常委扩大会。"

我顿时明白，坐在这里的除了书记就是局长，一位位都是级别很高的大干部。我快步窜出会议室，心中尴尬不已：我误入异地还赖着不走，干扰了领导们的会议。

事后，我知道那位和蔼的中年男子是我们局的党办主任。每每在食堂里见到他，我也总是远远绕开。无地自容似的。

后来，我参加了一个企业整顿工作组，与那位党办主任一起下厂蹲点。跟他在一起，渐渐熟了。一天中午，我终于跟他提起了那一次的尴尬。

他表情很是茫然："是吗？我怎么不记得呢。"之后他又补充了一句："这种会议我参加得太多了。"

令我尴尬久矣的事情，对方竟然毫无记忆。我终于明白，人与人的窘境，各不相同。弱者的尴尬，往往来自内心世界的压力。这种压力又往往是自己制造的。想到这些，我倒是应当真正为自己感到尴尬了。

居家日志

初冬季节，我家便迁入新的居住小区，这很利于晓雨养病，同时颇有几分隐居的感觉。我的朋友并不很多，知道我迁居的人也就更少了，因此几乎无人登门造访。我于忐忑之中享受到几分安宁。

一天，门铃终于响了。我感到意外，急忙前去开门。

门外站着三个少女，一个手里拿着一个本子，做出随时准备记录的样子，一个怀里抱着一束紫色玫瑰，表情颇有几分局促，为首的一个朝我微微一笑，说是为地震灾区人民献爱心来了。

在此之前我知道张北地区发生了地震，也就大体猜出她们的来意。

为首的少女说为了向地震灾区献爱心，她们前来募捐，至于捐多捐少，全凭自愿。我随口问她们是哪个学校的学生。为首的少女随即报出校名，并掏出一个学生证给我看，好像是一个什么职业中专。这时候我发现，这三位少女都是红扑扑的脸色，显然是来自农村的考生，就从心里认为她们很有出息。

如今农村里的孩子们，很多人已经不念书了。

我捐了十元钱。那个手持本子的少女请我签上名字。我觉得捐十元人民币根本算不上什么善举，就摇了摇手说不签名了。为首的少女说代表灾区人民谢谢您云云，然后递给我一支紫色玫瑰。我没有谢绝，就将这支瘦小的绢花接在手里。

三位少女上楼募捐去了。

大约过了一个小时，我和晓雨外出散步。走到一个僻静的地方，看到一群女孩子聚在一起，鬼鬼祟祟数着钞票，其中就有到我家募捐的那三个女孩儿。看到我们走来，他们神色紧张，立即避开了。

晓雨对我说，爸爸，咱们一定是上当啦。我默然无语。

第二天，本埠一家颇有影响的晚报刊出消息，说有人自称为地震灾区募款进入示范小区行骗，望广大居民提高警惕。读罢这则迟来的消息，我又看到摆在桌上的那支紫色的玫瑰。

真不知道应当如何对待这朵假花。

过了几天，我发现晓雨将这朵玫瑰与其他绢花一起，插在花瓶里。孩子并没有迁怒于花朵而表现出一种宽大的心理，尽管它是骗子的玫瑰。

孩子长大了，懂得了区分。身为人父我甚感欣慰。

最令我揪心的就是我捐出的那十元钱，我真想告诉那几个女孩子，千万不要用它去购买通往地狱的车票啊。

过了几天，吃过晚饭发现家里进了蝙蝠。我毫无这方面的经验，束手无策。之后只得戴上手套，一只接一只将蝙蝠扔到窗外。大汗淋漓，心情很是紧张。第二天我到文学院说起此事，一向寡言的田院长说："好事情！"

从此我才有了关于蝙蝠的初步知识。蝙蝠为"禄"。就中国的仕文化而言，蝙蝠表示入仕的吉兆。布衣如我者，宅中竟有数只蝙蝠扑入，实乃好事一桩。可是，蝙蝠入室之后，我的"仕途"并无起色。每月俸禄依旧。迄今担任过的最高职务仍然是少先队大队委。但我毕竟增长了关于蝙蝠的知识。

后来搬住顶楼，阳台上又来过一次蝙蝠。隔着玻璃望着那只蠕动不已的小小动物，我对"禄"的理解，已然深刻了许多。自古以来，蝙蝠的含义，不知鼓励了多少文人走向科举。如今科举废矣，仕途依在。就如同蝙蝠依然漫天飞翔，未必尽解人意。

从此，蝙蝠再未光临舍下。却来了一只小鸟。

初夏的一个清晨，我被晓雨轻声唤醒，他告诉我家里来了一只小鸟。果然，一只麻雀正在东突西撞：从小屋飞进大屋，又从大屋飞进小屋。急欲突围的样子。

至今我也不知道这只小鸟究竟是怎样进入居室的。显然这是一只幼鸟，对人类并不了解。我与晓雨稍事商量，就动手逮鸟。目的当然是为了让它重返蓝天。在小鸟面前，人类显出了天性的笨拙。我与晓雨闪转腾挪可谓手段用尽，小鸟依然在屋里飞来飞去，难以捕捉。

晓雨异常焦虑地唉了一声："小鸟你怎么不明白呢？我逮你是为了放你出去啊！"

童心童口吐童言。我笑了起来。晓雨毕竟是个孩子，思维很是幼稚。小鸟怎么会明白人类的心思呢？就在此时，我蓦然止住笑声。是啊，人类与鸟类，几乎是永远无法沟通的——甚至永远生活在彼此的误解之中。晓雨奋力捉鸟，恰恰是为了放鸟。然而给小鸟带来的却是充满敌意的惊恐。小鸟因此而拼命扑腾——为了摆脱人类的戕害。

小鸟与急欲放鸟的晓雨，永远是一个悖论。

这时，我终于想起儿时在小人书里看到的精通鸟语的孩子。这一定是人类渴望与大自然沟通而塑造出来的理想形象。多少年了，我们付出了一次次沉重的代价才换得一句名言："动物是人类的朋友。"

我们终于愿意与动物做朋友的时候，我们的朋友的数量却在急剧减少。于是，人类开始显得孤独。

我们的心灵什么时候才能听懂小鸟的话语呢？

当我和晓雨奋力将小鸟捉到的时候，小鸟已筋疲力尽。我敢断定当它落入我掌中的时候，依然不会明白我的居心。

天气很热，我在放它飞还蓝天之前，给它身上喷了水。小鸟为之一振。我站在阳台上挥手一送，小鸟便朝着远方飞去了。就在这最后的时刻，小鸟与我，依然处于巨大的误解之中。

当人与人渴望沟通而又难以沟通的时候，请听懂小鸟的歌唱。

这也是人类漫漫道路上的一个朴素的理想。

有时候想念自己

有时候写完篇小说，恍惚间感觉写了篇回忆录或者是个人口述史。这使我切实体验到文学写作的魔力——我在虚构世界里展现了真实生活。

有时候我意识到，一个作家要有自己真实的人生经历，同时更要有"不真实"的人生经历，或者说虚构的人生经历，这个虚构的人生经历与真实的人生经历相混合，久而久之成为文学意义的"真实"。

那么所谓"不真实"的人生经历从何而来呢？无外乎有两种可能吧。首先，身为写作者积累的人生经历当然是真实的。然而，这些生活积累随着时光推移，在内心深处被重复着，一次次进入"精神发酵"过程，这个过程作家本人可能难以察觉（生活中你有时以为某件事情不曾经历，那不是你的忘却而是某件事情被你内心改写，于是出现"陌生效应"）。简单说，你将自己的真实经历不断发酵蒸馏，从而出现变形，变形成为文学记忆的"人生往事"，这是作家的独有本领或本能。就人事档案而言，你的履历已经被改造得不真实了，然而却极大地丰富了你的人生。

再者就是将他人的生活经历存驻自己心中，久经内心"魔化"演化为自身"人生经历"。于是乎，这两条途径为你提供着丰富且真假难辨的"人生经历"。我们写作可能需要的正是这种"文学往事"吧？我认为只有这样，写作者才可能进入更为自由更为广阔的写作天地。

是啊，把别人的故事讲给别人听，别人却以为你在讲自己的故事。把自己的故事讲给自己听，自己却以为在听别人的故事。所谓文学写作就是从真实到虚假，再从虚假到真实的过程。这个过程其实是作家精神化过程：所谓从"看山是山，看水是水"，到"看山不是山，看水不是水"，最终抵达"看山是山，看水是水"的境界。

就这样，我体验到文学写作的动力来自虚构的世界，文学作品的魅力有着虚构的本质特征。写作使我能够获得多种多样的人生角色体验，使我拥有了我爱的人和爱我的人，并且跟他们亲密无间。

我从事写作很多年了。有时我挺想念自己的，我是说想念20世纪80年代的自己。那时我还年轻，那时我对小说文本探索尚抱几分热情，其实是对社会人生思考尚怀几分执着。我记得写过曾经某些颇有想法的小说，如今回忆起来似乎怀念初恋味道。那时候，确实是我的"文学初恋"，因爱而炽热如火。我希望自己的小说具有更多审美元素以及多重层面意义，譬如小说人物不是平面化的，小说情节走向与人物真相不甚确定，小说允许遵循文学时间而不是物理时间发展，小说的终局存在多种解读的可能……后来呢我越写越结实，煞有介事讲起缺乏弹性变形的故事，出现说书人的趋势。这可能跟我喜欢北方曲艺有关。那些才子佳人的命运具有模式化特征，譬如因果报应和善恶轮回。王宝钏女士十八年寒窑，只能做十八天皇后娘娘；杨玉环女士也只能吊死梨花树，而不是迎客松或者苹果树，好像苹果树只属于洋人牛顿。我们生活中迎客松是迎宾的不是送客的。可是在小说里未必是这样。小说里迎客松下可能是虚情假意的朋友依依惜别的地方。

所以，小说谓之小说而不是谓之大说。我仍然坚持写作，似乎是出于对从前的自己的想念吧。想念自己绝不是自恋情结，反而是在践行自我批评的精神。我目前的写作可能基于对早年写作的回望，这本身也属于继续实践自己的文学初心。

我写小说曾经使用双线结构。这是早年学会的小说方法，如今手艺既生疏又笨拙。如今面对生活同质化的常态，我再次回顾走过的文学道路。

是啊，生活处于常态，有时会让我们粗枝大叶地走过大地，有时会使我们忧心忡忡地仰望天空。前者会让你错过了山，错过了水，错过了人生大好风光。后者殊途同归。我们处于真实与虚构之间，我们站在历史与未来的交叉点上。作家周晓枫说过"我们虚构是为了更加靠近真实"。诚哉斯言。于是，我们在文学世界里相逢，尽管文学世界里同样充满各种各样的错过，同样暗藏各式各样的变化。唯独不曾错过的就是你曾经拥有的时光，因为它已经凝固在你的履历里，那里的人物永远伴随着你。

有缘未必千里来相会。有情人未必终成眷属。所以，我们的生活还要继续实践下去，而且是终身任务。所以，有时候可以想念自己，为了不错过山，不错过水，不错过人生大好风光，你真的不应当忘记自己。

第六辑

我的桑梓故里

找到故乡，就是胜利。

娘娘宫与娃娃大哥

天津方言里的"娃娃"跟西北方言里的"娃娃"不同。西北的"娃娃"指小孩儿，生动形象，经久耐用。天津的"娃娃"不是寻常意义的小孩儿。天津的娃娃是一块"泥巴"。关于这块泥巴的由来我们必须从头说起。

宋朝末年出生于福建莆田的女子林默，"生而神异，有殊相，能知人祸福，拯人急难"，她只活了27岁即升天成为海神。浙闽粤诸省的沿海渔民奉她为"天妃"，港澳台地区则供她为"妈祖"。元代南粮北运一度改走海路，来自中国南方的船队千里迢迢驶进大沽口，进入"海津镇"。那时的天津已是大码头，由此转运漕粮前往元大都，就是关汉卿居住的那座城市。古代海运风险很大，人们便乞求神灵保佑。几经风险的水手们纷纷传说，夜航突遇狂风巨浪，海天一方随即升起一盏盏红灯，这是妈祖前来救难了。因此，船家们便在天津海河两岸建立庙宇，以谢神恩。建于1316年的坐落在大直沽的天妃宫被称为"东庙"，多年之后为八国联军战火所毁。建于1326年的坐落在小直沽的天妃宫被称为"西庙"，幸免于难保存下来，也就是今日古文化街上的"娘娘宫"。后来，康熙皇帝敕封林默为"天后"。历史上的"天津皇会"俗称"天后回娘家",可谓盛况空前。

事情总是要起变化的。原本保佑船夫渔民航海安全的妈祖,落户三岔河口之后受到天津民众的顶礼膜拜,同时增加豆浆哥哥和王三奶奶一系列本埠神灵,天后宫内涵扩而大之,有了"送子娘娘"的神灵。于是,前往天后宫上香跪拜祈祷一帆风顺的赤脚船老大,逐渐演化为发心许愿乞求生儿育女的花袄小媳妇。这正是天津本埠文化与外来神灵的融溶。天后宫这座庙宇的主题,也似乎得到悄然演化,更加贴近了天津市民百姓的心理要求。

既然天后宫里供奉了"送子娘娘","娃娃"便应运而生,并且形成天津卫独有的"拴娃娃"习俗。这种世俗的求子方式十分有趣。娘娘宫大殿的供案上摆着一堆泥娃娃。前来求子的小媳妇跪拜祈祷,并且掏钱捐了香火。此时道士闭目击磬,以示祝福。小媳妇趁机伸手拿个泥娃娃,揣进怀里转身便去,然后掏出一根红绒绳儿将泥娃娃拴住,以防走失。

翌年喜得贵子,拴来的泥娃娃便是"大哥",新生婴儿则排行在二,是弟弟。从此往后随着弟弟的成长,年年都要将"娃娃大哥"送到天后宫附近的娃娃铺去"洗"。所谓"洗娃娃"就是花钱从娃娃铺里换个新的"娃娃大哥"回来。天长日久年年洗,娃娃大哥长大成人,身穿长袍马褂,蓄起胡须变成大伯子,逢年过节全家供奉。久而久之娃娃大哥甚至被"洗"成老太爷——享受着儿孙满堂的天伦之乐。一直到弟弟老终,娃娃大哥才被家人厚葬升天。那年头天津卫四世同堂的家庭里不乏百岁高龄的"娃娃大哥"。

由于家里供奉着"娃娃大哥",当时天津大街上两位素不相识的男子拱手行礼，必然互称"二爷"。因为大爷乃是蹲在家里供案上的"娃娃大哥"。天津卫的爷儿们若与外埠老客儿嚼呛起来，也总爱挑起大拇哥自称"天津卫娃娃"，这并不是将自己比喻为一块儿泥巴，只是炫耀城里人的身份而已。

如今，天后娘娘的香火依然旺盛，只是大殿供案上没了"娃娃大哥"。无论娃娃大哥何时回家，他那憨态可掬的形象已经深深留在了天津人的记忆中。

寻找一个名叫固镇的地方

2004年是天津建城六百周年。去年夏天，天津文学院作家们骑自行车沿大运河南路采风，历时三天抵达沧州。在泊头参观建于永乐四年的清真寺，它同样具有六百年历史，与天津城同龄。我们强烈感受到大运河沿岸的文化传承和风土人情，长了不少见识。今年夏季我们又组织作家们骑车沿运河北路采风，走武清过宝坻感受潞河文化，收获很大。

金秋九月，我们动身前往安徽采风，主题是文化寻根。天津作家为什么到安徽寻根呢？这还要从头说起。

天津口音与周边地区毫不搭界，既不同于近邻的北京，也与鲁方言关系不大，环视四方，还是难觅母语源流。天津话以其强烈的个性，给人奇峰突起的感觉，仿佛"飞来峰"从天而降，却又不知峰来自何方。因此被称为"天津方言岛"。其实类似现象还有杭州话，由于弱宋南渡带来中原方言，渐渐形成了有别于周边地区的杭州口音。可天津方言来自哪里呢？不大清楚。我们只知道明朝有燕王扫北。后来燕王率兵南下夺了侄儿建文帝王位，即明成祖朱棣。天津，乃是天子渡河的地方。天津口音，无疑来自移民。中国北方普遍有"洪洞县大槐树"之说，恰恰印证了当年的大迁徙。

十几年前，我从一篇文章里得知，天津史志工作者曾在20世纪70年代为了寻找天津方言源头，来到皖北宿州凤阳一带踏勘，通过多日艰苦的田野调查终于在淮河以北一个名叫固镇的地方找到了与天津话极为近似的方言，于是颇为振奋。天津方言之"母地"，初步锁定于此。

我是谁？我从哪里来？这是人类共同的追问。因此当年我牢牢记住了固镇这个地名。只要打开安徽省地图，便可以看到固镇坐落在蚌埠以北的浍河北岸，无疑是个小地方。然而，小地方往往蕴含着大内容。历史正是这样，可以将大的变小，也可以将小的变大。譬如古楼兰，譬如新深圳。

文学有时候应当成为一场行动。适逢天津建城六百周年，我们决定前往安徽固镇寻找"天津话"。在蚌埠便得知固镇如今升格为固镇市。为了深入民间采风，当即决定先去王庄花生大集市，零距离接触原汁原味的固镇方言。天不作美，大雨不止，弄得王庄集市空无人影，只得直抵固镇市。一路驱车观察地貌，感觉这里很像天津周边地区，譬如沧州。

固镇的街景很新，难以辨识当年模样，也没了旧时茶摊。如果说经济全球化对固镇尚未形成明显影响，那么经济"全国化"无疑成了这里的主要风景。别的城市有的，这里都有，餐馆、歌厅、网吧、美容店、音像屋以及足疗和保健品。中国村镇的城市化进程，可见一斑。然而，我们前来寻找的是一种方言。

固镇大街上，我看到一块"二子快餐"的招牌，好似他乡遇故知。因为天津话里普遍存在"子字结构"，也管排行在二的男孩儿叫"二子"。固镇的"二子"是什么意思呢，一时问不明白。随后与固镇有关人士座谈，我竟然有些失望。他们讲的固镇话，似乎跟天津话尚存几分距离。据我所知，当年天津史志工作者来到固镇与一摆茶摊老汉对话，彼此口音几乎完全相同。莫非多年推行普通话，既改变了天津口音，也改变了固镇口音？

既然是千里采风，那就无话不谈了。我与固镇市委宣传部部长陈文化先生谈天说地论古道今，渐渐融合起来。中午饭桌上，先端上一条"熬鲫鱼"，然后端上一盘近似"煎焖子"的煎粉引起众人惊喜，好像天津二月二"龙抬头"的习俗。关于吃鱼，天津人管鲤鱼叫"拐子"，当地人则叫"鲤鱼拐子"，天津话作了省略。

闲谈之中我竟然从陈部长嘴里听到"死面卷子"一词。这活脱脱是天津话啊！于是愈聊愈多愈聊愈近，聊得没了距离。从固镇烹饪重味（咸）重色（汁）重香料（花椒大料），不叫粥叫稀饭，不叫红薯叫山芋，一直聊到闺女出门子娘家陪送的"桶子灯"的习俗。我发现，两地词语有的趋于相同（管油条叫"油果子"），有的完全一致（管朝前走叫"照直走"）。天津称开洼里的村落高地为"台子"（譬如侯台子、蔡台子、王台子），固镇亦然。天津老话儿称餐饮业为"勤行"，固镇也是如此。漂浮多年的天津方言岛，似乎渐渐找到了它的大陆。我在固镇的总体感觉是——到处都是我们的人。

在固镇寻找有关史料，没有，寻找与天津有关的传说，也没有。当地乡亲对六百年前先人北上天津之事，并不重视。而我们天津人对自己究竟来自何方，也不以为意。这就是历史的"断环"现象。回首往事，三十年前蚌埠白酒（如今改名皖酒）风靡天津独占鳌头，其实恰恰暗示了隐含于两地之间的亲缘关系（固镇人称三连间的民居为"一明两暗"，增加两间面积则称为"明三暗五"，跟天津完全一样）。如今经济时代，效益第一，两地关系之研究因不为显学而无人用功，那断环恐怕难以连接了。其实固镇倘若打出这一张"亲情牌"，也不乏发展经济之策略。

往返采风路上，我们在蚌埠大街上看到几处"天津饺子馆"的招牌，很是惊奇。全国各地挂天津包子铺招牌的，自然不少，却只有蚌埠一带高高挂着天津饺子馆的招牌，这是为什么呢？我揣测，这现象正是悠久绵长的历史积淀所致。六百年前凤阳府的军民们北上落户直沽，渐渐将天津饺子传回安徽故里，而那时天津包子还没出世呢。由此看来，天津饺子是天津包子的曾祖父，辈分颇高。后来我得知，两地饺子的别名均为"扁食"，这很有几分古典含义。还有，两地百姓都爱吃油炸徽子。

我们告别固镇跨过浍河前往朱元璋先生的老家凤阳采风，路经集市看到有小推车挂着"天津大小麻花"的招牌沿街叫卖，倍感亲切。然而大家一致认为，一路采风与天津话最为近似的方言，还是首推固镇。这就是固镇非同寻常的意义。

我们采风进入固镇时，天公降雨将她洗得颇为清爽。我们告别离开固镇时，天色晴朗艳阳初见。我以为这不是离开固镇，而是从固镇出发。

这就是文化的传承。从固镇出发，无论先人还是后人。

有关固镇采风的文章发表之后，很快我便收到一封读者来信，署名刘本建，工作单位是安徽省宿县地区电信局。从业以来多次收到读者来信，主要是因为小说。最近还收到山东荣成和四川巴中读者来信，还是因为小说。小说出于虚构。这一封宿州来信却不同以往，全是真事与虚构无关。

刘本建读者的来信，字体娟秀文理严谨叙述流畅，字里行间突出了一个关键词：固镇。对我而言，固镇象征着一种关系，即大陆与岛。我因此而感到亲近，尽管四周有时候是默默海水。

刘本建读者告诉我，他（她）是地道固镇人，在该地区工作了四十多年。关于固镇方言区域应当以浍河流域为主线，南不过淮河，北不过陇海铁路，西不过蒙城、涡阳、永城，东不过泗县、五河。倘若寻觅更为正宗的固镇口音，则在永城、涡阳以东，五河以西，怀远东北，灵璧以南。从地图上我看到该方言区域以浍河为纽带，横跨九个县涉及两个省，很广大的。浍河发源于河南省境内，上游为东沙河。东沙河流域有夏邑县，这里乃孔子原籍。浍河上游包括曹操故乡亳州。浍河还流经当年淮海战役总前委指挥部的旧址——临涣。看来，我们寻根还是应当以固镇市为圆心，不离浍河两岸。

我们在固镇市采风即得知，字典里"浍"读"kuài"，但当地百姓从来都读"huì"。浍河流域面积一万多平方公里，人口三百多万。三百多万老百姓一起读别字，将"快河"叫成"会河"，就是不改嘴。刘本建读者在信中感慨道，这种现象不知语言学家作何感想。

刘本建来信包含颇多信息。适逢天津建城六百年，我只能重点辑录几点，以飨读者。

固镇解放前属于宿县管辖，当地老人们还称宿县为"南宿州"，与"北徐州"相对而言。解放后属于灵璧县（就是著名灵璧石产地）一个镇。1965 年，把宿县的湖沟区、任桥区，把灵璧县的宗店、濠城，把五河县的西刘集，把怀远县的曹老集、新马桥区划归固镇而成立固镇县。它是安徽全省唯一的无山之县。

从历史人文方面看固镇，它与现今蚌埠没有什么关系（因为蚌埠设市历史较短，史称蚌埠桥）。即使历史上固镇一度归属凤阳管辖，其文化差异仍然明显。从这个意义上讲，固镇就是固镇，固镇就是"这一个"，别无分号。寻找原汁原味的固镇文化，只能在浍河两岸。刘本建读者在信中强调，寻找固镇方言南不过淮河。一过淮河习俗就两样了。其实，淮河与浍河的南北距离不过几十公里。这真应了百里不同俗的古语。

从来信中我感受到，中国人的故乡情结那是永远不可磨灭的。由此我想起俄国诗人叶赛宁的名言：找到故乡，就是胜利。

我们在固镇采风就听说，这一带是古战场。项羽与刘邦的垓下之战，便发生在不远地方。如今遗有虞姬墓。久经战乱屡次移民，因此历史湮灭了。我们存心寻觅的"方言大陆"上将很难发现祖先移民北上的脚印。即使这样，我们的采风仍然收获很大。

刘本建读者最后说，"我深信历史和文化形成的情结是人类本性的体现，是莫名的自发的原始的高尚的，没有人想从中得到什么，但它是一种亲情的长久的流动。"

这话说得多好啊。我仿佛又看到那条无言诉说的浍河，滚滚东流而去。

尽管刘本建读者工作生活在宿州，我仍然视为"固镇来信"。我将固镇来信复印了好几份送给朋友们看。我要让更多的天津人知道固镇。是的，我们不能光知道明天，尽管明天股票看涨。昨天，其实也很重要。这就是固镇来信的意义。

母语——天津话

出国旅行往往遇到语言障碍，你不懂人家的语言，你的语言人家也不懂，干着急。国内也是如此，十几年前我住在广东小榄镇写东西，有时半夜需要开水，我一句粤语不会讲，服务生一句普通话也不懂，那才叫聋子般对话呢。如此看来，语言既是桥梁也是沟壑。西方神话半途而废的"通天塔"讲的正是沟壑作用。桥梁作用则比较广泛了，譬如国际翻译，譬如国内普通话，譬如谈判和写情书，不胜枚举。

当年读过一本外国小说，说苏联特工乔装日耳曼人打入纳粹内部，窃取情报屡建奇功。有一次他睡觉说梦话被人听到，第二天即被捕，惨遭处决。因为他梦话说了俄语，暴露了真实身份。这就是母语的力量——从襁褓至终老而不磨灭，她永远属于你，你也永远属于她。

天津距北京不远，却拥有自己独特的方言。天津方言的语调特殊，很有个性。更为特殊的是天津方言里的词语。

北京话里的"乱七八糟"在天津方言里加了一个"大"字，变成"乱七大八糟"。这一下使得书面语充满口语生命力，生动无比。

按理说，天津方言仅仅属于天津。然而由于它强大的生命力已经被北京人接纳，譬如天津方言"嚼饯"传入北京转为"矫情"。有一天一北京编辑打来电话，说××的稿子写得太"矫情"，那意思是啰唆和过于"争竞"。当然，天津方言里的脏话也已经侵入京城球场看台，这就不举例了。

天津方言还是渐渐消逝着。小汽车爱称"小笛笛"、摩托车俗称"嘟嘟车"、收音机别称"话匣子"等，均已退出我们耳际，听不到了。天津方言"宝贝儿"也几乎变成美国电影台词"甜心"了。几十年前，男孩子不义气被说成"奸"，女孩子事儿多被说成"刺儿"，小孩儿之间斗嘴所说的"气斗斗"，统统成为绝响。更为久远的天津方言里，譬如将钱包儿说成"靴掖子"，将汽油说成"革司林"，将醋说成"忌讳"，将抹布说成"带手"，将发薪说成"关饷"，则鲜为人知了。

老天津人称母亲为娘，说大街的街字是上口的，属于古韵。"你径直走就到和平路了"，这"径直"无疑出自明清话本。从某种意义说，方言的消逝说明着生活的进步。譬如"饽饽"，如今孩子们从小吃惯了果酱面包，当然不识这种吃食了。再譬如，水缸彻底退出市民生活，水笕便成为古董；银行信用卡自然代替了老太太箱子底的"折子"。手表不金贵了，"大三针儿"这词儿也就没了；缝纫机当年被称为"车子"，如今没人说了；而安装在自行车后轮旁的"磨电滚儿"更无处可寻了。这就是社会变迁造成方言词语的消亡。

天津人说普通话，必须克服"齿音字"。然而并不是所有天津人说话都有齿音字。生长于旧租界的天津人说话，跟老城里就

有时候想念自己

不尽相同。河北席厂跟红桥西于庄，他们说话又有着各自的语音，只有我这样的纯粹的天津人能够从中听出细微差异。有一次我"打的"跟司机聊了几句，我说"您是老丁字沽人吧？"对方极其惊诧。

20世纪五六十年代，和平区学生说普通话的已经比较多了。其中又各有特色。天津一中由于是男校，它的普通话阳气十足，一听就知道是"男一中"的。十六中是男女合校，它的普通话就比较中性。至于女四中南开女中什么的，则显得柔美。当然，居住在黄家花园一带的人们历史上有"黄牙现象"，那完全是水质问题。水的含氟量与普通话毫无关系。

天津人讲普通话，语音不纯是问题之一。其次便是词语。天津人讲普通话是不可以将天津词语夹杂其间的。譬如将"昨天"说成"夜儿隔"就是广为人知的笑话。还有"介词问题"没有引起我们更大注意。譬如天津河东有些人往往将"我在这里上班"说成"我其这里上班"。这种介词结构一旦进入普通话，天津味道就太浓烈了。

公元1997年我客居北京，有一天在崇文门乘108路无轨电车，遇到一位操着一口纯正天津话的老太太，大声问这趟车去不去西直门，然后便理直气壮地上了车。老太太的天津口音在充满京韵京腔的北京大街上，颇有异峰突起之感。我问她老人家来北京这么多年怎么没改口音呢，她颇为霸气地反问，天津人改嘛口音？天津人不用改口音。她老人家的意思我听明白了，在她印象里天津是大地方，大地方人到哪儿也不用改口音。

我终于明白了，天津人说普通话，主要在于语气。天津人的语气，就其"四声"而言是很特别的。我以为，语气这东西发自丹田，与精气神儿不无关系，不能言传而只能神会。北京的皇城文化与天津大码头的三教九流气息，这无疑是两地之间的最大差异。

这老太太无疑代表了当年天津人的自豪感。然而如今的天津人似乎并不是这样，很多人一进北京就改了口音。其中原因不得而知。我只知道从文化保护意义出发，方言即活化石。一个地方的方言消失，绝对意味着一个地域文化的消殒。天津人为什么管锅巴菜叫嘎巴菜呢？没道理，就因为他是天津人，天津人就这么说话。同样道理，山东人侠义豪爽的形象无疑与山东话有关。很难想象山东大汉操着吴侬软语是什么样子。

于是，大力推广普通话的同时究竟如何避免方言灭绝，已经成了文化工作者无以回避的课题。提倡保护生物多样性，同时提倡保护文化多样性。面对全球化背景之下的日常生活趋同性，保护文言首当其冲。近年来本埠文学创作颇有津味小说抬头的迹象，可喜。就我个人经验而言，或写作或阅读或交际，几乎无时无刻不与天津方言打交道，从而渐渐体味到天津话的语言魅力和文化含量。

天津话很有几分文化含量的。"你径直走吧"的"径直"，"二十块钱足矣"的"足矣"，再举"小小不言"和"搁其末末"这两个词组为例——表示轻微和不足道，均闪烁着书面语的光芒。

其次便是民间语言。大量的歇后语，显得生动活泼。津门独有的修辞方式以及四两拨千斤的语式，无疑构筑了津味小说的语言基础。有一次我在小说《天津娃娃》里用了"我找了六毂(gòu)也没找着你"，林希先生随即打来电话说，克凡原来六毂这么写啊。我回答说这"彀"字是我瞎琢磨出来的，因为彀表示一箭之地，六彀就是六箭之地，这样使用大概还算贴切吧。

这就是从音到字的过程。有了天津"音"而寻找天津"字"，这应当是天津作家义不容辞的任务。天津话，确实存在很大空间等待我们挖掘和填补，譬如"惹惹"和"翻吡"。

其实，天津话并不粗俗。即使阅读前辈作家刘云若和李燃犀的小说，通俗气氛中不乏书卷气，市井方言里充满人生哲理，一贯保持着对生活的幽默与调侃。这是一种智慧，也是一种彻悟。

天津民间方言的特点，就是名词动化或者以动词代替名词，显得很有生气。然而它渐渐消逝着，一去不返。方言的消逝，使我们中国人的生活越来越趋于"同一"。与此同时，新的民间方言也渐渐滋生于市井，譬如天津"楞子"这词儿就是典型的新生方言。

老方言死去，新方言滋生。死去的多，滋生的少。随着现代化城市的扩张，高架路、立交桥以及私家车，直来直去，只有目的而没有过程。人们几乎丧失了街道生活。街道是方言的舞台。尤其面临全球化大背景，加之国家大力推广普通话，也使得天津人渐渐说着"共同语"。于是方言便在共同语里死去。事情就是这样——消逝了也就消逝了。这好比花儿开放，然后凋谢一样。

天津建城六百年了。我不知道天津话有多少年了。我以为天津话随着天津人的生活必将继续下去，而且永远代表着这座城市"思想的直接现实"。

小而化之——天津话就是天津人的母语。母语魅力无穷。在大力推广普通话的进程中，天津话同时存在着，而且时时处处显现着她存在的理由。

当年的吃和穿

天津话里的"点心"起初具有广义，泛指正餐之外的一般吃食，当然也包括酒食茶食之类，也应当包括煎饼果子，统称点心。渐渐，它的词性趋于狭义，似乎专指点心铺里出售的槽子糕小八件儿什么的。说起天津卫的点心，人们都知道桂顺斋和祥德斋，其实被时光淹没的还有玉生香、四远香、德利馨，以及南味稻香村和上海冠生园，数不胜数。

天津人从前不说"吃早点"，清早见面头一句话问"您吃点心了吗?"吃点心——这词儿在《金瓶梅》里经常见到。从此推断，天津方言里残存着明代词语。

关于吃早点，据说在中国北方最为讲究最为便利最为普及的大城市便是天津了。津门清晨的"吃早点"运动那是极有群众基础的，大街小巷，无论男女，不分穷富，全民皆吃。为什么早点在天津如此深入人心呢? 尚无学者研究如此下里巴人的课题。我以为，这可能与当年天津乃水旱大码头不无关系。

举凡水旱大码头，什么人最多? 一定是劳力者最多。劳力者治于人，一天到晚累得臭死，当然没有劳心者的夜生活。吃完晚饭就洗洗睡了。第二天，劳力者是没有资格睡懒觉的，一大早儿必须跑出家门，去干活儿挣钱。因此，劳力者早起那是必须吃饱肚子的。吃饱肚子才有力气干活儿。这好比大款给汽车加油。对劳力者而言，早点第一。因此，生活在水旱大码头的天津人，也将早点第一的"基因"一代代遗传下来。至今不改。无论哪朝哪代，睡懒觉的富人那是不吃早点的。因为他们今天的早点已经提前变成了昨晚的"宵夜"。"黎明即起"不是富人的生活习惯。当然，有晨练习惯的富人除外。

如果此说成立，那么天津饮食文化应当属于市民大众范畴，极具市井色彩。风行多年而屡禁不绝的"马路餐桌"以及立交桥下的"深夜羊汤"也就可以从水旱大码头的文化传承里找到渊源了。

天津人重视早点还有另外一个原因。那就是天津家庭主妇早起是不生炉子的，为了省煤。早起喝茶，可以花二分钱去水铺沏一壶回来。下午三四点钟才是天津家庭主妇生炉子的时辰。等火一旺，就该操持晚饭了。男人回来吃晚饭，那是马虎不得的。

近年有"津菜"一说。所谓津菜其实是以直鲁两省的饮食风格为基本内涵的。色重汁浓味咸。尤其是一条大运河沟通五大水系，车船店脚，更将天津菜肴融会南北西东，遂形成天津人的饮食习惯。据说天津人生活习俗譬如婚丧嫁娶什么，好面子讲排场的心理颇受当年盐商影响。天津盐商当年多为"暴发户"，绝少世家出身，因此骨子里必然留存着早年生活习气。他们是发迹之后才渐渐学会睡懒觉的。一大早儿爬起来就吃点心——这种粗放的生活习惯无疑被掩饰掉了。

天津卫的果子、大饼（它的主要特点是解饱）、馄饨（它的主要特点是冬季驱寒）、豆浆豆腐脑以及蒸食炸糕什么的，种类繁多，风格家常，基本属于民间粗食。大饼卷锅篦儿（北京叫薄脆），一吹喇叭，吃饱了可搪时候呢。至于锅巴菜的来历，其传说则更加贫民化了。

那时候还有一种早点叫杏仁儿茶。杏仁儿茶不是茶，它广义属于粥类，也近乎"藕粉"但不透明。我不知道它的主要原料是什么，只记得它的那股子清香而深入心脾的杏仁儿味道。据说当年天津人吃东西挺讲究的。天儿一热就不怎么喝馄饨了，怕馅儿不新鲜吃出毛病，一般改喝豆浆什么的。当然也有人选择杏仁儿茶。听老人说旧社会里人们若是打了一宿牌，无论输家赢家嘴里都麻木了，清晨出门儿喝一碗杏仁儿茶，挺爽神的。当年南市永元德的杏仁儿茶，真好。如今超市里卖的一盒儿一盒儿的好像叫杏仁霜。这两样儿东西是不可同日而语的。

这就是天津人早起的"点心"。它代表了水旱大码头的日常生活乐趣。吃罢"点心"就去谋生吧，拉胶皮、扛河坝，实在不行就去"打小空"。天津好汉面对谋生的艰辛与困境，由于瓷瓷实实吃了一顿美味"点心"，即使吃苦受累还是颇有几分底气的。

天津民间流行一句俏皮话：一百斤白面做一个大寿桃——废物点心。如此生动风趣的比喻，只能滋生于津门市井文化土壤。这就叫"一方水土养一方人，一方人吃一方点心"。

到了 20 世纪 70 年代，天津市民的粮食定量供应里仍然包括百分之四十的粗粮。当时粗粮供应棒子面儿，不太好吃。可是天津比北京强得多，因为在那百分之四十粗粮指标里，天津每人可以买到七斤"籼米"。倘若每月25日"借粮日"起大早儿去排队，极有可能幸运地买到"粳米"。白面加粳米，这样一算全家每月就吃不到太多的棒子面儿了。天津人感觉挺合适的。

至于说到吃鱼，天津人"馋猫儿"那是有了名的。当年除了"黄花"只认"塌目"和"快鱼"，后来添了"瓶子鱼"。天津人接受咸带鱼则是计划经济时代的馈赠，颇有几分无奈。然而咸带鱼在天津也要凭本供应。那时候北京人不擅食鱼，供应宽松，于是天津人到北京出差，总是成捆儿往回拎带鱼。这成为北京火车站的一道特殊风景，深深留在人们记忆里。如今天津市餐饮业的关键词是：生猛海鲜。

说起天津人的穿戴，旧社会天津街头有"缝穷的"妇女，这种职业萧红的《生死场》有过详细描写。解放后没了缝穷的，却有专门"补旧衣服的"行当。

那时候这种"补旧衣服的"行当已经使用缝纫机了，一条裤子的两个膝盖位置破了，拿到街上去补。缝纫机轧了的补丁好看极了，一圈圈好像体育场的跑道。穿着戴有这种补丁的裤子，不但没有自卑反而平添几分神气，因为一般家庭还停留在手工补丁的阶段。

孩子们处于生长期，裤子往往嫌短。大街上经常看到穿着"接腿儿"裤子的男孩儿。接腿儿就是裤子短了，在扯几寸相同颜色的布将裤脚接长，继续穿。就这样接了一圈又一圈，好似蒸馒头的笼屉。

20世纪五六十年代市民家庭的生活比较清苦，兄弟姐妹也很多。因此穿衣成为大问题。弟弟"接班"穿哥哥的裤子，妹妹

"拾"姐姐的小褂儿，常事儿。那时候的春秋两季，穿夹袄。夹袄是由一层面儿和一层里子，这两层布料缝制而成。穷人的夹袄往往是棉袄改制而得，简单说就是抽去中间的棉花。夹袄的里子往往使用旧布，穿在身上非常舒服，那种柔软的感觉如今已经很难描述了。我以为这种关于贴身小夹袄儿的怀念绝对不属于矫情。否则当年的婴儿"尿褯子"为什么使用旧布制作呢？道理正在于此。

到了 20 世纪 60 年代末，大商场出售"朝鲜维尼龙"面料的裤子，夏天穿着扎肉。一条裤子收一张纺织券，没几天就脱销了。至于"快巴涤纶"的出现，则是 20 世纪 70 年代的事情了。

穷人家穿衣，困难不小。一件衣裳几经传递，最后穿烂。穿烂也不会扔掉，留着"打夹纸"。打出夹纸就可以纳底子做鞋了。天津卫的家庭妇女大多会做鞋。坐在一起纳底子聊天，乃大杂院里一道风景。穿家做布鞋不光省钱，既合脚又舒服。鞋穿烂了没有别的用场了，由孩子们拿去卖给收废品的。

那年月，绒衣绒裤在民间绝对属于奢侈品。由于它的御寒功能主要体现在深秋和初春两季，因此寻常百姓往往穿它不起，干脆直接穿薄棉袄就是了。那时若在大街上看到一位身穿绒衣绒裤的人，无论红色蓝色这人极有可能是运动员。如今，绒衣绒裤统统退出我们的生活。你只能在解放军战士身上看到它的存在，当然是黄绿色的。20 世纪六七十年代，天津冬季时兴"风雪衣"，蓝布面儿毛绒领子而且没腰，一件要花三四十元钱呢，还得交布票。每人每年发给布票一丈七尺三，高个子肯定不够穿的。如今皮草行疯狂打折的皮衣，当年只能在苏联电影《列宁在一九一八》的瓦西里身上看到。

那时去买鞋，鞋店为顾客准备了一种白布袜套，试鞋之前套在脚上——这样就将顾客的脚与商家的鞋隔离开来，起到了卫生作用。随着物质生活的丰富，商家作风也随之走向粗放，此物消逝矣。同时消逝的还有"鞋拔子"。

中苏友好，20世纪50年代初期进来一大批"苏联小花布"。民间百姓不仅将它做成小花袄儿，就连窗帘啊墙围子啊被面啊也纷纷用它制作。当时很多市民都是中苏友好协会会员。大街上蹬三轮车的汉子们竟然穿着苏联小花布的裤子，傍晚时分炫耀着车技——两只车轮着地行驶着。中国人穿的戴的，均呈现出强烈的社会主义大家庭色彩。

冬天，小学生的手往往冻裂，就抹上"蛤蜊油"在炉子上烤。出门上学是要戴棉手套的。这种棉手套多为家庭自制，有灯芯绒的有斜纹布的，里面"絮"的是旧棉花。为了防止丢失，母亲就在两只棉手套之间缝上一根带子，挂在孩子脖子上。其效果呢，一丢就是一双。

老天津卫还有一种"呢帽翻新"的行当。这是一门专业性极强的手艺。老百姓的呢帽戴旧了，又买不起新的，只得将旧呢帽送去翻新。所谓翻新就是将帽子拆了，把里儿翻成面儿，用缝纫机重新轧上。花不了几个钱，就翻出一顶"新帽子"戴。这是穷人的智慧。

老百姓穿的戴的，本身就是时代象征。如今夏季女性的"吊带装"说明了改革开放的精神风貌。已经消逝的"套袖"则记录了当年中国人勤俭而拘谨的生活态度。至于"文革"期间出现的红卫兵袖章，那绝对不是套袖的简化。

　　当年天津有特别讲究穿戴的女性，一般被人们称为"很港"。港是指香港，毕竟代表着时尚。如今改革开放生活富裕，那些世界级大品牌走进寻常百姓生活里，屡见不鲜了。

平民的茶道

民国年间，天津最为出名的茶楼是玉壶春。它坐落在南市的荣吉大街（平安大街）与大兴街的交口，为二层建筑并有临街长廊。前几年我跟一个电视剧导演去选景，走进这座年久失修住着二三十户人家的楼房。我看到昔日奉系军阀大人物喝茶的地方，已然变成拥挤不堪的百姓家居，心中很是感慨。走出玉壶春茶楼，前面不远的建物大街上有华楼旧址。建物大街两侧的楼房当年均由日本建物株式会社开发，因此取名建物大街。当然我这里说的不是日本茶道。

说起华楼乃是逊帝溥仪的舅父良揆投资兴建的娱乐场所。人称茶楼，其实还有台球房和西餐厅，内容多多，并非单纯意义的茶楼。

天津不比四川有着众多的市民茶馆。天津平民饮茶，一般与茶楼无涉。天津的家庭饮茶之风，很盛。因此天津人饮茶的家常色彩也是很浓的。只要是真正的天津卫家庭，接待客人必然奉以热茶。若以清汤白水待客，那在天津人眼里便是慢怠。天津人热情好客的习性，我以为源于船来车往的码头文化。

我是20世纪50年代生人，住的地方是旧时天津日租界。大约九岁光景家庭变故，我只能去跟祖母一起生活。她老人家住在南市，就是当年人称"华界"的地方。我从"租界"而迁入"华界"，首先接触的新鲜事物就是"水铺"。水铺是什么？水铺是专门出售开水的店铺（当然也出售凉水）。水铺出售的开水，我以为主要用于家庭沏茶。天津人无论春夏秋冬，清早起床头一件事儿，两眼一睁就是喝茶。我祖母也是这样。因此我要说的是天津平民"茶道"。

喝茶的事情往往是这样开始的：每天清早儿祖母便将那只白瓷茶壶刷洗干净，打开茶叶盒，将一撮花茶倒在盒盖儿上，然后投入茶壶里。天津人沏茶绝不许用手抓茶叶的，以示清洁。于是茶叶盒的盖儿便成了容器。天津人喝茶，基本是喝花茶，也称香片。祖母将一撮子花茶投入茶壶，然后递给我二分钱硬币，说沏茶去吧。我拎着茶壶就奔水铺去了。

一般来说，一个街区便有一个水铺。水铺的主要设备是一口大灶，大灶上安装着一口烧水的大锅。水铺的主要燃料是木屑和锯末。天津有俗话：水铺的锅盖——两拿着。一大早儿，大锅里的水还没烧开，你必须将茶壶摆在锅台上，等候着。据说有个别不守本分的水铺掌柜，为了节约燃料故意在锅里扣一只大碗，这样锅里泛起的气泡嘟咕嘟咕就显得很大，冒充开水。

我沏了茶，将二分硬币放在锅台上，拎起茶壶转身快步回家。走进家门，祖母已经拉开了准备喝茶的架势，一张小桌上摆着两只茶碗（绝对不是茶杯），表情严肃地等待着我和茶壶的归来。

我将沏满香片的茶壶摆在桌上，平民的茶道便开始了。祖母亲自动手，抓起茶壶提梁儿，斟满一碗热茶，然后掀起壶盖儿，原封不动将这碗热茶倒回壶内，谓之"砸茶"。这种"砸一砸"的做法究竟道理何在，至今不得而知。我想可能是为了使茶叶沏得更充分吧。多年之后我在一本梨园史料里读到回忆花脸演员侯喜瑞先生的文章，也提到"砸茶"之说。看来，京津两地饮茶共通。

砸茶之后，我跟祖母一对一碗，喝了起来。喝一碗热茶，开始吃早点，内容不外烧饼油条。早点之后，祖母就去捅炉子了。

那时候的花茶，货真价实。据说普通花茶也要窨上七道花儿，因为香味持久。我去茶庄买花茶，售货员往往给包上两朵鲜茉莉花儿，以示热情。而如今的奸商们，只窨两道花儿就敢号称高级花茶摆上柜台。有钱买不到真东西啦。祖母若是活着，肯定要骂的。看来人心不古，首先体现在清洁的茶叶上。

花茶沏二例的时候，味道最佳。只有第四、五次续水时，才谓之"涮卤儿"。这是平民茶道里的基本常识。涮卤儿意味着没滋没味，生活不能没滋没味。

早餐之后往茶壶里续水，我与祖母喝"第二例"。这时候使用的热水，已经是自家炉子烧开的。这第二例花茶，加之早餐之后的舒适感，一起随着茶香而洋溢于胸腹，令人气完神足。这是高潮，也是平民茶道的最佳享受。祖母这时候往往专心专意坐在桌前，静心品味着。花茶的香气，深深地浸透在生活深处，令人忘却油盐柴米的烦恼。

这几年我总在想，祖母她老人家为什么不等到自家炉火烧得开水沏茶呢？渐渐我想明白了，祖母她等不及。早起必须喝茶——这就是城市平民的日常生活。这就是城市平民的茶道。祖母的"茶道"无疑告诉我，市俗的生活具有多么巨大的魅力啊。

茶是高雅的，然而它丰富了我们的世俗生活。

晨钟不再响起

清晨钟声从远方传来，悠扬旷远居然含有几分暖意。不知为什么，我总觉得这钟声带来安全感——特别是在莫名忧伤的童年时代。那时我不晓得钟声是从老西开天主教堂传来的，也不晓得那里旧时属于天津法租界。

我家住在宁夏路 76 号。一天我意外发现院门外高处还钉着一块废弃的木质门牌，依稀可见"石山街"字样。后来知道这里是旧日租界。我读书的鞍山道小学坐落在旧日租界宫岛街，原本是日本第二小学。日本第一小学则坐落在橘街，它与段祺瑞公馆隔街相望。旧日租界的橘街，新中国改名蒙古路了。

我的童年与少年时代都生活在这片区域。静谧，安稳，甚至可以说祥和，在布尔什维克主流文化氛围里，隐藏着些许布尔乔亚味道。譬如旧日本大和公园对面的牛奶店，那扑面而来的面包香气基本就是资产阶级的产物。

我家附近的居民，成分比较复杂。有的甚至身世不明。偶尔半夜醒来听到对面楼里传来男人咳嗽，我姥姥就小声说沈先生真遭罪。尽管新中国 8 岁了，这里人们依然不改旧时称谓，叫男人先生，称女士太太。新社会所具有的强大的文化改造力量，当时尚未抵达并充满它的毛细血管。旧文化以及衍生物，垂垂而不死。

松岛街、加茂街、须磨街、浪速街……这些日本街名统统消逝，变更为哈密道、青海路、陕西路、四平道……身边唯一与日本有关的事情就是同校那位女生的母亲是日本人，新中国成立初期妈妈归国把女儿留在天津。公元1965年这个女生去日本探亲竟然买了十几支天津产圆珠笔带去东瀛，当时我觉得日本还是比较穷的。另有邻班女生家庭是天主教民，老师每每提起她总是含有几分歧视语气，于是我愈发对那座响彻晨钟的老西开天主教堂产生好奇心理。

我大起胆子沿着墙子河奔跑，这条河是前清守将僧格林沁开挖的护城河。我终于跑到那座大教堂前面，伸长脖子仰望高高圆顶十字架，一时猜不出钟声是从哪里传出，心情有些焦急。

老西开教堂前的马路两侧，有干货店和成衣铺，还有"小件物品抵押所"，这是政府开设的具有典当性质的处所。新中国了，来这里抵押物品的有原装资深穷人，也有曾经是富人的新晋穷人。前来典当的人们，表情平淡走出小件物品抵押所，手里有了几个钱就来到干货店前购买糖炒栗子，初冬季节里这是必须的。穷也坦然，富也淡然。后来，我祖母也走进过小件物品抵押所，拿日本蜻蜓牌推子和清朝铜碗换成人民币，照样去买糖炒栗子。这正是我儿时看到的市民群像，远比大型泥塑《收租院》生动多了。

长大成人才知道，天津这座城市有过"英法德美日意俄奥比"九国租界，是中国近代外国租界最多的殖民城市。记得冰心老人在《紫竹林怎么样了》散文里写道："天津很像上海，然而城市却是北方的。"我想当年冰心住在天津英租界，所以才会产生这种感觉吧。张爱玲也曾在天津英法租界生活，但是没有留下丝毫笔墨记载。天津这座城市确实有人不喜欢的，尽管它毗邻首都。

我五岁那年首次进北京，记忆朦胧。只记得前门大街的公共汽车，还有在"独一处"吃烧麦。返津时我们只买了丰糕和蜜供，父亲说其他东西天津都比北京的好。是啊，中国首家西餐厅就出现在天津德租界威廉街，餐馆主人名叫起士林，是个退役的普鲁士军官。

首都皇城具有独到的大气。天津文化则属于板块结构。有从海外漂来的租界文化，早于北京十几年就过起了圣诞节；也有明初建卫以来的老城厢文化，恪守传统不改章程。此外还有漕运文化、码头文化、盐渔文化、早期萌芽的工业文化，以及来自直鲁皖豫的农业文明，这诸多文化板块在各自领域生长繁荣，彼此不相融合。这样就很难识别何为天津主流文化，于是有时被误认为没文化。

近代天津开埠以来得风气之先，处处走在北京前面。然而北京传统文化积淀丰厚，连蚊子都沾着皇亲国戚的血脉。这是天津难以比拟的。改革开放以来，北京得风气之先，处处走在天津前面。天津人便以"北京郊区"自况，其实是被首都所笼罩的自嘲。尤其天津泰达遇到北京国安，中超赛场颇有穷人想揍阔少爷的心理。

西方流行的城市学理论，以北京这样超大型城市为例，周边八百公里范围内是不能存在另一个超大型城市的。这正是"城市功能辐射理论"的基本观点。然而，不知出于历史的原因还是现实的错位，天津距离北京127公里，就这样悄无声息地存活着，而且活得有滋有味就像煎饼果子似的。

20世纪80年代，京津两座城市差别不大。到了20世纪90年代便差距明显了。大量移民涌入首都，北京越来越不像北京了，分明成为一座无所不包的大熔炉。全中国的矿石都想投身这座大熔炉里，恨不得立即将自己炼成好钢，然后用在刀刃上。

天津情况完全不同。20世纪70年代初，海河失去上游来水全面废航，码头成了河流的弃妇，天津卫变成一片止水，宛若水缸。水文地理发生如此畸变，河畔文化也逐渐呈现华北腹地化倾向，市民成了保守党。于是天津也越来越不像天津了。京津双城都不像过去的自己了，这叫嬗变。

北京是座精英云集的理性化的城市，天津却以市民文化为特征。我客居北京去菜市场，很有感慨。北京人称为"扁豆"的蔬菜，天津人叫"弯子"，北京人称其"豇豆"的蔬菜，天津人叫"长豆角"。北京人以其理性思维的严谨，以规范称呼蔬菜。天津人则以感性思维取其外貌特征而命名。

北京人驾车离开主路叫驶入"辅路"，天津人却说"下道"。北京开车驶入"匝道"，天津人说"走桥下边"……还有北京的鲤鱼天津叫"拐子"，北京的草鱼天津叫"厚子"，北京叫"复式"天津叫"跃层"，不一而足。从某种意义讲，北京人的语言表达追求既能定性也能定量的理性效果。天津人更倾向形象思维的语言表达，于是出了个郭德纲。

近在咫尺，天津却很少"北漂"，不知是天津人极端热爱这座城市，还是他们根本就懒得离开家门。天津，这是一座既难以抽象又无法概括的城市。

曾经又有晨钟响起，却不是来自老西开法国教堂，而是坐落在天津南京路上电报大楼。我敢断定这是两种完全不同的声响……

荣业大街与东局子

荣业大街北起南马路，人们称为"南门东下坡儿"。这里乃是当年的天津城墙，天津城墙在"庚子事变"之后的1901年被八国联军的"都统衙门"强行拆除。从这里沿着荣业大街往南走，不远便有"官沟街"和"闸口街"。官沟街因清朝官府挖沟而得名。闸口街的得名则是由于东头有通往海河的水闸。天津卫的街名，往往都有一番来历。

荣源是末代皇帝溥仪的岳父，这位岳父大人跟盐业银行合股建立荣业房地产公司，20世纪20年代投资开发天津的南市，荣业大街因此得名，无形之中这条南北走向的大街跟皇亲国戚沾了关系。

闸口街口迤东旧有协成印刷局，中学时代的周恩来在南开学校编辑《敬业》，多次到此校对稿件。如今那座中式青砖楼房已经拆除。

闸口街口迤西是杨家柴场，应当是卖劈柴的地方。然而这里出了两位著名演员，那就是唱评戏的新凤霞和演电影的李秀明。新凤霞本名杨小凤，母亲是杨柳青人。李秀明20世纪70年代是"五七中学"的学生，在学校宣传队里唱阿庆嫂。这座"五七中学"正是当年著名的大舞台戏院旧址。

荣业大街与荣吉大街交口，西有升平戏院，解放后改称黄河剧院，仍以评戏为主。小时候我在这儿听过小鲜灵霞和六岁红，还有新翠霞。1965年建华京剧团在这儿唱过新编历史剧《夫人城》。

荣业大街中段的"聚华后"曾是娼寮区。聚华戏院前身是华乐茶园，它南面有一条横街，因此取名"华乐南街"。历史就是这样流变的，如今人们只知华乐南街而不知华乐茶园，真可谓只知其然而不知其所以然。

华乐茶园即聚华戏院的最初主人，姓朱。这里解放前便上演文明戏，"文革"改名劳动剧场。1965年我在"聚华"看过宣传计划生育的话剧，剧中有一小孩儿将一束鲜花插进暖水瓶的情节，给我留下深刻印象。那时候天津基层剧团极多，京剧团评剧团梆子团甚至天津独有的"北方越剧团"，数不胜数，从来没有"戏剧疲软"之说。

早在民国初年，荣业大街上有两家豪华大饭庄开业，西侧是先得月，东侧是聚合成，均经营天津菜，燕窝鱼翅，银耳熊掌，相互竞争，名重一时。当时天津卫饭馆，是以鲁菜为主的。鲁菜也很注重鱼虾。

这里不能不提到玉清池，那是人们赤身裸体的地方。它坐落在荣业大街与慎益大街交口东侧，这座四层大楼的澡堂堪称南市标志性建筑，玉清池设备考究，服务一流，顾客盈门，昼夜喧嚣，华北地区数第一。崩豆儿青萝卜大糖堆儿，当然也有被称为"塘腻"的人物。此公终日泡在这里，从外面饭庄往浴池木榻前叫菜，吃完了洗，洗完了睡，睡醒了再洗，吃吃喝喝洗洗涮涮，消磨着无谓时光。抗战胜利之后美国海军陆战队在塘沽登陆，身穿皮猴儿的"美国兵鬼儿"几度光临玉清池的雅间，成为当时的新鲜事儿。

淮海电影院的前身是荣业大街上的上权仙电影院，1919年开业。为什么叫"上权仙"呢？最初在法租界有权仙电影院，后来在荣业大街开设分号。由于天津华界地势高于租界，因此称为"上权仙"。租界一带在天津人嘴里，称为"下边"。荣业大街从北往南，一路下坡儿，直达日租界。如今，这种"上""下"的称谓，早就在天津人嘴里消失了。历史是往往消失在人们嘴里的。因此，西方发达国家非常重视民间的"口述史"。

上权仙电影院西边当年一派开洼，是刑场。抢劫银号的奉系军官曲香九以及开办屠宰场的"慈善家"杜笑山，都死在这里。曲临刑前一路高唱，杜则破口大骂不绝。正是这片开洼后来变成"庆云后"，也是娼寮区。庆云戏院则由大混混袁文会把持多年。庆云戏院解放后改称共和戏院，以唱河北梆子为主。我在这儿听过《宝莲灯》。"庆云后"拆除，如今变成令人馋涎欲滴的著名南市食品街。人们在这里尽情展示着自己的酒量和胃口。当然，据说酒足饭饱结账之时，高呼"便宜"的，往往是来自北京的食客们——天津南市食品街从这个意义上讲，已经成为"外向型"企业。

荣业大街南至清和大街而止，其西侧，"文革"前仍有一鸟市儿残存，逢夏秋之时，这里变为蛐蛐市场，我记得20世纪60年代中期的虫子，一只平庸的"山货"在这儿最低售价也要人民币一元。要知道那时候若想"吃补助",每月人均生活费不得超过八块钱。可见外埠蛐蛐在天津卫这地方还是很有含金量的。

荣业大街从清和大街往南,改称首善大街。天津的大街往往是这样,一条大街,分两段儿,取两个街名,显得挺乱乎的。一进首善大街,东侧就是著名的南市"三不管儿"。解放后"三不管儿"命名为"南市群众游艺场",仍有戏园子和摔跤场以及各种风味小吃。我小时候在那里喝过茶汤,记得有"猴子刘",也见过真正的"围锅转"。

俱往矣。如今,荣业大街随着城市"危改工程"而拓宽,变成通衢大道。你行走在这条大街上感觉身心开阔,同时也感觉这条大街的内容悄悄遭到删减,由厚重而精简——从历史变成了历史梗概。

再说那个名叫东局子的地方。沿着拓宽不久的程林庄路东行,过了天津药业集团到达军事交通学院大门前,一侧可见"东局子礼堂"这样一座建筑。此地的公交车站名也曰"东局子"。老天津人都知道,东局子本是清朝同治初年创办的天津机器局东局的简称。换言之,因天津机器局东局坐落于此,因而得名"东局子"。天津方言里的"子"字结构在这儿得到了充分体现。诸如西头的梁嘴子、西大弯子以及陈家沟子和侯台子,等等,都是如此。

有东局子就应该有"西局子"。建于清末的天津机器西局,确实坐落在如今海光寺一带。天津机器东局毁于战火,天津机器西局同样也已不复存在。然而"东局子"的地名却流传下来,并且沿用至今。为什么天津没有"西局子"这个地名呢?

我以为，关于地名的沿用与终止，就其自然状态而言，原因是复杂的。以"西局子"个案说开去，我觉得这里存在一个"地名覆盖现象"。当年的天津机器东局坐落在开洼里，一派荒凉，左近只有"万辛村"地名较为响亮。因此"东局子"这个地名便无以替代地沿用下来，免遭"覆盖"。所谓"西局子"则不同，天津城南洼一带地名林立，不但有第二次鸦片战争清廷与外国侵略者签订耻辱的《天津条约》的"海光寺"，还有炮台庄、万德庄和西湖村（徐胡圈）之类的地方存在，因此一旦毁于战火，所谓"西局子"也就灰飞烟灭，难以流传了。我敢断定，如今朗朗上口的"海光寺"无疑对"西局子"这个地名实施了"覆盖"。

还可以举例说明。20世纪五六十年代，经常去水上公园的天津人几乎都知道"聂公桥"这个地名。聂公就是为国捐躯的聂士成。庚子国变之后人们在聂士成殉难处立"聂公碑"，就在石桥一侧。那石桥因此得名"聂公桥"。当年的聂公桥西侧是一座很大的冰窖。夏天，人们拉着车来这里取冰，很繁忙的。我记得这一带属于"和平之路"人民公社，当年我们西藏路小学师生经常到这里参加劳动。20世纪80年代修建"天塔"，挖掘"天塔湖"改建"聂公桥"，这一带渐渐被称为"天塔"。聂公桥的地名，消逝了。"天塔"成为具有强大辐射功能的地名，"聂公桥"则被覆盖了。

在天津，这样的例子真是不胜枚举。众所周知的"墙子河"已经被"津河"所覆盖，河北区的"货场大街"也已经被"胜利路"所覆盖。随着黄河道的拓宽，当年大名鼎鼎的"南大道"正在消逝，包括"掩骨会"和"养病所"。当年"老龙头火车站"

的建立，使"旺道庄"这个地名消逝，如今天津站后广场的建立则将具有浓重历史痕迹的"新官汛大街"和"李地大街"从人们口头摘除。人们更不知道，李地大街已经是李家坟地大街的简称了。李家坟地则是暴死任上的江苏督军李纯的坟地。就连李纯小时候居住的水梯子大街（因设有人们从东河里挑水的梯阶而得名），如今也通称狮子林大街了。

一个地名对另一个地名的覆盖，令人欣喜地说明了城市的发展，同时也使得城市历史的面目变得模糊起来。这真是一柄双刃剑。让一个城市的面貌发生日新月异的变化，是我们的光荣任务。让一个城市的珍贵历史留存下去，更是我们不可推诿的责任。这才是我从"东局子"说到"西局子"的真正缘由。